해직교사 복직과 관련한 특별담화

철야농성

전남지부 창립식 때 지선스님과 함께

전교조 전남지부 창립기념식

교육위원 활동

목포기계공고 복직

전남본부

남북 민간 교류

전라남도 교육위원회 폐원식

금강산 방문

솥발산 박순보 선생님 묘소 앞에서

김대중 전 대통령과의 만남

정년퇴임식

가족

봉하마을

존경합니다
감사합니다

1989년 6월 10일 전남대학교 대강당에서
전교조 결성식을 치른 후 경찰서로 잡혀가셔야 했던
선생님의 노고를 가슴에 새깁니다.
아무도 알아주지 않아도 묵묵히 참교육 옳은 길을
걸었던 선배님의 발걸음에 존경의 꽃다발을 드립니다.
전교조 결성 30년이 지난 지금도, 노년의 지친 몸을
당당하게 일으켜세우며 앞으로 전진하는 고진형선생님!
감사한 마음에 이 패를 드립니다.

2019.06.10.

 전국교직원노동조합 전남지부 드림

전교조 감사패

고진형 회고록

드리지 못한
꽃다발

드리지 못한 꽃다발

2024년 6월 10일 처음 펴냄

글 고진형
펴낸곳 (주)우리교육
펴낸이 신명철
편집 윤정현
영업 박철환
경영지원 이춘보
디자인 최희윤
등록 제 313-2001-52호
주소 10403 경기도 고양시 일산동구 성빌신로 24
전화 02-3142-6770
팩스 02-6488-9615
홈페이지 www.urikyoyuk.modoo.at

ISBN 979-11-92665-65-8 03810

고진형 회고록

드리지 못한 꽃다발

우리교육

교육운동도 논리가 아닌 사람이 하는 것

정해숙(전 전국교직원노동조합 위원장)

2022년 12월 8일, 대한민국 교육운동사에 획기적인 사건이 일어났다. 진실·화해를위한과거사정리위원회가 1989년 전국교직원노동조합 결성 관련 1,500여 교사가 해직된 사건은 '국가폭력에 의한 인권침해'라고 결정했다. 33년만이다. 전교조는 곧 빨갱이로 둔치되어 오던 낙인효과에서 마침내 해방되었다. 그러기까지 얼마나 많은 하루가 무심하게 저물었던가. 얼마나 많은 조합원이 피눈물을 쏟아냈던가.

고진형 선생님도 예외가 아니다. '전교조 전남지부장 선출.' 그는 이로 인해 목포교도소에 수감되고 파면당했다. 교육청에서는 그의 부친까지 동원해 그를 회유하며 지부장 탈퇴를 종용했다. 그의 심지도 곧지만 못지않게 부친께서도 기백이 넘치는 분이었다. 오히려 그들에게 이렇게 일침을 가했다. "너희가 잘했으면 우리 아들이 그런 일을 하겠냐. 내 아들이 잘못된 길을 간다면 탈퇴서를 써줄 수 있지만 그렇지 않기 때문에 나는 쓸 수 없다."

고진형 선생님을 처음 만난 것은 교육운동의 여명기였다. 종교관은 다르지만 바이블스터디를 함께 하며 세상을 보는 눈을 키웠다. 학교를 변화시키고자 끊임없이 의견을 나누고, 밝은 태양 아래 어둠에 휩쓸리지 않는 세상이 오기를 갈망했다. 그렇게 시작한 동행이 어느새 수십 년이다.

5·18은 죽은 자뿐 아니라 산 자에게도 무간지옥이었다. 광주는 직격탄 아래 만신창이가 되었다. 살아남은 자 모두 한동안 넋을 잃었다. 다행히 광주를 에워싼 전남의 동지들이 앞장서 조직을 이끌어내는 기관차 역할을 했다. 그 열차의 기장은 고진형 선생님이다. 덕분에 전국교사조직이 탄력을 받아 앞으로 전진해 나아갈 수 있었다.

그가 광주Y교협 초대회장 등 조직의 한가운데에서 깃발을 높이 치켜들 때 가정사로 보면 가장 힘든 고난의 시간이었다. 흔히 하는 표현으로 집도 날리고 오갈 데 없는 처지였다. 그러나 현실을 담담히 받아들이고 오직 교육운동에 매진했다. 자신에게 주어진 가시밭길을 외면하지 않았다.

그런 그가 이제 자신의 삶을 정리해 회고록을 펴냈다. 책 여기저기에서 동지들의 아픔을 헤아리고자 하는 마음이 따스하게 전해온다. 그는 커다란 체격만큼 품성도 넉넉하다. 각박한 시절을 헤쳐 오는 중에도 여유를 잃지 않았다. 분위기를 이끄는 재주가 있어 그와 함께할 때면 늘 화기애애했다.

교육운동도 논리가 아닌 사람이 하는 것이나. 교육운동가로서 그의 삶은 결코 녹록지 않았지만 그럼에도 자신에게 주어진 끈을 놓지 않았다. 사람 역할을 하느라 가진 에너지를 다 소진한 그에게 동지로서 진심을 담아 감사의 마음을 전한다. 이제 모든 짐을 내려놓고 이후에는 소소한 즐거움에 하루하루를 보내는 삶이길 바란다.

그의 평생의 꿈, 배가 산으로 올라가는 꿈

최연석(전 여수중부교회 목사)

지난 날 인터넷에서 떠돌던 우스개 이야기다.

시골학교 선생님이 학기말 시험 출제를 하면서 누구나 답할 수 있는 쉬운 문제를 냈다. 8월 15일이 무슨 날인가? 당연히 학생들은 모두 광복절이라고 답을 써 점수를 받았다. 그런데 한 아이가 이상한 답을 냈다. 보성장날.

처음에는 나도 우스개 이야기 소리로 받아들였다. 그런데 나중에 곰곰 생각해 보니 가슴 한 곳을 찌르는 것이 있었다. 왜 그 아이는 그렇게 답을 썼을까. 그는 보성장터에서 사는 아이일까. 부모가 먼 장터를 돌아다니며 장사하는 집안일까. 날마다 하교 후 아무도 없는 집을 지키다 어두워질 때면 문밖에서 서성거리며 부모를 기다리는 그런 아이였을까. 적어도 장날의 애환에 대해 어느 정도 알고 있는 나로서는 아이의 대답이 생각할수록 예사롭지 않았다는 것이다.

동서고금을 막론하고 교사라는 직업에 대해 허다한 말이 있지만 나는 이 이야기를 늘 떠올린다. 그 선생은 채점을 어떻게 했을까. '보성장

날'이라는 짧은 대답 속에 담겨있는 학생의 처지를 헤아려 보자는 것
이 참교육이 아닐까. 고진형 선생님이 평생을 걸어온 교육의 발자국도
그런 것이 아니었을까.

물론 고 선생님이 힘썼던 것이 또 하나 있다. '보성장날'에 이어지는
같은 시험문제의 하나다. 사공이 많으면 배가 산으로 간다. – 이 속담
을 풀이하시오. 그 학생은 이렇게 답했다 한다. 사람이 힘을 합하면 못
할 일이 없다.

한 생명의 전후를 애정 어린 눈으로 살피고 나아가 그 애정들이 연
대해 나가는 것이 교육이라 한다면 이 기록은 바로 이 시대의 교육기
록이며 내일의 교육에 대한 희망사항이라 할 것이다.

그의 평생의 꿈, 배가 산으로 올라가는 꿈이 이 책을 통하여 한 걸
음이라도 옮겨지기를 기원한다.

소망스런 이름의 인연으로

조창익(전 전국교직원노동조합 위원장)

인연의 거울을 가만히 들여다봅니다.
회자정리를 되새기고
거자필반을 노래하면서
회억의 강물 위에 가만히 몸을 뉘어봅니다.
한 스무 해 남짓
실존과 지향을 공유하고 싶었지요

격동의 세월
격변의 역사
교육, 노동, 운동-
깨치고 나아가고 거듭나고
보수와 혁신 그 틈바구니
원칙과 변용, 그 간발의 차이
비합법과 제도권 투쟁,

암수한몸의 모순된 싸움
조직의 이름으로 우직하게
합법 공간 활용 투쟁의 이름으로 지혜롭게
결절지점과 변곡점, 냉온의 점이지대에서
아노미적 생태의 질곡을 당신은
천부의 낭만으로 넘어서곤 했습니다.

당신의 말 한마디에 동지들의 눈시울이 붉어졌던 세월 기억합니다.
가슴을 촉촉이 적셨던 시대의 언어들이 기억납니다.
당신은 그렇게 한 시대를 풍복하게 걸어오셨습니다.
이제 육십 개 성상을 넘어서는 당신
아름다운 지양을 위한
당신의 새로운 지향을 죽하드립니다.
좌충우돌의 아이들과
무지갯빛 생명의 쉼터 일구는 당신의 손길에 감사드립니다.
궤도 이탈과 반복된 일탈의 종착역
대안의 교육 그 공간에서
행복교육을 위한 당신의 잰걸음을 찬양합니다.

영산성지
교육의 성지에서
교육혁명, 인간혁명
꿈꾸는 당신

축시
푸른 하늘이 열리는 길

장주섭(전 전교조 전남지부장)

사람의 길은
수만 갈래
우리는 그 길 위에서
한 인간을 만난다

삶은
어둠을 뚫어 희망의 빛을 비추는 것

가을 벼는 늘
새 세상의 방향으로 고개를 숙인다
겨울 저녁은 조용히 숲의 소리에 귀를 열고

저녁 가까이 검은 구름 몰아쳐 오면
지혜로운 산은

자신의 생각보다 먼저
뭇생명들의 의견을 구하고
고요 속에서 연대의 울타리를 엮고
빛나는 아침노을
세상에 내놓는다

뜨거워 터질 것 같은 자기를 늘 던져
몸을 비우는 가을 나무
부끄러움을 차갑고 하얀 눈 속에 비춰보는
겨울 나무

새 하늘로 푸른 길을 여는
봄의 나무들

가장 깊이 자신을 응시하는 우물처럼
아름다운 사람 한 분
고진형 선생님!
목울대를 꺾으며 아팠을 때도
가난을 받아 안을 때도
세상에 감사하였고
복직하지 말라는 조직의 명에 따라
그 쓰라린 영광의 잔을 받았다
오늘은

비워서 가장 충만한 날

다시 만나기 위해

우리!

길가의 코스모스 밝은 웃음

꽃피우는 날

'85. 4. 28
Shin

들어가며

언제부터인가 주위에서 그동안 살아온 행적을 글로 남겨야 되지 않겠냐며 나를 다그쳤다. 더 늙기 전에, 치매 오기 전에, 죽기 전에. 그들의 요구에 뭉그적거리며 즉답을 하지 않았다. 글과 인연이 없는 삶을 살아온 내가 무슨 책을 쓴단 말인가. 그랬건만 요즘 들어 마음이 바뀌었다.

교단에 서고 보니 꿈에 그리던 모습이 아니었다. 폭압적인 유신헌법 체제 아래에서 교육 현장은 무기력하고 무분별했다. 교사는 독재 권력의 계도요원이고 아이들은 입시지옥 속에서 마냥 휘청거렸다. 환기통 같은 돌파구가 필요했다.

군부독재 체제와 5·18 광주민중항쟁을 거치면서 교육 현장은 더욱 피폐해졌다. 인권과 생명의 소중함이 무엇보다 절실했다. 진정한 교육자의 역할은 무엇인가, 내 안에서 이 질문을 수없이 되풀이했다.

YMCA중등교육자협의회 창립을 계기로 교사운동에 발을 들이밀었다. 교사운동에 함께 뛰어든 동지들이 시대의 아픔과 과제를 해결하기 위해 분투하는 과정에서 전국교사협의회를 결성했고, 한 걸음 더 나아가 전국교직원노동조합을 천명했다. 단계 단계마다 뜨거운 가슴으로 함께하다 보니 때로 중책을 맡기도 했다. 전국교직원노동조합 초대 전남지부장으로서 7년 동안 소임을 감당했다.

전교조 출범 이후 합법노조가 되기까지 교사들에게 가해진 탄압과 수감, 죽음 등은 삶의 근간을 흔드는 고난 그 자체였다. 교육운동에 참여한 동지들의 희생은 컸으나 우리가 실현하고자 한 과제는 지금도 여전히 진행 중이다.

그동안 교육운동의 발자취를 정리한 서적이 전국 단위로, 지역 단위로 혹은 개인사 형태로 다양하게 출간되었다. 그런 상황에 수저 하나 더 얹어 봐야 무슨 의미가 있을까 싶어 내 이름으로 출간하는 것을 꺼려왔다. 허나 긴 세월 동안 교육운동을 해온 것은 결코 나 하나의 활동이 아니었다.

이 책에서는 내 삶을 소개하기보다 함께 격동의 세월에 저항하며 동고동락해 온 동지들의 이야기를 담아내고 싶었다. 그들의 희생과 고통의 순간들이 지금도 내 안에서 생생히 살아 숨 쉬고 있다. 기억이 더 희미해지기 전에 글로 남기는 것이 교육민주화 발전에 조금이나마 기여하는 일이라 생각해 시작하게 되었다.

길고 긴 시간의 강을 긴너오는 동안 함께 손잡아주고 어깨 두드리며 지지하고 격려해 주던 수많은 동지가 있기에 지금 이 지점에 올 수 있었다. 그들에게 감사하다는 마음을 전할 방법으로 글을 써 보는 것도 괜찮을 것 같아 부끄러운 마음으로 세상에 고개를 내민다.

그동안 힘든 시절을 함께해 온 전남의 모든 동지들, 특히 전교조 결성 초기에 탈퇴각서를 놓고 정권의 폭압적인 탄압에 어쩔 수 없이 자존심을 버려야 했던 동지들, 해직의 아픔과 후유증으로 먼저 가신 동지들, 여전히 그 시절을 상처로 안고 있을 동지들에게 위로의 뜻을 글에 담아 마음의 꽃다발을 전하고 싶다.

무안에서 해직된 이로서 먼저 세상을 떠난 장재술, 조준승 동지의 추모식을 해마다 치르면서 출판에 대한 생각을 구체화했다. 더욱이 한 식구처럼 어려운 시간을 함께 견뎌냈던 무안지회 동지들이 이 책의 발간을 위해 고생해 주었다. 귀한 시간을 할애해서 도움을 준 임향진 선생님, 조창익 선생님, 장주섭 선생님에게 깊이 감사드린다.

차례

교직

교단에 처음 서다
- 유신헌법 계도요원

꿈에 그리던 교단이었다.

나의 첫 발령지는 전북 익산에 있는 함라중학교다. 설레는 가슴을 안고 이 학교에 첫발을 디딘 것은 박정희 정권 시절인 1974년 6월이다. 처음으로 대면하는 학생들 앞에서 무슨 말을 꺼낼까 궁리하며 뛰는 가슴을 꾹 누른 채 복도를 걸어가던 기억이 아직도 생생하다.

내 이력을 보면 약간 꼬인 데가 있다. 군에 입대할 때 복무기간을 마치고 곧바로 학교로 복학할 계획이었다. 군 복무 중에 예기치 않은 사건이 벌어졌다. 1968년 무장간첩 김신조 사건으로 박정희 정권이 군 복무기간을 26개월에서 36개월로 연장해 버린다. 그 바람에 군 복무를 1년가량 더하게 되고 학교 졸업도 그만큼 늦어졌다. 졸업 시점이 뒤로 밀리자 엎친 데 덮친다고 처음 실시되는 공립학교 임용 순위고사까지 치르게 되었다.

의과대학을 졸업했어도 의사고시를 합격해야 의사가 되듯이 교직도 공·사립을 막론하고 임용 순위고사에 합격해야만 교사가 될 수 있었다. 전남에는 내 전공과목 선발이 없어 전북까지 가서 임용 순위 고사를 치르고 발령을 받았다.

당시 사회적 분위기는 박정희 정권이 유신헌법을 만들어 장기집권을 획책하고 그 토대를 공고히 하기 위해 눈에 불을 켤 때다. 또한 비상 계엄령을 선포해 공포 분위기를 조성한 뒤 국민투표를 감행했다. 1972년 11월 21일에 치른 국민투표였는데 결과는 너무 뻔했다. 투표율 91.9%, 찬성률 91.5%로 압도적인 지지를 받았다.

허나 유신헌법의 의도와 목적이 불순했기에 비판과 논쟁이 끊이지 않았다. 박정희 정권은 명분을 얻을 욕심에 다시 한 번 국민투표를 준비한다. 이미 투표를 통해 높은 찬성률을 얻었는데도 3년이 지난 시점에 유신헌법에 대한 찬반을 묻는 재투표를 실시하기에 이른다.

함라중학교에 발을 내딛고 몇 개월 지나지 않은 시기여서 내가 처한 현실을 제대로 파악하지 못하고 꿈에 부풀어있었다. 당시의 교사는 정권의 요구대로 움직이는 시녀에 불과했다. 학교는 교사와 학생이 한데 어울려 희희낙락하며 살 수 있는 무풍지대가 아니었다.

교사들은 국민투표 계도요원으로 동원되어 저녁이면 동네에 나가 지역민들에게 유신헌법의 필요성과 정당성을 홍보하는 역할을 했다. 나 역시 하숙집에서 저녁밥을 먹은 후 내게 배당된 마을로 향한다. 마을에 도착하면 동네 이장이 마을 방송으로 사람들을 불러 모은다. 들에서 돌아와 씻고 저녁 식사를 끝낸 촌부들이 이장의 부름을 받고 하나둘씩 모인다. 그들 앞에서 계도용으로 나눠준 자료를 펼쳐놓고 나는 마음에도 없는 소리를 지껄인다. 똑같은 방식을 계속 되풀이했다.

지금도 생각난다. 박정희 얼굴을 크게 그린 그림을 홍보자료로 썼는데 유독 귀가 크게 강조되었다. 그림 아래에는 박정희를 찬양하는 내용이 10가지 이상 쓰여있었다.

"미국에서는 한국의 박정희 같은 지도자는 200년에 한 명 나온다 카더라."

"관상 전문가가 말하길 박정희와 같은 관상은 좀체 없다 카더라. 큰 귀가 그걸 증명한다. 훌륭한 인물이다. 대통령해야 된다 카더라."

'카더라' '카더라' 하는 통신을 마을 사람들에게 전달하는 역할을 교사인 내가 했다. 박정희가 이렇게 대단한 인물이니 헌법 뜯어고치는 데 찬성해야 한다는 식으로 바람몰이용 선전에 교사들이 동원되었다.

마음에도 없는 소리로 마을 사람들을 계도하고 돌아올 때마다 마음이 무거웠다. 하숙집으로 돌아오는 길에 굴러다니는 돌맹이를 걷어차고 포플러나무에 화풀이했다. 닥치는 대로 걷어차다 다치기도 했지만 가슴속에 꽉 찬 울분을 삭이지 못했다.

그렇게 계도한다고 해서 마을 사람 모두가 끄덕인 것은 아니지만 거대하게 몰아가는 흐름을 막을 힘이 내게는 없었다. 국민투표 결과 투표율 80%, 찬성 73%. 정권이 의도한 대로 나왔다. "이건 아닙니다."라고 당당히 말하지 못하고 속만 태웠다.

학교 교무실에서는 나의 답답함을 풀 수 없었다. 교무실 분위기는 한마디로 말해 '위에서 시키면 시키는 대로 한다.'였다. 교장의 말을 듣지 않거나 거부하는 것은 상상할 수 없었다. 근무평정이라는 무기를 틀어쥔 교장이 자신의 입맛대로 얼마든지 교사를 주무를 수 있기에 감히 꿈도 꾸지 못했다.

이런 분위기 속에서 초보교사인 나는 어떤 신념을 가져야 하는지, 어떻게 대응해야 하는지 혼란스러웠다. 정권이 시키는 대로 하는 것이 교사의 역할이라면 히틀러 치하에서 무수한 죄를 저지르고 아무것도 모르는 얼굴을 하고 있던 아이히만과 무엇이 다를까. 그저 위에서 시키는 대로 충실하게 했는데 그게 악이라면 그래도 따라야 하는 것일까. 의문이 꼬리에 꼬리를 물면서 한없이 무기력해졌다. 이런 권력을 종식시킬 수만 있다면, 교사가 신바람 나게 학생을 가르치면서 행복할 수 있다면 얼마나 좋을까 하는 막연한 바람을 품었다. 유신헌법 계도요원, 이 일은 내게 새로운 길을 찾고자 하는 갈망의 고리 역할을 했다.

스승 김천배 선생님을 만나다

전북 함라중에서 2년간 근무하고 전남에 있는 장성여자고등학교로 도간 전보되었다. 또 다른 고민이 생겼다. 교사로서 갖는 고민보다 더 본질적인 문제였다. 생물을 전공한 나는 자연스레 그 과목을 가르쳤다. 생물은 생물로부터 진화된다는, 다시 말하면 진화론을 골간으로 학생들을 가르친다. 인간의 탄생 역시 진화론의 관점으로 접근해야 마땅하다. 허나 월요일부터 토요일까지 학생들에게 진화론을 가르치고 일요일 교회에 가서는 창조론을 신봉한다.

어릴 때 성당에 다니다가 그 무렵에는 교회로 나갔는데 생물 교사로서의 진화론과 크리스천으로서의 창조론 사이에서 길을 헤매다가 딜레마에 빠지곤 했다. 학교에서 열심히 진화론을 가르치다가 교회만 가면 언제 그랬냐는 듯 "저를 창조해 주셔서 감사합니다. 하나님."이라고 기도를 해야 했다. 하나님이 개도 만들고 토끼도 만들고 세상 만물을 모두 창조했다는 말을 믿어야 하는 상황 자체가 딜레마였다. 그래서 이런 나를 '선데이 크리스천'이라고 이름 붙였다.

딜레마에서 헤어나지 못해 갈팡질팡하는 중에 한 스승을 만났다. 그분은 김천배 선생님으로 교회는 인정하나 교회주의자는 인정할 수 없다는 진보적 입장을 견지하는 분이다. 통일운동가요, 시인인 문익환 목사와도 아주 가깝게 지내던 사이다.

김천배 선생님은 일본 관서대와 미국 예일대 대학원에서 종교학을 공부하셨다. 민중신학에 조예가 깊었으며 그분 덕분에 성경을 연구하게 되었다. '성서연구반'이라는 이름으로 모임을 시작했는데 함께했던 이들이 전교조 위원장을 하셨던 정해숙 선생님과 최화자, 반숙희, 박연성, 김안옥, 이효영, 염동련, 이금수, 차광홍 선생님 등이다. '성서연구반'은 1974년에 시작해 10여 년 동안 이어지고 훗날 광주Y교사회 태동의 중심 역할을 한다.

선생님은 현대 신학의 관점에서 신학적 논리를 전개하셨다. 부활과 창조에 대한 의미 역시 새로운 관점으로 인식하도록 도와주셨다. 부활과 창조를 역사적 사실로만 봐서는 안 된다는 것이다. '창조'는 만물을 직접 만들었다고 보기보다 '관여하셨다'는 의미로 보셨다. '부활'도 시체가 벌떡 일어나 움직이는 것이 아니라 예수의 인격이 제자의 가슴에 살아나는 것으로 해석하셨다. 그랬기에 십자가에 못 박혀 죽은 예수가 제자들 가슴과 가슴을 통해 2천 년이 넘도록 이어져 왔다는 것이다.

진정한 하나님의 나라는 '사랑과 정의가 실현되는 나라'여야 한다고 누누이 강조하셨다. 오늘날 많은 교회가 입으로 구원을 말하지만 구제에 인색하고 천국을 강조하면서도 정의 실현에는 뒷짐 지고 외면하는 현실을 강하게 질타했다. 성경 문구나 교리에 매이지 않고 생활 속

1970년대 광주YMCA 성서연구반, Y교사회 모태

에서 예수처럼 행동하고 실천하는 삶을 강조하셨다. 그런 면에서 선생님의 가르침은 죽비처럼 마음의 망상을 깨우치고 흐릿한 머릿속을 명쾌하게 밝혀준다.

선생님은 성서에 그치지 않고 타 종교의 경전이나 사상서적, 철학 서적도 교재로 활용할 만큼 고정된 틀에 매이지 않았다. 그분을 따라 10여 년간의 공부를 거치며 세상에 대한 가치관을 정립할 수 있었다. 지금이야 민중신학이 널리 확산되어서 그분의 사고가 특별하거나 대단하지 않을지 모르나 30대 초반의 무의식을 헤매는 내게는 밤하늘에 떠있는 별처럼 늘 우러르고 싶은 마음이었다. 지금도 그때의 텍스트를 소중하게 지니고 있다.

5·18이 터지자 선생님은 뛰어난 외국어 실력으로 외신기자와 광주 상황에 대한 인터뷰를 했는데 그 일로 수배자 신세가 되셨다. 수배를 피해 어느 기자 집에 피신했지만 건강이 악화되자 하는 수 없이 자수하고 경찰서에 잡혀가신다. 선생님이 출소한 후 성경 공부를 다시 시작했으나 얼마 지나지 않아 고령으로 돌아가셨다.

한 사람이 선택할 수 있는 길은 무수히 많다. 많은 길 중 어떤 길을 선택 하느냐 하는 것은 각자의 몫이다.

늘 선생님을 떠올릴 때마다 드는 생각이다. 선생님을 만난 것은 행운 중의 행운이다. 좋은 선생님을 만난 덕분에 좋은 길로 들어섰을 뿐이다. 김천배 선생님을 만나지 않았다면 지금의 나는 존재하지 않는다. 내 삶에 훨훨 타오르는 횃불을 밝혀주신 그 분을 결코 잊지 못한다. 그분은 떠나셨지만 그분의 가르침을 잊을 수 없으며 생활 속에서 실천하려고 지금까지 힘써 노력한다.

무등야학

1980년대 이전에는 상급학교에 진학하지 못하고 고향을 떠나 도시의 공장에서 노동을 하는 비진학 청소년이 많았다. 제도 교육이 정착되었지만 모든 청소년을 아우를 수 없었다. 가정환경 때문에 학교가 아닌 공장을 선택해야 하는 비진학 청소년을 위한 교육의 장이 절실히 필요했다. 그런 사회적 책임을 인식하고 야학을 하기 시작했다. 내가 '무등야학'에 발을 들이밀기 이전에 그곳을 거쳐간 이들도 여럿 있었다. 마침 발령 대기 중이던 유선규 선생과 함께 전남대 학생들을 데리고 광천동 무등야학을 시작했다.

야학을 하던 장소는 광천동 터미널 뒤편에 자리한 무등교회였다. 무등교회 이철우 목사님(전 5·18재단이사장)이 교회 한쪽 공간을 빌려주어 그곳에서 공장에서 일하는 청소년들을 대상으로 가르칠 수 있었다. 비가 오면 거리에 물이 차고 넘쳤으나 그 공간이 있었기에 야학 활동이 가능했다. 공간을 허락해주신 이철우 목사님께 다시 한 번 감사드린다.

아이들을 가르친 지 2년이 되어가는 어느 날이다. 경찰서 대공과에서 이곳을 찾아와 수색하고 교재들을 몽땅 압수해 갔다. 그 시기가 전국적으로 야학 단속 기간이란다. 경찰서(구 전남경찰서)로 나오라는 통보를 받고 그곳에 출두하여 조사를 받게 되었다.

경찰 측은 야학에 대해 이미 답을 정해 놓은 듯했다. 그들이 내게 던지는 질문은 주로 이런 것들이었다. "이 교재를 어디서 구했는가?" "교재 내용에 친북성향이 들어있지 않는가?" "국가보안법에 저촉되지 않는가?" 현직 교사가 학교에서 학생들이나 잘 가르칠 일이지 무슨 뚱딴지같은 짓을 하느냐는 식이었다. 그들이 한 번 휘저어 놓았을 뿐인데 더 이상 야학을 유지할 수 없었다. 이후 야학이 중단되어 버렸다.

그 일로 도교육청으로부터 소환장이 날아왔다. 교육청에 출두하여 장학관 장학사들로부터 조사를 받았다. 도경찰청에서 '고신형 교사가 불법야학을 했으니 조사하여 징계하라.'는 협조 요청 공문을 보낸 모양이다. 교육청에 출두한 나에게 교육청 담당관이 던진 질문 역시 경찰 측과 다르지 않았다. "학교 수업이나 잘 할 것이지 밤에 무슨 쓸 데 없는 야학을 해서 우리를 곤혹스럽게 하느냐."라며 비아냥거렸다.

내가 야학에 뛰어들던 무렵에는 중학교가 의무교육이 아니었다. 중학교 의무교육은 1985년 도서벽지 중학교 1학년을 시작으로 단계적으로 시행되었는데 전국의 모든 중학교에 적용된 것은 2004년이다.

야학은 공교육의 혜택을 받지 못해 사각지대에 방치된 공단의 청소년들을 교육의 울타리 안으로 유인해 내는 역할을 해왔다. 가정환경이 열악해 공장에서 일해야 하는 청소년에게 공부할 기회를 주고 삶의 지표를 밝혀주는 야학은 얼마나 귀중한 존재인가.

나는 27세에 결혼해 그 무렵에는 아이가 둘이나 있지만 야학 활동을 하는 동안 밤 10시 이전에 저녁 식사를 해 본 적이 없다. 저녁 9시경에 수업 끝내고 집에 오면 언제나 10시쯤 되었다. 집에서 아이들 얼굴을 제대로 본 적이 없다. 늘 자는 모습만 보아서 키가 옆으로만 짐작될 뿐 내 허리쯤 되는지, 가슴께에 와 닿는지 알지 못했다

교육청에서 일하는 높으신 장학사를 향해 나는 이렇게 말했다.

"저는 5·18정신과 사회적 책임감에 입각해서 월급의 절반 이상을 이 야학에 써가며 봉사했습니다. 왜 쓸데없는 일을 해서 성가시게 하느냐, 왜 내 퇴근 시간을 뺏어 가냐 이렇게 말씀하시다니요. 장학사님들께서는 일찍 퇴근해 저녁 식사하고 TV 앞에서 뉴스 감상하실 그 시간에 저는 진학 못 한 공장 청소년들을 위해 가르쳤습니다. 이것이 잘못이란 말입니까?"

그들은 어이없고 한심하다는 눈초리로 쳐다볼 뿐 아무런 대꾸도 하지 않았다. 얼마 뒤 교육청으로부터 징계가 내려왔다. 그들이 양심의 가책을 느꼈는지 내가 답변을 잘했는지 중징계가 아닌 경징계 처분을 받았다.

즐거운 학교 1

세상을 향해 언제든 뛰어들 준비 태세를 갖춘 것은 Y교사회 활동을 해왔기에 가능했다. (Y교사회에 관한 내용은 뒤에 다시 언급하겠다.) Y교사회 활동 속에서 교직의 참된 길이 무엇인지 갈구할 때였다. 우리에게 나침반 역할을 해줄 선배 교사를 찾던 중 기대에 부합한 선생님 한 분이 퇴직한다는 소식을 접했다. 인격이 훌륭하신 그분의 퇴직 소식을 듣고 교직 생활의 팁을 얻고자 몰려갔다. 수피아여고에서 근무하셨던 정소파 선생님이다.

정소파 선생님은 항일 시인으로 정평이 나고 일찍이 시조시인으로도 독보적인 존재로 이름을 떨치신 분이다. 사립학교인 광주수피아여고에서 퇴임했지만 그 시절에는 공립과 사립을 넘나드는 것이 가능했는지 북성중과 전남중에서도 근무하셨다. 한 세기를 풍비하다가 2013년 7월 9일 102세로 귀천하셨다. 지금도 그분의 시비가 광주문화예술회관에 건립되어 있다.

그분을 뵙고자 Y교사회 젊은 교사 30여 명이 꽃다발과 감사패를 들고 학교 교정을 찾았다. 잔디밭에 둘러앉아 퇴직을 축하드리고 소감과 함께 후학들에게 남기고 싶은 말씀도 청해 들었다. 이 지역에서 대학 가요제 출신 가수로 활동하는 박문옥 선생님이 함께해 팝송 'perheps love'를 부르며 분위기를 한껏 띄웠다.

그분에게 배움을 청하는 가운데 귀를 쫑긋하고 몰입하다가 잠깐 고개를 들었는데 그 순간 가벼운 충격을 받았다. 분명 그날은 일요일이었는데 꽤 많은 학생이 학교에서 놀고 있었다. 창문에 걸터앉은 학생, 운동장에서 마구 뛰는 학생, 그늘에 모여앉아 노닥거리는 학생 등등이 교정 곳곳에서 평화롭게 즐기고 있었다. 시골 학교에 근무하는 나로서는 신선한 자극이었다.

내가 근무하는 나주고등학교는 일과가 끝나고 10여 분이 지나면 학생들이 썰물처럼 빠져나간다. 남아있는 학생이 거의 없다. 교사들마저 버스 시간에 맞춰 떠나고 나면 학교는 속이 텅 빈 채 껍질만 남는다.

그날 이후 왜 그럴까에 대한 고민에 빠졌다. 물론 환경이 다르니 그럴 수밖에 없다. 시골학교 학생들은 부모님 농사를 도와주느라 집에 가기 바쁘다. 이해할 수 없는 것은 아니다. 허나 교사인 내 입장에서는 시골 학교도 학생들이 즐거움을 느껴 머물고 싶은 공간이 되면 좋겠다는 소망을 버릴 수 없었다. 고민 끝에 머리에서 한 가지 생각이 번쩍 떠올랐다. 학생들의 클럽활동을 통한 '축제'를 여는 것이다.

축제를 한다면 학생들이 연극반이니 보컬반이니 시작품반이니 등등 각자의 분야에서 연습을 할 것이고 학교는 자연스레 살아 움직일 것이다. 갑자기 희망이 보이고 의욕이 솟구쳤다. 쇠뿔도 단김에 빼랬다고 교장 선생님께 건의 드렸다. 그러나 교장 선생님이 단칼에 잘라 버린다. "괜히 사고 난다."로 시작해서 "인사 때 광주로 이동해야 하는데 무슨 도움이 되느냐. 광주 전입에 점수도 안 되는데 뭣하게 하려고 하느냐." 등의 이유를 들이대며 완고하게 버티셨다.

한 번 뜻을 세우니 도저히 포기할 수 없었다. 교장 선생님 댁 근처까지 가서 식사를 대접하며 간곡히 설득했다. 수피아여고에서 느꼈던 일을 말씀드렸다. "우리 학생들도 그런 문화가 필요하고 그래서 아이디어를 낸 것이니 일 년만 시간을 달라. 한번 기획을 해 보겠다."라며 끈덕지게 졸랐다. 교장 선생님도 마지못해 고개를 끄덕였다.

학교에서 맡은 내 업무는 과학과 주임이었지만 학생과에 있는 특별활동계를 넘겨받았다. 학생과에서는 왜 우리 과에 있는 업무를 줘야 하냐며 불만을 드러냈다. 괜히 나서서 일 만든다며 나를 못마땅해했다. 나는 그저 주어진 1년의 시간만 생각했다.

학년 초인 3월부터 움직였다. 특별활동 계획을 짰다. 특별활동 부서와 지도교사를 연결했다. 지도교사 편성 과정에 공을 들였다. 선생님들과 일대일로 개별 접촉해 그들의 취미나 특기가 있는지 어느 부서에 적합한지 면밀하게 살폈다. "등산 좋아하시나요?" "기타 잘 치시나요?" "연극 활동 해 보셨어요?"

그랬어도 대부분 축구반이나 배구반으로 몰렸다. 새로운 아이디어를 필요로 하는 연극반, 독서반, 시작품반 등의 부서에는 희망 교사가 없었다. 그렇다고 멈출 수 없다. 덕분에 나는 부서를 세 개나 담당했다. 계획을 수립해 결재를 받았다.

이어서 가을 축제를 기획했다. 축제에 참가할 종목과 시간을 촘촘히 배치했다. 전시 품목을 정하고 무대에 올릴 공연팀을 살폈다. 연극반은 20분짜리 자작극 작품을, 시창작반은 시화전을 준비하도록 하고 공연 장소로는 극장을 빌리기로 기획했다. 부서마다 지도교사가 있으니 모든 부서가 참여할 수 있도록 계획을 세워서 결재하고 복사해 배포했다.

축제 계획표를 받아든 교사들이 코를 씩씩 불며 화를 낸다. 그들이 화를 내는 이유는 이런 것들이다. "퇴근 시간이 늦어진다." "5시 20분 버스를 타야 하는데 8시 차를 타게 된다." "집에 가면 밥이 늦어진다." "빨리 교감 되어야 하는데 이것은 아무런 쓸 데가 없다." "광주로 들어가는데 도움은커녕 귀찮기만 하다." 원성은 자자했지만 그들의 불만을 수용할 수 없어 못 들은 척했다.

축제를 치르려면 예산이 필요하다. 교장실에 들어가서 "예산 좀 주십시오."라고 했더니 이십만 원을 배정해 주었다. 그 돈으로는 극장을 빌리기에 어림도 없다. 학생회에서 회의를 열었다. 회의를 거친 결과 축제 팸플릿을 가편집해 뒷면에 광고란을 박스로 만들었다. 지역에서 광고 협찬을 받기로 했다. 학생들이 지역의 상가나 관공서를 찾아가 협조를 부탁하니 3만 원, 5만 원씩 협찬금이 들어왔다. 덕분에 학교 예산에 비해 4배나 되는 80만 원이 모였다. 학생회 학생들이 직접 나서서 큰돈을 모으고 보니 자신감이 생겼나 보다. "야 신난다. 잘 해 보자."라며 붐이 일었다.

축제의 성공을 위해서 내가 아는 모든 인맥을 활용했다. 우리 고장 가수 김원중에게 부탁해서 노래를 연습시키고 Y연극회를 끌어들여 연극 지도를 당부했다. 전남대학교 연극반에서 조명시설을 대여해 오고 미술작품을 전시하기 위해 여기저기서 이젤을 빌려 버스에 실어왔다. 이젤을 처음 보는 미술반 학생들이 좋아서 입을 헤 벌린다. 자신의 작품이 이젤 위에 산뜻이 올라간다고 상상하니 마냥 설레고 기쁜 모양이다.

임금님 귀는 당나귀 귀

　학교에서는 각 기관과 학부모에게 학교 축제 초청장을 보냈다. 전라남도 교육청에도 보냈다. 그랬더니 도교육청에서 교장실로 전화를 걸어 왔다.

　"축제 팸플릿 잘 받았습니다. 그런데 그 연극 '임금님 귀는 당나귀 귀' 대본을 교장 선생님이 직접 확인했습니까?"

　"확인했습니다".

　"그러면 그 대본대로 연극을 합니까?"

　"합니다."

　"연극 담당교사가 왜 고진형입니까?"

　"지도할 교사가 없습니다."

　"노태우 대통령의 귀가 큰데 그에 비유한 연극 아닌가요?"

　"그럴 리가요!"

　교장은 대본을 보지 않았지만 본 것처럼 대답했다. 연극반은 내가 담당한 부서였다. 그날은 그렇게 넘어갔다.

축제에 대한 기대치가 높아지면서 학생들이 수업 끝나고 매일 연습한다. 나는 연습하란 말도 안 하고 교무회의에서 "축제 준비는 잘 되고 있습니다."라고만 한다. 그런데 축제를 준비하는 동안 엉뚱한 문제가 불거졌다.

축제 준비로 어수선한 분위기를 이용해 일과 시간에는 결석했다가 하교 시간만 되면 가방도 없이 학교 후문으로 들어오는 녀석들이 생겼다. 그러다가 담임교사에게 걸려 혼쭐이 난다. 이런 녀석들이 늘어나다 보니 축제의 판을 벌인 나는 담임교사들에게 공공의 적이 되어 버렸다. 녀석들이 학교도 안 오면서 축제 준비만 한다는 것이다. 선생님들에게 비난의 화살을 부지기수로 받다가 도저히 안 되겠다 싶어 그 아이들에게 간곡하게 말했다.

"얘들아 그래선 안 돼. 아침에 학교에 와라. 담임 선생님 체면도 있지 않냐. 내가 곤혹스럽다. 축제는 학교생활을 열심히 한 학생들에게 가는 보상이지 이것만의 보상이 아니야. 축제와 수업 이 두 박자가 잘 맞을 때 우리는 교육이라고 그래. 그러니까 제발 아침에 와서 수업 받자."

이렇게 어르고 달랬다. 어찌 되었건 이런저런 우여곡절을 거치면서 축제를 향한 열차는 계속 달렸다.

극장에서 열리는 축제 당일. 나는 연출가로 발표 순서를 넣거나 옮기거나 하면서 정신이 없었다. 드디어 축제 무대가 시작되었다.

오프닝으로 합창을 배치했다. 곡명은 보리밭으로 무대가 서서히 열리면서 노래를 시작한다. 1절이 끝나면 남녀 학생 대표가 한복을 입고 무대의 중앙으로 등장해 시를 낭송한다. 그 시도 목포대학교에서 근무하는 친구인 시인 허형만 교수에게 부탁해 지은 축시다. 그때 그 무대에서 낭송했던 시 전문을 다 기억할 수 없지만 한 대목이 기억난다. 보리밭 코러스가 은은하게 울리는 가운데 낭랑하게 울려 퍼지던 목소리.

"금성산에 횃대를 세우고 우리는 꿈을 키웠다."

이 시 낭송이 공연 분위기를 사로잡았다. 마치 그 학교를 다니는 것이 대단한 영광인 양 학생들의 어깨가 으쓱으쓱해진 것이다. 이어서 유도부 학생들이 무대 위에서 유도 낙법을 선보이니 객석에 있는 아이들이 "와~" 함성을 지르며 다 넘어간다.

교육청에서 예민하게 반응을 보였던 연극 '임금님 귀는 당나귀 귀' 공연 순서가 되었다. 장학사 두 명이 두 눈을 치켜뜨며 지켜본다. 축제 열기 속에서도 그 둘은 매의 눈초리를 번득이는 감시자다.

'임금님 귀는 당나귀 귀' 연극에는 풍자가 들어있지만 현장에서는 완전 코믹 버전이다. 임금님의 부름을 받고 왕궁으로 들어간 이발사가 머리의 관을 벗은 임금님의 귀가 너무 큰 것을 보고 말았다. 이발사가 웃음이 나오지만 웃을 수 없다. 이발을 끝낸 이발사는 이걸 누구한테 말하고 싶은데 말하면 죽은 목숨이다. 도저히 못 참고 뒷산 숲에 가서 땅을 파고 그 안에다 말하고 덮어버렸는데 바람만 불면 바람결에 그 소리가 퍼져나간다.

"임금님 귀는 당나귀 귀~ 귀~ 귀~"

사실 노태우 전 대통령의 귀가 꽤 컸다. 은근슬쩍 현실정치를 비꼬았지만 코믹하게 연극을 연출하다 보니 보는 이들이 웃다가 정작 그 안에 들어있는 풍자의 의미는 무엇인지도 모르고 넘어간다. 감시자로

온 두 명의 장학사도 더 이상 문제를 제기하지 않고 돌아갔다.

자질구레한 실수는 있었지만 공연 내내 열기로 가득 차 축제는 성공적이었다. 선생님들과 식사를 하면서 그동안의 노고에 감사드렸다. 다음 날 학생회 임원들과 자장면을 먹으며 축제에 대해 꼼꼼히 평가했다. 잘잘못을 따져 가며 냉정하게 평가하고 반성할 것은 기록으로 남겼다. 그 자리의 반성은 내년 축제의 좋은 밑거름이 된다.

그렇게 시작한 축제를 두 번 치르고 학교를 옮기게 되었다. 3월 그 학교를 떠나는 날 운동장에서 떠나는 인사를 했다. "내년에도 꼭 축제를 해 달라."라고 부탁한 후 단상을 내려왔다. 그렇게 떠나오는 나를 위해 학생들이 교문까지 줄줄이 이어 서서 '직녀에게' 노래를 합창한다.

"이별이 너무 길다~ 슬픔이 너무 길다~ 선 채로 기다리기엔~ 세월이 너무 길다~"

축제를 준비할 때 광주 지역의 김원중 가수가 학교에 오르내리며 나와 함께 가르친 노래인데 그 곡을 들으면서 환송을 받을 줄 몰랐다. 그렇게 나는 무안고로 옮겼다.

지금은 대부분의 학교에서 축제를 치를 만큼 당연하게 여긴다. 그러나 내가 이것을 시도할 때만 해도 대부분의 학교는 정규수업 외에도 보충·자율학습을 해야 하는, 해도 해도 끝없는 공부벌레를 만들어내는 분위기였다. 이런 속에서 아무도 가지 않은 길을 찾아가는 개척자의 심정으로 축제를 만들었다. 오직 학생이 즐거운 학교를 만들고 싶은 바람 때문이었다.

이쯤에서 글을 마무리하려 했으나 한 장면이 내 발목을 붙든다. 무안고에서의 기억이다. 축제를 여는 첫 프로그램인 합창은 축제의 분위기를 좌우한다. 학교에 음악 교사는 있지만 안타깝게도 합창반이 구성되지 못했다. 아이들이 합창반에 들어올 생각을 하지 않는다. 아이들의 목소리를 하나로 모으는 하모니가 없다면 다른 프로그램이 많아도 앙꼬 없는 찐빵과 다를 바 없다. 방법이 떠오르지 않아 며칠 동안 고민했다.

평소 노래를 좋아하고 잘 부르기까지 하는 조진숙 선생님에게 합창반을 만들어 지도해 보면 어떻겠냐고 넌지시, 그러나 간곡히 부탁했다. 조 선생은 수학을 가르치는 교사이지만 기꺼이 승낙했다. 얼마나 열성적으로 모집했는지 30여 명이 모였다. 석 달 동안 조진숙 선생님은 온갖 방법을 동원해 아이들을 지도했다.

축제 당일, 드디어 조진숙 선생님이 멋진 드레스를 입고 무대에 섰다. 마치 타고난 지휘자인 것 마냥 멋들어지게 합창반과 어우러져 분위기를 한껏 띄웠다. 열정이 형식을 뛰어넘는 순간이다. 그날 축제는 당연히 성공적이었다. 아이들은 물론 조진숙 선생님에게도 자신의 또 다른 재능을 발견하는 장이 되었다.

즐거운 학교 2

나주고등학교에서 근무할 때의 제자들이 지금은 50대 장년이 되었다. 몇 년 전에 그들 중 대여섯 명이 나를 찾아왔다. 시골 학교 아이들을 위해 어떻게 하면 즐거운 학교로 만들 수 있을까 고민하다가 학교축제를 만들던 이야기를 앞서서 했다. 우여곡절 끝에 축제를 무대 위에 올렸고 가는 곳마다 계속할 수 있었다. 그 과정은 나의 삶에서 40여 년 전에 있었던 일이다.

50대의 어엿한 장년이 된 제자들과 만나니 허물없이 편하고 좋았다. 소주 한 잔 곁들여 식사를 하면서 지난 이야기로 즐거운 시간을 가졌다. 한창 분위기가 무르익을 무렵 그들이 선물을 가져왔다면서 내게 큼직한 물건을 내밀었다. 궁금한 마음에 얼른 펴봤더니 '적십자반 응급처치 경연대회 3등 수상' 사진이 들어있었다. 그 시절 광주 어느 초등학교 체육관에서 상을 타고 찍은 사진이다. 사진을 들여다보며 오래된 기억을 떠올렸다.

학생과 소속이던 클럽활동계를 과학주임인 내가 끌어와서 클럽활동을 조직하고 축제를 준비했던 기억이다. 지금이야 널리고 널린 학교 축제이지만 그 시절에는 맨땅에 헤딩하는 심정이었고 어떻게 해서든 새로운 구조를 정착시키려고 애썼다. 당연히 클럽활동 부서도 몇 개씩 맡아서 헤쳐 나갔다.

클럽활동 부서 중에 봉사활동 단체를 만들고 싶었다. 원래는 YMCA 조직 속에 있는 하이Y를 만들려고 했으나 이념서클이라서 학교에서는 조직할 수 없었다. 학교에서도 조직 가능한 단체를 알아봤더니 적십자반(RCY)이 가능했다. 그것이라도 해야겠다는 생각에 적십자반을 만들었다. 봉사 정신의 소중함을 길러주고 싶은 마음에 아이들과 함께 일반 봉사활동을 다니고 할머니 할아버지를 찾아다니며 소소하게나마 도움을 드렸다.

적십자반을 운영하던 중 '응급처치법 경연대회'가 있다는 사실을 알았다. 아이들에게 참가해 보라고 권했다. 경연대회는 광주전남지역을 합쳐서 광주에서 열린다. 대회에 나가기 위해 광주에 올라갔지만 본선에 오르지 못하고 예선전에서 떨어져 버렸다. 광주에 있는 학교들끼리 경쟁이 치열해서 그들이 상을 쓸어갔다. 나주고 아이들은 경험이 없어 어떻게 준비하는 줄도 모르고 무턱대고 나갔다가 낭패를 보았다.

다음 해에도 대회에 나갔다. 그해에는 대회를 앞두고 미리 연습도 했다. 그 덕분인지 상을 탔다. 상이라고 해야 1등, 2등도 아니고 3등 상이었다. 상을 탄 후 시상대 앞에서 트로피를 들고 들뜬 가슴을 감추지 못해 아이들이 입을 헤벌쭉 벌리며 사진을 찍었다. 액자에 넣어 가져온 바로 그 사진이다.

시골에 살던 아이들 입장에서는 처음 만난 수상 경험이었다. 쟁쟁한 광주팀 틈바구니에서 그들을 제치고 상을 탔다는 것 자체가 충격이었다. 아이들에게 그 수상은 세상 앞에서 당당히 서 본 짜릿한 경험이었다. 그것이 아이들을 변하게 하는 계기였다. 자신감이 생겼다는 것이다. 시골 아이들도 얼마든지 해낼 수 있다는 자신감으로 한순간에 인생을 점프한 것이다.

이 사진을 우연히 서재에서 발견했다. 다시 끄집어내어 들여다보았다. 아이들이 하고많은 선물 품목 중에서 이것을 들고 찾아왔을 때는 내게 전하고 싶은 메시지가 있었을 것이다. "선생님. 이것이 우리에게는 인생의 전환점이었어요. 덕분에 자신감이 생겨 이후의 삶을 당당히 헤쳐 나아갈 수 있었어요." 아마 이런 의미였을 것 같다. 사진을 들여다보며 아이들의 얼굴 하나하나를 다시 한번 눈에 담았다. 참으로 고마운 제자들이다.

장성여고에서 맞닥뜨린 5·18

1980년. 5년째 장성여고에서 근무하는 중에 광주 5·18을 맞닥뜨렸다. 광주를 포함한 전남의 모든 학교에 "교사는 학교에 대기하라."라는 지침이 내려왔다. 나는 장성여고에서 근무하지만 YMCA 이사로서 도청 앞에서 이 상황을 지켜보았다.

이틀 뒤 학교에서 누가 집으로 찾아와 나를 불렀다. 근무하는 학교의 교장이 보내서 왔다는 것이다. 통신이 모두 끊겨 연락하려 해도 쉽지 않은 상황이었다. 5월 19일 혹은 20일이었을 것이다. 교장이 사람을 통해 내게 전한 말은 이런 내용이었다. "도교육청의 지침으로 전 교사가 집에도 못 가고 학교에 대기 중인데 고진형 선생만 없으니 즉시 학교에 나오라." 말을 전하는 이는 교장의 강력한 최후통첩까지 전달하고 돌아갔다. "학교에 안 오면 옥석을 가리겠다."

당시 광주에서 외부로 가는 차량은 다 통제되었다. 하는 수 없이 집에 있는 자전거로 출발했다. 허나 장성 비아에서 군인들이 바리케이드를 치고 못 가게 막았다. 첫날은 군인들이 차단하여 엄두를 못

내고 신작로 자갈길을 밟으며 집으로 되돌아왔다. 다음 날 다시 자전거로 비아까지 가서 통과 허락을 받은 후 트럭 기사에게 돈을 주고 자전거를 실은 채 장성까지 갔다.

학교에 갔더니 학생들은 등교 정지 상황이고 교직원은 전부 대기 중이었다. 학교 안에 직원 식당이 있어 그곳에서 식사를 해결하고 잠은 숙직실에서 잤다. 여교사들은 학생들 집에 분산하여 신세를 졌다.

5·18 무렵이 딸기 철이라 딸기가 많이 출하되었다. 광주 상황이 술렁이고 주변 지역까지 혼란스러워지자 거래가 뚝 끊겨 가격이 폭락했다. 여교사들이 그거라도 팔아주자고 의기투합해 딸기를 몽땅 사와 잼을 만드는 중이었다. 광주의 살벌한 분위기와 달리 코끝을 자극하는 달콤한 딸기잼 냄새가 기묘한 대비를 이루어 내 기억 속에 남아 있다.

5월 27일 계엄군이 광주에 진입할 때까지 나는 교직원과 함께 학교에 대기했다. 광주 상황이 어떻게 확산될지 전전긍긍하며 마음을 태웠지만 시골 학교에 근무하는 교사로서 학교에 대기하는 것이 고작이었다. 처참히 찢겨나가는 광주의 아픔을 함께하지 못했다.

5·18이 벌어지는 동안 광주는 철저히 고립되었다. 살육과 죽음으로 난도질당한 광주의 실상은 거짓선전으로 왜곡되고 광주시민은 악마화되었다. 도저히 있을 수 없는 일들이 벌어져 가슴이 찢어질 듯 고통스럽지만 아무것도 할 수 없었다. 살아도 산 것이 아니고 여전히 지옥에서 벗어나지 못했다. 광주시민과 함께하지 못한 아쉬움과 죄책감이 항상 가슴에 남았다.

수렁 같은 시간이 지나갔다. 억울한 영령들의 곡소리를 가슴에 묻은 채 겉으로는 평온을 되찾았다. 무자비한 정권에게 무참히 살육당한 그들을 생각하면 한시도 가만히 있을 수 없지만 공포정치의 신호탄을 쏘아올린 군부독재 치하에서 교사인 내가 무엇을 할 수 있는가.

함께하지 못한 부끄러움, 이대로 가만히 있으면 안 된다는 절박한 심정이 서서히 나를 움직이게 했다. 야학에 뛰어들었다. 2년여 시간 동안 진행하면서 교육 현실을 바라보는 눈을 키웠다. 김천배 선생님의 민중신학을 기반으로 한 가르침 덕분에 신앙에서 오는 딜레마도 해소되었다. 흐트러지고 산만하던 나의 삶이 점점 한 줄기로 모아지는 느낌이다.

세상이 온통 흐릿하고 어두워도 내가 처한 곳에서 무언가 빛이 되는 일을 해나가야 한다. 교사로서의 삶에서 한 고비를 넘어야 할 때가 되었다. 흔들리지 않는 교사조직을 만드는 일이다. 계도요원으로 정권의 시녀 노릇이나 하는 그런 교사는 더 이상 안 된다. 스스로를 지키며 당당히 일어서는, 강건한 교사 조직을 만들어야 한다. 비단 나 하나만의 생각이 아니다.

전두환 정권 치하에서 전국적으로도 교사들에 대한 탄압이 심했다. 시국에 관련된 행위에는 여지없이 재갈을 물렸다. 5·18에 참여했던 윤영규 선생님이 해직당하고, 민주세상을 위해 소모임활동을 해왔던 군산제일고 교사들은 강제 전보당했다. 교사 탄압에 앞장서 저항했다는 이유로 서울 노웅희 교사는 행정구역이 다른 경기도 백령도로 발령났다. 사회의 모순과 부조리를 깨기 위해 각자의 현장에서 투쟁하던 교사들은 신분의 위협마저 느꼈다. 교사의 지위는 언제든 마

음대로 붙였다 떼었다 하는 1회용 반창고와 다를 바 없었다. 각개전
투의 한계를 느끼며 결집된 단단한 힘을 위해 똘똘 뭉칠 필요를 절실
히 느꼈다.

광주Y교사회

1980년 여름, 서울에 있는 YMCA전국연맹에서 서서히 움직이기 시작했다. YMCA 내부에는 하이Y부터 와이즈맨에 이르기까지 다양한 클럽이 있다. 거기에 더하여 새로운 전문인클럽을 만들려고 준비하는 중이었다.

전문인클럽으로 교사회와 의사회 두 갈래를 도모했으나 의사회는 불발되고 교사회는 한 발 한 발 나아가고 있었다. 서울연맹은 전국 YMCA지부에 공문을 보내 YMCA 활동가 중 현직 교사가 있으면 추천해 달라고 요청했다. 광주YMCA 이사를 하고 있던 내게도 이 제안이 들어왔다.

"연맹에서 연락이 왔는데 교사클럽을 만들기 위해서 모임을 가진다네요. 서울에 한 번 다녀오셔야겠습니다."

곧바로 서울 회의에 참석했다. 서울연맹 측에서는 회의에 참석한 교사들에게 취지를 설명하고 의견을 물었다.

"교사전문인클럽을 만들고자 하는데 가능하겠습니까?"

회의에 참석한 이들이 교사클럽을 만드는 데 만장일치로 찬성했다. 교사들이 전국 규모의 한 조직으로 뭉칠 수 있다는 것만 상상해도 가슴이 벅찼다. 교사들도 모래알처럼 '뿔뿔이'가 아니라 반석처럼 굳건한 조직이 되는 것이다.

광주로 돌아와서 광주YMCA 활동 교사 몇 명과 자리해 전국연맹의 취지를 설명했다. 그들은 흔쾌히 동의했고 다른 지역에서도 찬성 의견을 보였다. 윤영규 선생님은 5·18에 참여했다는 이유로 해직 상태이지만 광주YMCA 이사로 활동 중이어서 적극 동조해주셨다.

이후 광주 대표자로서 서울에 오르내리며 준비위에 함께했다. 내가 준비위에 참여할 무렵에는 이미 전국적으로 조직망이 형성되었다. 이수호, 유상덕, 이부영 선생님 등이 YMCA 이창식 간사와 함께 추진하고 있었다. 준비위원회 기간을 거치면서 점차 조직세를 넓혀나갔다.

분위기가 서서히 무르익자 1981년 1월 북한산 기슭에 있는 대한 YMCA 다락원캠프장에서 전국 교사들이 모여 '한국YMCA중등교육자협의회(Y교협)'를 창립했다. 이 전국조직의 초대 회장으로 서울 신일고등학교 오장은 선생님이 선출되었다. 나도 광주에서 염동련(전남여상고), 손권일(동신고) 선생님 등과 참석했는데 창립식을 하는 내내 가슴이 뜨거웠다.

전국모임에 이어 지역별로 Y교협을 만들기 위한 작업에 돌입했다. 전국 조직에 참여해 오던 나는 광주Y교협을 만들기 위해 끊임없이 움직였다. 그동안 교육운동의 이름으로 함께했던 모든 인맥을 만나 그들의 의견을 들었다. 그들 대부분이 Y교협의 취지에 동의하고 함께하기로 했다. YMCA라는 종교적 외피가 불편하거나 개인의 성향에

따라서 참여하지 않은 이들도 있지만 Y교협의 필요성에는 두말없이 공감했다. 광주Y교협을 향한 밑그림이 점차 완성되었다.

  그동안 YMCA 내에서 소모임 활동을 하던 교사들과 바이블스터디 그룹, 봉사클럽, 독서회 소속 교사들, 5·18참여 교사, 사범계열과 교육대 출신 교사들이 두루 함께했다. 참여 시기는 조금씩 다르지만 함께한 이들은 윤영규, 정해숙, 윤광장, 최화자, 이경희, 염동련, 손권일, 고진형, 김보숙, 박남, 박인숙, 고병희. 고희숙, 홍광석, 장석웅, 오창훈, 정병관, 임일택, 장주섭, 박재성, 주진평, 박병섭, 문영숙, 김인수, 천흥배, 은우근, 김정희, 국정애. 정해직 교사 등이고 당시 5·18과 관련해 해직되었던 문병란, 김수남, 명노근, 송기숙 교수도 참여했다. 그들의 점진적인 열망이 드디어 결실을 보았다.

  1981년 2월 25일 증심사 삼애장에서 '광주YMCA중등교육자협의

회'를 창립했다.

Y교사회에 함께 참여한 교사들 중 나는 비교적 젊은 축에 속한다. 광주YMCA 이사로서 서울을 오르내리며 발기인대회부터 참여해온 점을 인정받아 회장으로 선출되었다. 회장에 고진형(나주고), 부회장에 고병희(동성중), 총무에 고희숙(창평고) 선생님이 선출되었는데 세 명이 같은 고씨 성을 가져 광주Y교사회는 쓰리고 체제가 되었다.

전국Y교사회는 1982년에 접어들면서 광역권으로 체제를 개편했다. 크게 중부권, 호남권, 영남권으로 나누었는데 나는 그해 1월 호남 회장으로 선출되었다. 전국 상황에 발맞추어 호남권에서도 지역Y교사회가 속속 등장했다. 전북의 전주 군산 남원, 전남의 광주 여수 순천 목포 해남 등이다. 곳곳의 Y교사회를 중심으로 뜻 있는 교사들이 서서히 모여들었다.

당시 전남 Y교사회의 지역 상황을 보면 여수에서는 임덕삼, 김상돈, 정형곤, 김성배, 정양균 선생님 등을 중심으로 활동했다. 목포에서는 구신서 선생님을 중심으로 움직였고 순천에서는 조동일, 박귀동, 설재록 선생님 등이 구심점이 되었다. 해남에서는 김경옥, 김시웅, 주진평, 홍정수, 박병섭, 박주희 선생님 등이 주도적으로 활동했다. 전북에서는 구체적인 조직은 없었으나 개인 활동가를 중심으로 전남과 연대하며 활동했다.

당시 전국 현황은 창립시기인 1981년에 오장은(신일고), 1983년에 2대 이재원(대구), 1985년 3대 윤영규(광주상고) 선생님이 이어서 조직을 이끌다가 86년에 들어서서 전국교사협의회로 전환되었다.

교육민주화선언

　당시의 교육계는 교육 관료들이 중심에 있어 그들의 의지대로 교육을 좌지우지했다. 그들은 권위적인 자세로 교사 위에 군림하고 수요자인 학생 또한 그들의 목적을 위한 도구처럼 인식하기도 했다. 대부분의 학교에서 보충수업과 야간자율학습이 완벽한 시스템처럼 진행되었다. 대학입시라는 최종 목표를 위해 학생들은 기계처럼 보충 자율학습으로 내몰렸다.

　내 자식 잘되기를 바라는 학부모는 촌지를 무기로 교사를 흔들었다. 보충수업에 사용하는 참고서에도 채택료가 오고 갔다. 일부 사립학교에서는 교사 채용시 기부금을 받았다. 비정상적인 분위기가 교사의 의식을 잠식했다. 교사는 학부모와 교육관료 사이에서 중심을 잃고 마냥 흔들렸으며 그런 속에서 학생들은 불행할 수밖에 없었다. 학생들 앞에서 당당하게 "나는 선생이야."라고 말할 이가 얼마나 있을까? 나부터도 자신감이 결여되고 위축되었다.

　교육민주화 선언은 처음부터 작정하고 만들어낸 기획 작품이 아니다. Y교협을 결성하고 선언에 이르기까지 그 사이에는 4년의 시간이 숨어있다. 4년 동안 외적인 활동은 물론 내적 기반을 다지기 위해 지속적으로 공부했다. 어떻게 하면 학교를 더 신명 나는 공간으로 만들 것이냐 하는 소박한 고민으로 시작해 교육 문제나 관련 교육법에 대해서 폭넓게 접근했다. 교육을 주제로 공부하다 보니 교육 현장의 모순을 알게 되고 이를 해결할 방법에 대한 고뇌로 이어졌다. 교육이 변하지 않으면 안 된다는 절박감을 느꼈다.

교육에 관련된 학습을 하는 중에 우리가 가장 많이 접한 단어는 '교육과 교육권'이다. 교육은 가르치는 행위 그 자체이고 교육권은 가르칠 권리다. 위에서 시키는 대로가 아닌 교사가 주체적으로 가르칠 권리를 가져야 한다는 의식이 서서히 내재되었다.

'교사가 바로 서야 교육이 바로 선다.' 이 간단한 명제를 깨닫기까지 쉽지 않았다. 교육이 안고 있는 모순에 대해 오랜 시간 해법을 찾는 과정을 거쳤고, 진정 이래서는 안 된다는 자각과 함께 화산이 분출하듯 정점에서 솟구쳐 나온 것이 '교육민주화선언'이다.

1986년 5월 10일, Y교협은 이 역사적 선언을 하게 된다.

어느 스승의 날

　　교육민주화선언 이후 5일이 지났다. 그때 나는 무안고등학교에서 2학년을 담임하면서 광주YMCA교사협의회 호남회장을 맡고 있었다. 선언 교사들의 명단을 입수한 당국은 도교육청을 통해 조사에 들어갔다. 교육청에서는 이미 전력이 있는 교사들을 대상으로 선언의 서명 여부를 파악하기 위해 학교마다 전화로 확인했다.

　　1986년 5월 15일 스승의 날 아침, 학교 운동장에서는 스승의 날 행사 준비로 분주했다. 학생들은 카네이션을 손에 들고 학생회장은 메시지를 준비했으며 학부모도 몇 분 행사에 찾아오셨다. 아침 직원 조회가 끝나고 스승의 날 행사에 참석하기 위해 운동장으로 나가려는 순간 교장 선생님이 내게 다가왔다.

　　"고선생, 교장실로 잠깐 오시오."

　　교장실에 갔더니 교장이 내 앞으로 서류를 내밀었다. 서류 내용은 '교육민주화선언' 서명 경위서를 작성하여 제출하라는 것이었다.

　　"급하신 것 아니면 행사 끝나고 처리하면 안 되겠습니까?"

"도교육청에서 연락이 왔는데 12시까지 교장이 도교육청에 지참 보고 하랍니다. 교육민주화선언에 서명하셨는가요?"

"예."

교장은 참가자 경위서를 오전 12시까지 교육청에 직접 가야 한다 며 즉시 작성하라고 했다. 나는 반 아이들이 기다리는 행사장에도 나 가지 못하고 교장실에서 경위서를 들여다보았다. 서명은 하였는가? 왜 서명에 참여하였는가? 서명 취소 의향은 없는가? 등등 6가지로 구 성된 질문지였다.

무언가를 잘못해 학생과에 불려가 반성문을 쓰는 학생처럼 교장실 에서 경위서를 작성할 때 운동장에서는 스승의 날 행사가 진행되고 있었다. 교장 선생님의 훈화와 학생 대표의 감사편지 낭독 음성이 스 피커를 통해 들려왔다.

지금쯤 내 반 아이들이 나를 찾고 있겠다는 생각이 들었다. 나를 찾아 여기저기 찾아 헤맬 아이들이 걸렸다. 선언에 참가한 이유를 묻 는 질문에 교육의 현실을 지적하고 교사로서의 소명 의식과 교육 민 주화, 학생들에게 사랑과 평등을 교육해야 한다는 구절을 쓰고 있을 때 운동장에서 스승의 노래가 들려왔다.

스승의 은혜는 하늘 같아서
우러러 볼수록 높아만 지네~
참되거라 바르거라 가르쳐주신
스승의 은혜는 가이 없어라~

아이들과 함께하지 못하는 처지와 경위서를 작성하며 밀려오는 징계의 부담이 함께 뒤섞이며 미래의 내 모습이 뇌리를 스치고 지나갔다. 운동장과 교장실은 고작 100m 정도의 거리이지만 서로 다른 세상처럼 아득하고 멀게 느껴졌다. 정권이라는 권력 앞에서 힘없는 교사인 자신이 한없이 작고 초라했다.

아~ 고마워라 스승의 사랑~
아~ 보답하리 스승의 은혜~

아이들의 노랫소리가 계속 들려왔다. 그 어느 때보다 노랫말이 생생하게 귓속을 파고들었다. 그래. 이깟 종이에 쓰는 거 아무것도 아니다. 선생은 언제나 학생 앞에서 '참되거라 바르거라' 가르쳐주는 존재 아닌가. 갑자기 손목에 힘이 들어가며 힘차게 써내려갔다.

그날은 결코 잊을 수 없는 스승의 날이다. 그때나 지금이나 교사는 언제나 아이들 곁에 있어야 한다는 것이 변함없는 나의 신념이다.

교육민주화선언과 실천대회

1986년 대한민국은 여전히 5·18의 피를 제물로 권력을 장악한 전두환 정권 치하다. '교육민주화선언'이 세상에 공개되자 정권은 기다렸다는 듯 칼을 빼들었다. 칼춤 아래에 선 학교들은 저마다 전전긍긍하며 갈피를 잡지 못했다.

교육민주화선언 이후 실천대회가 몇 차례 있었다. 그중 한 번은 6월 21일에 있었다. 광주가톨릭센터에서 '분노와 부끄러움을 함께하며-호남지역 YMCA중등교육자협의회 결의문'이라는 제목으로 교육민주화선언 실천대회를 가졌다. 대회는 예정대로 진행되었지만 나를 포함한 몇몇 임원들은 강제로 납치되어 밤늦게까지 끌려 다니다시피 했다.

윤영규 선생님(Y교협 전국회장)은 갑작스레 출장조치가 떨어져 대회에 참석하지 못하고 박남 선생님은 지리산 뱀사골까지 끌려갔다. 오창훈 선생님(광주Y교협 회장) 역시 교장과 장학사에게 끌려 목포까지 다녀왔다.

그날 나는 영산강 하구언 쪽으로 잡혀갔다. 교장, 교감이 나를 차에 태우더니 대회가 열리는 광주에 못 가게 하려고 반대편으로 달렸다. 영산강 하구언을 지나 해남 방면으로 가다가 산이면 어느 시골에서 내렸다. 식당에서 억지로 술을 권하며 "뭐 하러 가려고 그래. 그냥 여기서 술이나 마시세."라며 붙들고 늘어졌다. 이렇게 학교에서 각개격파 전술로 우리의 동력을 무력화시키는 바람에 그날 집회는 소수로만 진행되었다.

교육민주화선언 이후 나는 자연스럽게 요주의 인물이 되었다. 교장은 나의 근무 상황에 대해 현미경을 들이대듯 감시의 눈초리로 주시했다. 날마다 내가 가르친 학생들의 노트를 검사했다. 학생들은 선생님이 말한 대로 받아쓰는 법이니 혹시 교과 이외에 다른 무언가가 있는지를 찾아내느라고 눈이 벌겠다. 그리고 그 결과를 매일 도교육청에 보고했다.

그런 나의 상황을 동료교사들은 의아한 눈초리로 쳐다보았다. 교육적 시각이나 교육운동의 관점에서 뜻을 함께하는 이들을 제외하고는 나를 못마땅해했다. 그들의 관심사는 그날 퇴근 시간이 늦어지나 빨라지나, 회식이 있나 없나, 친목회는 언제 하나 등등이었다. 나로 인해 학교가 복잡해지는 상황이 귀찮을 뿐 교육 현실을 제대로 들여다보려는 의지가 약했다. 그들 눈에 나는 그저 어물전을 망신시키는 꼴뚜기였다.

그런 중에도 나는 학교축제를 위해서 학생들과 밤을 새우고 때로 눈물을 흘리며 함께했다. 속으로 그랬다. '당신들은 날 잡으려고 혈안이지만 나는 그런 건 아무래도 좋다. 내가 교단에 있는 한 아이들의

꿈이 무엇인가를 알고 그것을 키워가도록 도와줄 것이다.'

  내가 근무하는 학교는 대부분 시골학교였다. 지역적으로나 경제적으로 소외된 곳에서 '학생들에게 무얼 해줄 것이냐.'에 대한 해답으로 축제만한 교육활동이 없었다. 내게는 그들의 번득이는 눈초리보다 학생들의 축제를 성공시키는 것이 진정한 교육의 장이라고 생각했다.

  그 일로 징계를 받았는데 어떤 수위의 징계를 받았는지 기억조차 나지 않는다. 상상할 수 있는 징계로는 감봉, 견책 등이 있을 것이다. 이후로도 여러 번 징계를 받았으나 전교조 결성과 관련해 최고 수위인 파면을 받고 보니 이전에 받았던 자질구레한 징계들은 별로 중요하지 않을 뿐더러 기억조차 없다.

Y교협
– 나의 역할

　광주Y교협 회장으로서 해야 할 역할 중 또 하나는 전국 상황을 바라보며 회원들이 부당한 대우를 받거나 억울한 상황에 놓이면 해결하러 다니는 일이다. 호남회장인 나는 전국회장인 윤영규 선생님을 모시고 원주 전주 등 탄압 현장에 찾아다녔다.

　원주에 있는 진광고등학교는 가톨릭 원주교구에서 설립한 학교다. 이 학교에서 곽대순 선생님을 포함한 몇 명의 교사가 교육민주화선언에 참여한 이후 재단으로부터 탄압을 받았다. 탄압받는 교사들이 윤영규 회장님에게 연락해 와 함께 원주로 향했다.

　학교 선생님들을 만나 상황을 확인하고 가톨릭 원주교구청 지학순 주교님을 찾아뵈었다. 교육민주화선언의 역사적 의미를 말씀드리고 선언에 참여한 교사들을 잘 살펴주시도록 말씀드렸다. 지학순 주교님 역시 옳은 일이라고 하며 우리의 의견을 긍정적으로 받아들이셨다.

　주교님을 만난 후 보좌 신부인 최기식 신부님과 함께 저녁식사를 했다. 멀리 광주에서 왔으니 식사를 대접하라는 주교님의 당부 덕분에 '산수갑산'으로 향했다. 여담이지만 이 식당은 김지하 시인이 이름을 지었단다.

당시 부산미문화원 방화사건으로 시국이 어수선했다. 최기식 신부님도 광주민주화운동 수배자인 김현장을 은닉했다는 이유로 구속되어 오랫동안 감옥생활을 하셨다. 이런저런 시국 이야기를 나누고 늦게 자리에서 일어났다. 밤 10시쯤 기차를 타고 제천으로 와서 광주행 열차를 기다리다가 갈아타고 동이 틀 무렵 광주역에 도착했다.

전주에서는 이미영, 김혜선, 김진술, 이복순 선생님이 중심이 되어 교육민주화선언에 참여했다. 당시 전주에는 Y교사회 조직이 없었다. 전국에서 교육민주화선언의 바람이 불자 그들도 힘을 모아 선언에 참여하고 "우리는 Y교사회입니다."라고 천명했다. 스스로 Y교사회 회원임을 자처한 것이다. 그러나 전주YMCA에서는 "이 사람들은 Y교사회가 아니니 우리 식구가 아니다."라고 냉정하게 거부했다.

그 일로 나는 호남회장의 자격으로 전주에 찾아갔다. 전주YMCA 이사장과 실무자를 만나서 말했다.

"역사적인 교육민주화선언에 참여했는데 지금은 힘들지만 다음에 전주YMCA의 역사가 될 수 있지 않겠습니까? 선생님들이 내쫓기면 이거 사지로 나가는 거 아니요. 그러니까 이 선생님들을 전주YMCA에서 보듬어 주시요."

간곡히 부탁했건만 전혀 소용없었다. 우리 전주Y 회원도 아닌데 무슨 상관이 있느냐는 것이다. 형식 논리에 매여 폭넓게 끌어안지 못하는 그들이 안타까웠지만 어쩔 수 없었다.

발길을 돌려 고민하다가 정의 구현에 앞장서 오신 문규현 신부님을 찾아갔다. 문 신부님이 전주의 어느 성당에서 사목하고 계셨을 때다. 찾아뵙고 그간의 사정을 말씀드렸더니 문 신부님이 그러셨다. "정 안 되면 우리 가톨릭이 나서서 보듬겠소. 우리가 최선을 다해서 선생님들을 보호하겠소." 우리 가족인 YMCA에서는 버림받았는데 가톨릭에서는 오히려 지켜주려고 애쓰시는 모습에 감사했다. 타인에 대한 진정한 배려는 형식을 뛰어넘는 법이다.

기차를 타고 내려오는 중에 남원에 들러 남원YMCA 총무를 만났다. 남원에서는 교육민주화선언에 서명한 이는 없지만 교사 조직에 대해 심도 있게 논의했다. 이후 교육민주화선언 실천대회에는 남원지역 교사 명단이 보였다. 이들이 광주에 와서 함께 참여한 것이다. 그들을 격려하기 위해 들렀다가 광주로 돌아왔다.

Y교협
– 교사협의회로

Y교사회는 YMCA를 통해서 출발했다. YMCA는 기독교와 사회의
중간 역할 수준으로 봉사활동이 중심이다. 사회 각 분야에 관심을 두
지만 특히 청소년 문제에 집중하여 이를 해결하려고 노력해 왔다. 이
런 노력의 결과로 Y교사회가 등장하게 되었다.

교육민주화선언으로 Y교협이 세상에 알려지게 되었으나 기독교라
는 테두리에 묶여있다. Y교협이 아무리 맹렬하게 활동해도 기독교라
는 종교적인 울타리에 놓이고 보니 그 한계를 벗어날 수 없다. 내부
에서 계속 토론을 이어 갔다. "이제 YMCA 보호막을 벗어던지고 거칠
지만 더 넓은 세상으로 과감히 전진해야 한다." "뜻있는 교사라면 누
구든 함께할 수 있는 폭넓은 밥상을 만들어야 된다."라는 의견이 주
류를 이루었다. 나 하나의 생각이 아니다. 전국의 많은 교사가 험난한
항로에 좌충우돌 부딪히고 깨지면서 얻은 결론이다.

드디어 교사들의 자각, 욕구, 당위 이런 것들이 수면 위로 올라오기
시작했다. 언 땅을 헤집고 새순이 뚫고 나오듯 고개를 내밀었다. 거친

세상이지만 모두와 함께할 수 있는 넓은 세상, 그 세상으로 과감히 뛰쳐나가기로 했다. 뜻이 같다면 어떤 교사라도 함께할 수 있는 교원 조직, 전국교사협의회를 만들게 되었다. 1987년 6월에 수많은 교사의 소망을 실현할 '전국교사협의회'가 막을 올렸다.

교사협의회 그 뜨거운 열기

전국교사협의회가 결성될 무렵 나는 무안고에서 근무했다. 전국 조직에 이어 전남교사협의회가 결성되고 초대 회장으로 윤광장 선생님이 선출되었다. 그러나 그가 곧바로 광주로 도간전출하게 되어 내가 그 직을 이어받았다. 무안교사협의회 회장 직을 수행하다가 갑자기 전남교사협의회 회장으로 직위 이동을 한 셈이다.

1987년으로 들어서서 4·13 호헌 철폐, 6월 항쟁, 6·29 선언이 이어지면서 적어도 표면적으로는 세상이 좋아진 듯했다. 정치적 상황이 다소 느긋해진 틈을 타서 얼른 교사의 힘을 하나로 모아야 한다는 생각에 바삐 움직였다. 준비위원회를 거치면서 학교 대표 선생님들이 한자리에 모여 어떻게 하면 무안교협을 결성할 것인지 진지하게 토론했다.

학교마다 지닌 문제들을 한 테이블 위에 올려놓고 다양한 안을 제시하며 공론의 장을 펼쳤다. 상명하복의 지휘 체계가 아니고 수평적인 관계에서 자연스럽게 토론 문화를 형성해 나갔다. 그러다 보니 다양한 의견이 등장해 그 속에서 좋은 방안을 찾아간다. 집단지성이 발현되는 순간들이다.

교사협의회는 그런 역할이었다. 학교에서 교사들이 억압받지 않고 그 안에서 벌어지는 어떤 일도 내 일처럼 생각해 의견을 내고 해결점을 찾아가는, 다시 말하면 교사가 학교의 주인으로 거듭나는 것이다. 이것은 자연스레 학생들에게도 영향을 미친다. 학교는 어느 한 개인의 것이 아니고 그 안에 있는 모든 구성원이 주인이다. 각자가 같은 무게로 발언하고 좋은 의견이 나오면 힘을 실어주는 것이다.

교사협의회가 등장하기 전, 학교는 대부분 교장 일개인이 마음대로 해도 되는 곳처럼 인식되었다. 이를테면 교육부가 제시하는 지극히 정상적인 교육과정이 있어도 교장이 마음대로 시수를 늘리면 교사들은 아무 말도 못하고 끌려간다. 이런 식으로 끌려가기만 하던 교사들이 교사협의회의 등장으로 과감히 자신의 목소리를 내기 시작했다.

마침내 교사가 학교의 주인으로 등장했다. 학교 내의 잘못된 부분을 개선하고 학생들이 오고 싶은 학교로 바꾸려고 의욕이 넘쳤다. 보충·자율학습 폐지, 클럽활동 활성화, 수업 방법 개선, 토론 수업을 강조하면서 교사와 학생은 상하 관계가 아니라 동등한 주체로 자리 잡기 시작했다. 학교가 살아 움직이는 공간으로 변했다. 교사협의회의 가장 기본 조직인 평교사회가 떠오르기 시작했다.

중등학교는 변화의 흐름에 비교적 여유있게 올라탔지만 초등학교는 상대적으로 더디게 움직였다. 초등학교에서 세상에 드러난 교사 조직에 발을 들이미는 것은 결코 녹록하지 않았다. 무안교사협의회를 만드는 과정에서 나는 운 좋게 초등학교의 김희중 선생님을 만났다.

준비위원회에서부터 모든 일을 함께 의논하고 진행할 수 있었다.

뜻이 좋아도 사람이 모이지 않으면 아무 소용없다. 뜻을 함께할 사람을 찾아가 끌어내는 것이 회장의 일이다. 늘 이 학교 저 학교의 새로운 교사를 만나러 다녔다. 그중에서도 어느 날 밤에 무안 청계중학교로 김영효 선생님을 찾아간 기억이 난다. 그 학교에서 테니스 선수들이 합숙하는데 늘 아이들 옆에서 지도하는 체육 교사가 있다는 말을 듣고 그를 만나러 갔다. 캄캄한 운동장에서 교사협의회를 설명하며 함께하자는 제안을 했다. 그가 대뜸 말했다.

"나는 그거 옛날부터 혼자 활동했어요. 함께하자고 하니 기꺼이 동참해야지요."

옛날부터 학교에서 옳지 못한 결정을 하거나 윗선들의 관료적인 행동을 보면 그냥 넘기지 않았다는 이야기다. 혼자 고생스럽게 싸우며 어려운 문제들을 해결해 왔던가 보다.

그 시절에는 학교마다 교장의 위력이 대단해 그에 대항하기도 결코 쉬운 일이 아니다. 물론 교사협의회의 할 일이 교장과 맞서는 것이 전부는 아니지만 위력에 굽히지 않는 의지라면 어떤 활동도 충분히 할 수 있을 것이다. 야밤의 첩보전처럼 그렇게 만난 김영효 선생님이 곧바로 회원으로 결합하게 되었다.

김영효 선생의 행동반경은 보통 사람의 몇 배나 넓어 무안교사협의회의 온갖 궂은일을 도맡아 처리했다. 행사 플래카드나 사무실 간판도 직접 만들었는데 그의 손을 거치면 곧바로 작품이 되었다. 이후 무안교사협의회 회장을 거쳐 전교조 전남지부장까지 맡아 조직 발전에 자신의 기량을 헌신했다.

사립학교는 공립학교에 비해 모든 면에서 열악했다. 교사협의회에 참여하기도 결코 쉽지 않았다. 재단과 교장의 서슬에 감히 고개 들고 저항하기는 직을 걸어야 가능한 일이다.

그러던 어느 날이다. 무안지역의 사학인 망운중학교에서 연락이 왔다. 한 여선생으로부터 전화가 왔는데 학교 근방으로 찾아와달라는 것이다. 망운중학교 앞 버스정류장에서 내리면 상점이 있는데 그 안집에서 기다리겠단다.

그때는 자가용이 대중화되기 전이라 대부분의 교사는 방을 얻어서 자취하거나 하숙하는 것이 일반적인 모습이다. 새로운 학교 교사들과의 만남은 일부러라도 만들어야 할 판이니 '옳다구나' 하고 안내받은 대로 찾아갔다. 누군가와 둘이서 찾아갔는데 그 방 안에는 여선생님들만 5명이 모여있었다. 행여 옆방에 사는 또 다른 남선생이 들을세라 문도 꽉 닫고 그 안에서 인사하고 대화하기 시작했다.

그들은 학교의 비리도 그렇거니와 교사들에 대한 탄압이 얼마나 심한지를 토로했다. 교사의 기본적인 권리는커녕 재단의 간섭이 심해 인간 이하의 취급을 당하고 있었다. 교사의 교권은 땅에 떨어지고 열패감에 사로잡힌 아픔을 꺼내기 시작했다. 처음에는 주저하며 꺼냈지만 갈수록 열불을 내며 토로하는 게다. 그들에게 내가 이렇게 말했다.

"선생님들 그동안 너무나 고생 많으셨습니다. 그런 상황을 극복하고 이기기 위해서 우리 교사협의회가 만들어진 겁니다. 재단을 상대로 혼자 싸우기에는 너무 힘듭니다. 그러니 우리와 함께 싸웁시다."

그랬더니 좋다고 하며 비밀리에 명단을 넣고 같이하겠다는 것이다.

망운중은 목포 신명여상고와도 같은 재단이다. 이후 신명여상고로 연결되어 사학 투쟁 과정에서 이범수, 정춘순 선생님을 포함해 여러 명의 해직교사가 나올 만큼 열기가 뜨거웠다. 이렇게 음으로 양으로 물이 퍼져나가듯 교사협의회 조직이 점차 확산되어 나갔다.

교사협의회 또 다른 발전

전국교사협의회는 전교조로 넘어가는 과정에 징검다리 역할을 했다. 그리 긴 시간은 아니었지만 해방 세상을 맞이한 듯 교무실에서 교사들의 얼굴이 밝아지고 목소리에 힘이 들어가던 시절이기도 하다.

학교에서는 평교사회의 등장으로 분위기가 뜨거웠다. 허나 법적인 면에서는 한계가 있었다. 자유롭고 진취적으로 학생들을 가르칠 권리가 보장되는 법의 울타리가 필요했다. 좀 더 진일보한 조직을 만들어야 한다는 의견이 대두되고 거기에 두 가지 선택지가 등장했다.

자주적 교원단체(자교단)와 교원노동조합(교원노조), 두 개의 길을 놓고 토론에 토론을 거듭했다. 교사협의회 본부도 둘로 나뉘었다. 뛰어난 활동가인 유상덕 선생님은 교원노조로 나아가는 것에는 반대했다. 아직 시기상조라 여기고 이 시점에서는 자주적 교원단체가 적합하다고 주장했다. 그러나 대부분은 교원노조를 갈망했다. 교원단체로는 법적인 교섭권이 없기 때문이다. 교육감과 앉아서 교섭하려 해도 법적으로 불가능했다. 교사가 희망하는 제도와 규정을 요구하거나 주장할 힘이 없다.

내부에서 갑론을박 치열한 논쟁을 벌이고 있을 때 야당 김대중 총재가 당신의 의견을 전달했다. 김대중 총재는 연락할 사안이 생기면 무안이 지역구인 박석무 전 의원을 통해 당신의 뜻을 알려왔다.

김대중 총재 왈 "시기적으로 지금은 너무 이르다. 교사들이 많이 다친다. 정부는 수용할 수 없다. 지금 이 정권에서 노동3권의 법 개정은 가능성이 0.1%도 없다. 이런 상황에서 굳이 가능성이 없는 노조 설립을 추진하면 내가 볼 때 100명 이상 해직 당한다. 감옥 간다."라며 극구 말렸다. 김대중 총재는 100명 정도 해직될 거라고 예상했지만 실제로 전교조 결성 이후 해직된 교사가 1,500여 명이 넘었고 감옥에 들어간 사람만도 50여 명이다.

앞으로 나아갈 방향에 대해 토론이 끊이지 않았다. 토론을 하다 보면 항상 온건파와 강경파가 등장하는데 온건파의 부드러움보다는 강경파의 강력함이 사람의 마음을 사로잡는다. 점차 교원노조 쪽으로 무게 중심이 쏠리더니 대의원대회에서 정식으로 통과되었다. 이제는 교원노조를 결성하는 길로 나아가는 수밖에 다른 길이 없다.

하필 그 시기에 큰 사건이 터졌다. 외국어대학교 임수경 학생이 북한을 방문한 사건이다. 임수경은 북한 평양에서 열린 세계청년학생축전에 참가하고 귀국 여정은 판문점을 통해서 돌아오기를 희망했다. 북한에 간 것도 마땅치 않은데 판문점 귀로를 고집하니 정부는 강력하게 거부했고 임수경은 이에 단식으로 대응했다. 임수경의 목숨을 건 단식으로 결국 귀국하기는 했으나 그 여파로 국내정세가 급속도로 냉각되었다.

김대중 총재가 또 박석무 전 의원을 보냈다. 그를 통해 간곡하게 말리는 전언을 보내왔다.

"절대 지금 하면 안 된다. 엄청나게 다친다. 지금 이 정권이 임수경 때문에 강경 노선으로 돌아서서 정세가 살얼음판이니 지금 섣불리 띄우지 마라."

우리는 이미 교원노조를 결성하기로 안건을 통과시키고 박수까지 쳤는데 임수경 사건이 벌어졌다 한들 어떻게 뒤로 후퇴하겠는가. 우리는 우리의 길을 간다는 생각으로 계속 진행을 하고 1989년 상황으로 넘어온 것이다.

김대중 총재 외에도 많은 사람이 걱정했다. 교사의 노동3권은 불가능한데 너무 조급했다는 지적이다.

"매일 전국적으로 평교사회가 몇십 개씩 뜨는 판인데 왜 찬물을 끼얹느냐. 그 소중한 꽃 봉우리 하나를 위해서 교사들이 폭발적으로 역사 앞에 진출하고 있는데 이런 상황에서 지나친 전술은 무리다."

그 무렵에는 전국에서 평교사회 창립이 하루에도 70개씩 결성되던 시절이다. 우려가 끊이지 않았지만 한 번 결정된 사항을 번복하면 지도부가 퇴진해야 하는 현실적 고뇌가 있었다.

지금도 노동3권이 다 인정되는 건 아니다. 전교조가 합법노조로 인정된 것은 1999년이고 법외노조로 전락했다가 다시 합법화된 것이 2020년이다. 성급했다는 지적에는 인정하지만 어차피 언제 해도 고통은 따르는 법이다. 가야 할 길이라면 고통이 따르든, 따르지 않든 묵묵히 가야 한다. 저들이 우리를 위해 길을 닦아주지 않는다.

모두의 우려 속에서 전교조의 깃발이 올라가게 되었다. 뒤에 감당할 무게가 무엇일지 예측하지 못한 채 마침내 전교조 깃발이 창공을 뚫을 듯 높이 솟았다.

전국교직원노동조합

살아오면서 지난 일을 돌이켜보면
늘 속에 빠져들어 헤어나지 못하거나 천 길 낭떠러지 앞에 선 듯
퇴로가 없던 기억들이 있다.
내게는 1989년이 그랬다. 그해 여름은 유난히 뜨겁고 가혹했다.
대한민국의 교육운동사에서 유례가 없을 만큼
교육 현장에 무시무시한 회오리바람이 불었다.
전국적으로 1,500명의 교사가 무더기로 해직되고 나는 파면 구속되었다.
교단에서 내쫓기고 감옥생활을 한다는 것은 꿈에도 생각해 본 적이 없다.
전국교사협의회를 결성할 때는 방관자처럼 거리를 두던 노태우 정부가
교원노조를 결성하려는 교사들의 움직임에는
하이에나처럼 달려들어 물고 뜯고 헤집었다.
전국교직원노동조합 준비위원회, 발기인대회, 결성대회를 이유로
그들의 사냥이 시작되었다.
전남지역 교사운동의 선봉에 있던 나도
예외 없이 그들의 표적이 되었다.

마지막 수업

　3년째 근무하는 무안고등학교는 무안읍의 조용한 곳에 위치한 평범한 농촌 학교다. 그곳에서는 학생들과 더불어 더 재미있고 즐거운 학교를 만드는데 온 힘을 쏟았던 시절이었다. 그런 나의 일상을 와장창 깨는 일이 벌어졌다.

　1989년 5월 24일이다. 교육청으로부터 내 앞으로 직위해제 통지서가 날아왔다. 불법 집단행동을 했다는 이유인데 전남대학교 강당에서 전국교직원노동조합 전남지부 발기인대회에 주도적으로 참여했다는 것이다. 전남에서는 장석웅, 김목, 박용성 선생님이 같은 통지서를 받았고 전국적으로는 54명의 교사가 직위해제 당했다.

　직위해제가 되면 다음 날부터 출근할 수 없다. 통지서를 받아 들었지만 그날까지는 수업을 해야 한다. 3학년 체육 수업을 앞두고 있었다. 체육 시간이면 학생들은 미리 체육복으로 갈아입고 쉬는 시간부터 운동장으로 뛰어나가 공을 차며 축구 시합을 벌인다.

　내 전공과목은 생물이지만 소규모 시골학교이다 보니 다른 과목을 지원해서 가르쳤다. 체육과 박양수 선생님의 수업이 너무 많아 3학년 체육 과목을 주당 3시간씩 지원했다. 체육 시간이면 나도 학생들과 함께 운동장에 나가 공을 차며 뛰었다.

직위해제 통보를 받아들고 착잡한 심정으로 가만히 앉아있었다. 온갖 생각이 머릿속에서 흘러갔다. 이후 내 운명이 어떻게 될지 혼란스럽고 학생들 얼굴 가족 부모님이 동시에 떠올라 머릿속을 가득 채웠다.

넋을 놓고 앉아있을 때 체육 수업을 앞둔 학급 주번 학생 두 명이 교무실로 찾아왔다. 평소에 그랬듯이 흔연스레 말했다.

"선생님. 이 시간에 축구 하는 거 맞지요? 빨리 운동장으로 나오세요."

그때 내가 정신을 차리고 말했다.

"잠깐만."

막 돌아서려던 주번 학생이 주춤하다가 다가왔다.

"왜요? 왜 그래요?"

"이 시간은 꼭 교실 수업을 하고 싶다."

뭔 뚱딴지같은 소리냐고 눈을 치뜨더니 한 명이 대꾸했다.

"사람이 많이 변해 부럿네요이."

"미안해. 근데 이 시간에는 꼭 교실에서 수업을 하고 싶어. 미안하지만 아이들한테 땀 닦고 교실로 들어오라고 전해줘."

입을 삐쭉 내밀고 돌아선 주번 학생들은 운동장으로 다시 돌아갔다.

종소리가 나자 교실로 향했다. 교실을 향해 걷는 중에도 이 상황을 어떻게 정리할지 머릿속이 복잡했다. 교실 문을 열었다. 학생들의 눈초리가 곱지 않다. 내게 배신이라도 당한 듯이 눈에 가시가 돋고 표정이 일그러져 있었다. "이게 뭔 꼴이여. 시합 중이었잖아요." 여기저기서 한마디씩 했다.

차마 떨어지지 않는 입술을 억지로 떼어 말을 하기 시작했다. 모든 상황을 다 드러내어 말할 수는 없다. 하고 싶은 말은 많았지만 그저 학생들 앞에서 할 수 있는 말을 골라야 했다.

"내가 내일부터 학교를 못 나오게 됐다. 오늘 여러분 체육 수업이 마지막 수업이 되어 버렸다. 그래서 마지막 인사라도 하고 가려고 주번한테 양해를 구했다."

학생들이 갑자기 눈을 동그랗게 뜬다. 몇 명이 동시에 묻는다.

"예?"

"왜요?"

"왜 그래요?"

"개인 사정이 있다."

개인 사정. 내가 처한 이 상황이 개인사정이란 말인가. 한창 예민한 시기에 있는 학생들이 화내면 물불 안 가리고 덤빌까 봐 어떻게든 분위기를 가라앉혀 그들의 마음을 안정시켜야 한다는 생각만 했다.

돌이켜 생각하니 우습다. 쫓겨나는 주제에 내가 무슨, 학교와 정부를 생각하고 대통령을 걱정하고 앉았던가. 솔직히 말해서 나는 아무 죄도 없는데, 직위해제라는 이름을 들씌워 쫓아내고 있는데. 허나 사정을 다 말하면 혈기 넘치는 학생들이 참지 못해 큰일 낼까 봐 말을 아꼈다.

학생들이 다그쳤다.

"왜 그래요? 뭔 일 저질렀어요? 말을 해 봐요."

"아니야. 내가 잘못한 것은 없는데 그렇게 됐어. 그러니까 내일부터 얼굴을 못 보게 돼서 미안하고 마지막이라는 생각에 너희에게 알려 줘야 할 것 같아서 이렇게 교실 수업을 하자고 했어."

들썩거리던 아이들이 조용해졌다. 뒤통수라도 맞은 듯 어리벙벙한 표정을 짓는 아이들을 뒤로 하고 대략 짐을 챙겨서 학교를 빠져나왔다. 이후 교도소에 있을 때 그 학생들이 면회 와서 그랬다. "그때 그랬구면요. 아무 죄도 없으면서 그때 그랬구면요."

알퐁스 도데의 단편소설 「마지막 수업」에서 전쟁에 졌다는 이유로 독일에 귀속되어 프랑스어로 마지막 수업을 하는 아멜 선생님의 심정이 어떤 것이었을까. 내 어깨를 짓누르는 짐이 아멜 선생님의 것에 비견할 수야 없지만 강제로 억압당하는 이의 심정만큼은 생생하게 느꼈다. 내게도 마지막 수업은 잊을 수 없는 장면이다.

꼭 다시 돌아오겠다는 약속

직위해제 되고 나흘 뒤인 1989년 5월 28일 서울에서 전국교직원노동조합 결성식을 치렀다. 결성식이 끝나자마자 통일민주당 당사에 들어가 단식 농성에 들어갔다. 윤영규 위원장을 비롯한 본부 임원진과 전국 단위에서 직위해제 당한 54명이 함께 농성에 참여했다.

'문교부장관 퇴진'과 '노동조합 인정'을 요구하며 단식투쟁을 이어갔으나 12일째 되는 날 강제로 해산당했다. 이후에는 내 몸이 내 것이 아니다. 경찰에 의해 병원으로 끌려가 응급처치와 건강 상태를 확인받고 다시 관할 경찰서로 압송되었다. 관할 경찰서에서 조사받은 뒤 불구속기소로 처리되었다.

서울에서 단식을 하고 광주에 내려온 이틀 뒤인 1989년 6월 10일 전남지부 결성식을 결행했다. 전남대학교 대강당에서 열린 전남지부 결성식에 2천여 명의 동지들과 사회단체 대표들이 참석했다. 비장함이 가득한 결성식에는 시·군별로 참석한 조합원 동지들의 함성이 우렁찼고 각 지역을 상징하는 깃발이 식장을 가득 메웠다. 전남지부 결성식은 이후 다가올 어떠한 고난도 반드시 헤쳐 나가겠다는 조합원들의 굳건한 결의장이었다.

나는 그때 서울에서 단식하고 내려온 뒤끝이라 몰골이 말이 아니었다. 지부장으로 선출되고 결의문을 낭독한 뒤 그날 저녁 내게 구속영장이 떨어졌다는 연락을 받았다.

내가 구속되면 조직을 이끌 수 없으니 대신할 누군가를 세워야 한다. 구속 영장이 발부된 상황이어서 전남대학교 학생회 임원들의 보호를 받으며 증심사로 향했다. 증심사 아래에 있는 어느 식당에서 20여 명이 모였다. 그곳에서 지부장 권한대행과 사무국장을 내정했다. 지부장 권한대행으로 이용수 선생님을, 사무국장으로 장석웅 선생님을 임명했다.

구속영장이 떨어지자 이후의 거취가 애매했다. 무안에 집이 있으니 그곳으로 가야 마땅하나, 나를 체포하려고 형사들이 미리 대기 중이라 갈 수 없다. 잡혀가는 건 변함없는 사실이지만 어디에서 잡혀가느냐는 나름 상징성이 있어 직전에 근무하던 무안고를 떠올렸다. 그날 저녁 광주 증심사 계곡에서 비밀리에 무안 제일교회 목사관으로 내려갔다. 무안 제일교회 목회자인 안동해 목사님께 인사하고 사정을 말씀드렸더니 교회 한켠에 있는 방을 내주셨다.

12일 넘게 단식을 한 뒤끝이라 몸이 피곤해 잠이 들었다. 한참 자다가 이상한 느낌이 들어 눈을 퍼뜩 떴다. 벽에 있는 시계를 보니 새벽 3시 반을 가리키고 있었다. 이상한 느낌의 실체는 목사님이었다. 그분이 내 옆에서 무릎을 꿇고 계셨는데 그분의 음성이 귀에 들려왔다.

사랑하는 제자들 곁으로 돌아가겠다.

89년 5월 24일 직위해제 된 4명의 전남 동지 서울 민주당사에서 농성

"이 어린 양이 내일이면 영어의 몸이 되는데 이 어린 양을 주님께
서 보호해 주옵소서."

나를 위해 기도를 하고 계시는 중이었다. 놀라움에 벌떡 일어나 앉
았다.

"아니 목사님. 지금까지 안 주무셨는가요?"

"나는 괜찮아요. 어서 자요."

당신은 괜찮다며 더 자라고 재촉하셔서 나도 모르게 또 잠으로 빠
져들었다. 아침에 눈을 떠 보니 이미 나가신 뒤였다. 새벽에 기도하던
목사님의 모습이 뚜렷하게 떠올랐다. 어쩌면 밤새 기도를 하셨는지도
모른다.

뼈만 남은 내 몰골은 수염까지 덥수룩하게 자라 참으로 험상궂었다. 단식 뒤끝이라 밥을 먹을 수 없는 내 사정을 알고 목사 사모님께서 흰죽을 쑤어 주셔서 달게 먹었다. 두 분께 감사하다는 인사를 드리고 택시를 불러 학교로 향했다.

학교에는 이미 내 과목을 대신할 기간제 교사가 와 있었다. 학생들 수업은 한시도 멈춰선 안 되니 당연한 일이다. 5월에 직위해제 당하고 다시 학교로 찾아간 날은 6월 11일이다. 학생들 수업을 위해 기간제 교사가 와있는 건 백번 타당한 일인데도 감정이 흔들렸다. 내가 설 자리가 없어졌다는 사실을 인정하기가 힘들었다.

교무실에 들어가서 선생님들과 함께 초췌한 내 모습에 대해 위로의 말들을 나누고 있는데 순간 문이 드르륵 열리고 남자 둘이 들어왔다. 경찰이었다. '아 이제 들어갈 때가 됐구나.'라고 판단하고 그들에게 잠깐만 나가 있어 달라고 부탁했다. 선생님들과 마지막 인사를 나누었다. 학생들도 내가 왔다는 소식을 듣고 소리를 지르며 복도를 우당탕 뛰어 내려왔다. 무슨 말을 나누었는지 자세히 기억나지 않지만 선생님들에게도 아이들에게도 미안하고 죄송한 마음이었다.

아이들에게 수업을 마무리하지 못해 미안하고 기간제 선생님에게도 나 대신 와 계셔서 다행스럽다고 했다. 선생님들과 마지막 인사를 나누었다.

"선생님들 죄송합니다."

교무실 문을 열고 나와 현관에 이르니 경찰들이 다가와 내 손목에 수갑을 채웠다. 수갑 찬 내 모습에 선생님들과 아이들이 따라오며 울었다.

"꼭 다시 돌아오겠다."라는 말을 남기고 검정 지프차에 강제로 올라탔다. 무안경찰서에서 내려 유치장에 갇히는 신세가 되었다.

감옥에서 출소한 후 알게 된 사실이 있다. 내 과목 대신 온 그 기간제 교사는 대학생 때 민주화운동에 참여했다는 이유로 임용에서 배제된 '미발령' 선생님이었다. 본인은 모르고 온 기간제 자리였지만 고진형 선생님 대신이라고 하니 미발령교사모임에서 단호하게 거부 의사를 드러냈다.

"그 선생님 자리에 기간제로 가면 안 된다."

그 기간제 선생님도 동의해 곧바로 사표를 써버렸다. 당장 본인들의 코가 석 자인데도 대의명분을 지키려는 노력이 가상하다. 학교에서는 이미 한 달 월급을 계산해 놓았다가 중간에 그만두니 다시 계산해야 하는 불편함 때문에 울퉁불퉁했다는 후문이다. 그 교사는 한 달도 못 채운 월급을 받아서 5만 원이 든 봉투를 내 아내에게 전달했다고 한다.

"꼭 다시 돌아오겠다."라고 한 약속을 쉬이 이루지 못했다. 그리고 18년이 지나서야 교단에 다시 돌아올 수 있었다.

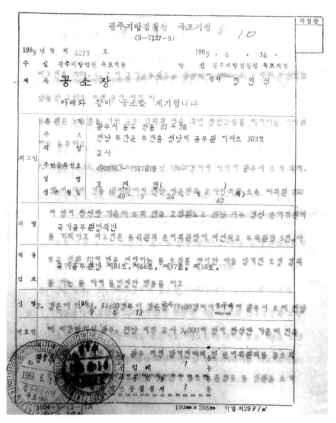

구속되기 전 공소장

죄수 번호 10번

1989년 5월 24일 직위해제 된 후 서울 단식과 6월 10일 전교조 전남지부 결성을 계기로 파면 구속되었다. 도교육청은 전교조 결성의 책임을 물어 나를 징계위원회에 회부했다. 그들은 당사자인 내가 구속된 상황에서 그들끼리 징계위원회를 열어 징계를 결행했다. 요즘 법조계에서 '절차의 위법성'을 문제 삼을 때면 새삼 그때가 생생하게 떠오른다. 징계 소식을 들은 것은 목포교도소 안에서였다.

목포교도소는 일제 때 지은 곳으로 건물이 오래되었다. 제주 4·3 사건으로 잡혀온 제주 사람들이 그곳에 수감되었던가 보다. "4·3을 기억하라"라는 문구가 문턱에 새겨졌고 관련 내용을 써놓은 흔적이 곳곳에 희미하게 남아있었다.

목포교도소 안에서 내가 누리는 공간은 독방이다. 정치범이라는 이유로 독방생활을 했는데 0.6평 크기의 공간이다. 누우면 꼭 맞을 정도로 좁고 길다. 박근혜 전 대통령은 여섯 평짜리 독방에 있었다는데 내가 있던 곳에 비하면 무려 10배나 된다. 호텔 수준이다.

무안경찰서에서 목포교도소로 송치하는 순간

　감옥 안에는 쇠붙이가 전혀 없다. 수저나 그릇이 전부 플라스틱이
다. 방 뒤에는 화장실이 있는데 비닐로 막을 쳐놓았다. 목포교도소는
일제 때 지은 그대로여서 시설도 열악하기 짝이 없다. 화장실에서 대
변을 보려면 물이 튄다. 변소 바닥에 지하수가 차오르는지 일을 볼
때마다 참으로 고역이다. 그래서 생각해낸 것이 일을 보기 전에 미리
신문을 변기 밑에 펼쳐 넣는 것이다. 그러면 덜 튀었다.
　방 위쪽에는 높아서 올라갈 수 없는 지점에 쇠창살로 된 작은 창
문이 있다. 그 너머 멀리 산언덕이 있다. 아이들이 가끔 그곳에서 뛰
어놀곤 한다. 아이들이 뛰어다니며 숨바꼭질하는 모습이 너무 평화로
워 까치발을 해서 내다보다가 만약 출소하게 되면 꼭 저기에 가 보리
라 생각했다. 정작 출소한 후 가 본 기억이 없다. 자유를 잃었을 때의

간절함이었던가 보다.

죄수에게는 하루에 한 번 3분 동안 면회가 허용된다. 면회는 1회에 3명밖에 허용되지 않는다. 여러 사람이 와도 교대로 드나들며 얼굴만 봐야 한다. 전교조 선생님들과 학교별 선생님들, 가족과 제자들이 주로 면회를 왔다.

교도소 내 식사는 단무지 콩나물 김치 몇 조각이 대부분이다. 운동은 하루에 30분씩 한다. 정치범은 다른 죄수들과 같은 공간에 있을 수 없어 담당 교도관에게 이끌려 외딴 운동장으로 간다. 외딴 운동장에 놓인 농구대 앞에서 교도관이 공을 던져준다. "혼자 마음대로 해 봐."라는 식이다. 공을 들고 드리블을 하고 슛도 하다가 30분이 되면 교도관의 목소리가 들린다. "10번 들어갑시다." 그의 호위(?) 아래 다시 방으로 돌아온다. 날이 갈수록 그런 환경에 익숙해지기도 한다.

감옥에서의 생일 선물

감옥에서 맞은 생일날, 나는 모처럼 호기를 부렸다. 교도소 식단에서 벗어나 사식을 사 먹기로 했다. 사식으로 가장 고급스런 메뉴는 마가린과 고추장이다. 이것을 사서 밥에 비벼 먹는 것이 그 안에서 누릴 수 있는 최고의 호사다. 나도 생일을 핑계로 그것들을 주문해 혼자 "happy birthday to you~"를 부르며 맛있게 먹었다. 평소와 달리 고급 음식을 먹은 듯 조금은 기분이 좋아서 쉬고 있는데 교도관이 다가와 내 수감번호를 불렀다.

"10번~ 신문에 났소."

곧이어 일간지를 내게 던져 주었다. 내 앞에 툭 떨어진 신문 오른쪽 위에 '고진형 파면'이라는 글씨가 또렷하게 새겨 있었다. 구속 상태에서 파면을 시킨 것이다. 징계위원회를 열었다면 징계 당사자를 출석시켜 변론을 들어 봐야 하건만 자기네끼리 회의를 열어 진행해버렸다. 나는 그렇게 충격적인 선물을 생일날 받고야 말았다.

밖에서는 전교조 선생님들이 피눈물을 흘리며 고생하고 있다. 나는 감옥 독방에 들어앉아 하는 일 없이 밥이나 처먹고 생일날 파면 소식이나 들어야 하다니 너무 무력하게 느껴져 비참했다.

검취와 국가보안법

감옥에 송치되고 법원으로 넘어가기 전(기소)까지는 검찰청 소속이다. 구속 상태에서 조사받으러 가는 것을 검사취조(검취)라 하는데 그런 날에는 아침 일찍 밥을 먹고 대기한다. 검취 대상자는 기다렸다가 방송에서 안내하는 대로 지시에 따른다. 검취를 받으러 가는 날은 유난히 긴장된다. 검사가 부를 때까지 하루 종일 열악한 환경에서 대기하는 것 자체가 고역이다. 검사 앞에 가서도 낭떠러지로 떠밀리지 않으려고 고도의 집중을 해야만 한다.

내 수감 번호인 10번이 방송에 나오면 방문을 열어주는 교도관을 따라 대기 중인 차에 올라탄다. 수갑 위에 포승줄을 묶어 이중의 잠금장치를 한다. 일반 범죄자는 하얀 밧줄로 묶는데 정치범들은 검정 밧줄로 묶어서 얼른 봐도 구별이 가능하다. 이렇게 이중으로 묶어놓으면 꼼짝도 할 수 없다.

오전 9시에 집합해서 검찰청까지 가는데 거리가 가까워 9시 반이 되기도 전에 도착한다. 검찰청 안에도 작은 감옥이 있다. 0.45평의 작은 방으로 오전 9시 반에 들어가면 오후 4시경까지 대기해야 한다. 설령 오전 중에 일찍 검사 취조를 받아도 호송차로 같이 돌아가야 하니 오후 5시경까지 꼼짝없이 작은 감옥 안에서 기다려야 한다.

기다리는 동안 점심이 제공된다. 변기통에서 퍼져 나오는 고약한 악취 속에서도 꾸역꾸역 먹는다. 지금 생각하면 비위가 상해 도저히 밥을 먹을 수 없을 것 같지만 그때는 그런 생각조차 사치스러웠다. 인간은 어떤 환경에도 적응하는 존재인가 보다.

0.45평의 꽉 막힌 공간에서 기다리다가 더위에 지쳐 진이 빠질 때쯤 검사가 부른다. 거의 4시에 가까울 무렵이다. 교도관의 안내로 검사실로 들어가면 검사 보좌관 타이피스트 세 명이 나란히 앉아있다. 검사는 그동안 내가 공개적으로 드러냈던 글이나 말 중에 문제가 되는 자료를 밑줄을 쫙쫙 그어가며 들여다보고 있다. 국가보안법에 걸리는 대목이 있는지 도끼눈을 하고 찍어 내릴 태세다.

검사가 취조를 시작한다. 가장 먼저 러시아혁명을 성공시켜 소련을 이끌었던 레닌을 거론한다. "레닌의 딸이 진교육을 처음 말했는데 전교조가 주장하는 참교육이 같은 맥락이지 않은가. 레닌 같은 사회주의자와 똑같은 사상을 전교조가 표면에 내세웠으니 국가보안법에 저촉되지 않는가." 전남대에서 발언했던 내 연설 자료를 보고 그 안에 있는 평화통일이라는 단어를 콕 집어 이것 역시 문제라고 지적한다. "북한이 저 모양 저 꼴인데 평화통일이 뭐야. 이게 국가보안법에 저촉이 안 된단 말이야?"라는 식으로 유인한다.

평화통일은 내가 연설할 때마다 종종 언급했는데 군부인 노태우 정권 치하라서 이런 단어에 대해 민감하게 반응했다. 어떻게 해서든 나를 국가보안법에 엮어 넣으려고 이것저것을 들추어 쑤셔댄다. 검취에 소요되는 시간은 기껏해야 20분, 30분 정도일 뿐인데 그때는 시간이 정지된 듯 흐르지 않았다.

그 20분, 30분을 위해서 하루 종일 기다리는 날이 몇 날이었더라. 겨우 몇 가지를 물어보고 돌려보낸 뒤 다음 날 또 부른다. 열 번쯤 불려갔는데 똑같은 방법으로 진행된다. 0.45평 독방에서 끈끈하고 찐득거리는 더위에 지쳐가며 하루 종일 기다리다가 질문에 대답하고 돌아오는 과정을 되풀이하는 동안 이미 지치고 넋이 나갈 지경이다. 언제나 검사가 내게 던진 질문의 결말은 "당신 국가보안법 위반했지?"였다.

악조건 속에서도 끝까지 버텼다. 힘들다고 한번 인정해 버리면 5년을 감옥에서 살아야 한다. 죽기 살기로 목숨을 걸고 아니라고 항변했는데 그건 나 하나의 문제가 아니기에 더욱 그랬다. 내가 국가보안법에 걸리면 다른 지역 지도부들도 똑같이 그 올가미에 씌워질 상황이다. 국가보안법 위반 바로 아래 커트라인에서 아슬아슬하게 법망을 피해야 하는 신세였다.

몸서리가 쳐질 정도로 검취가 두렵고 혐오스러웠다. 지금도 국가보안법이라는 단어만 들으면 그때가 생생하게 떠오른다. 그 골방에서 얼마나 더위에 쩌 죽을 뻔했는지 검취가 끝났다는 사실을 알자 '아이고 이제 살았다.'라고 안도의 한숨을 내쉬었다. 검취가 끝났다는 해방감. 검취만 없다면 감옥도 있을 만하고 재미도 있다는 생각이 들 정도다. 일반 감옥으로 돌아오니 천국이 따로 없다. 그제야 살 것 같았다.

드리지 못한 꽃다발

　우리 지역에서 문화운동이나 음악 활동을 하는 사람은 많지 않다. 그런 이들은 예나 지금이나 대도시 특히 서울에 집중되어있다. 어려운 여건이지만 지역에서 소신껏 음악 활동을 하는 이가 있다. 대학가요제에 출전하여 입상하고 서울로 오라는 권유를 받았지만 사양하고 지역에 남아 녹음실을 운영하는 박문옥 선생님이다.

　박문옥 선생은 전남대학교 사범대학 미술교육과에 다닐 때 '빈센트'라는 트리오를 결성한다. 제1회 MBC 대학가요제에 출전하여 본인이 작곡한 '저녁 무렵'을 노래해 동상을 수상했다.

　대학 졸업 후 전남 신안군 안좌중학교에 발령을 받아 섬 아이들에게 미술과 음악을 가르치며 꿈을 키워주었다. 안좌고등학교가 그 시기에 개교했는데 박문옥 선생이 그 학교 교가를 작곡했다. 지금도 안좌고등학교의 교가를 연주할 때면 그가 작곡한 노래가 자랑스럽게 흘러나온다.

　내가 감옥에 있을 때 하루는 박문옥 선생이 면회를 왔다. 그리고 광주로 돌아가는 버스 안에서 작사 작곡하여 노래를 만들었다. 그의 작곡집 북에 이렇게 쓰여있다.

'목포교도소에 수감 중이던 고진형 선생님을 면회하고 돌아오는 버스 안에서 작사 작곡한 노래'

그가 만든 곡의 제목은 '드리지 못한 꽃다발'이다. 나의 상황을 가사에 담아 아름다운 곡으로 만들었다. 가사를 보면 당시 나의 상황이 그대로 투영되어 있다.

드리지 못한 꽃다발

박문옥 글, 곡

들판에 나서면 당신의 소망같은
들꽃들이 곱게도 피었네
해맑은 웃음이 넘치는 교실이
당신의 꿈이었죠 당신의 전부였죠

들판에 나서면 당신의 눈빛같은
다정한 들꽃들이 웃으며 반기네
사랑과 정의가 가득한 세상이
당신의 꿈이었죠 당신의 전부였죠

하얀꽃 노란꽃 갈대꽃 꺾어모아
감사의 꽃다발을 당신께 드리려네
언제나 나에게 참된 길 보여주신
당신의 두 손 위에 한아름 드리려네

꽃다발 안고서 교실에 뛰어가니
선생님 간 데 없고 텅 빈 책상만이
꽃다발 받아드실 선생님 두 손 위에
그 누가 차디찬 사슬을 묶었나요

꽃다발 받아드실 선생님 두 손 위에
그 누가 차디찬 사슬을 묶었나요

강연할 일이 있거나 당시 상황을 설명할 때 때로 이 곡을 소개하기도 한다. 이 곡을 작곡해 준 박문옥 선생과 인연을 맺게 된 것은 내 오랜 지기인 김수남 교수 덕분이다.

그가 미술 교사의 길을 가기보다 음악인으로 살게 된 데에는 당시의 분위기가 한몫했다. 그가 대학에 다니던 시기에 MBC 대학가요제가 처음 생겼다. 우리가 기억하는 많은 가수가 대학가요제를 거쳐 세상에 등장했듯이 그 시절 그 프로그램의 인기는 대단했다.

박문옥은 같은 과 후배인 최준호, 박태홍과 함께 '빈센트'라는 이름의 트리오를 구성해 대학가요제에 도전했다. 전남대 캠퍼스에서 진행된 예선대회에서 최우수상을 수상하고 본선에 출마하게 된다.

본선에 참가할 때의 곡이 '저녁무렵'인데 은사인 김수남 교수가 작사하고 박문옥 선생님이 작곡한 노래다. 주최 측인 MBC에서 참가팀 이름이 외국식 표현이어서는 안 된다고 해 '빈센트'에서 '소리모아'로 바꾸었다. 본선 리허설을 하는 동안 출전곡 중 서정성이 탁월한 곡이라고 참가자들이 칭찬할 만큼 반응이 좋았지만 아쉽게 동상에 그쳤다.

박문옥 선생은 다른 지방대학 팀이 서울로 올라가서 활동해도 자신은 기어이 광주에서 고장을 지키며 음악을 하겠다고 선언했다. 나 역시 그의 신념이 가상해 늘 뒤에서 지켜보았다. 그가 콘서트를 열면 나는 당연히 티켓을 팔고 공연을 도와주는 후원자요 팬이다.

박문옥 선생은 음악 활동을 하면서도 전교조 교사집회나 행사가 있으면 흔쾌히 함께해 공연한다. 전남의 시·군 어디에서든 전교조 이름으로 초대하면 찾아간다. 그리고 내 마지막 교육 여정인 퇴임식까지 참석해 재능을 기부했다. 물론 그때에는 박문옥 뿐만 아니라 판소리로 유명한 윤진철 명창도 오고 통일을 염원한 노래 '직녀에게'로 알려진 김원중 가수도 출연했다.

그리고 전교조 탄압 시기에 전교조 구속자를 위한 공연을 기획한 MBC방송국 오정묵 PD다. 공영방송사에 소속되어 자유롭지 못한 처지임에도 불구하고 해직자 가족을 위해 과감히 공연을 시도한다. 게다가 공연하는 내내 성공을 거둔다. 그가 기획한 공연 '함께 가자 우리'는 전교조를 홍보하는 역할로도 파급력이 컸다.

박문옥 선생은 물론 박태홍, 최준호, 김원중, 윤진철, 오정묵 PD는 전교조가 가장 힘들고 어려울 때 음악적, 예술적 재능으로 지원 사격을 해주었다. 그들은 재능 기부는 물론이고 본의 아니게 전교조 홍보 대사 역할까지 담당했다. 감사하다.

감옥에서 만난 제자

감옥에서 만난 제자가 있었다. 죄수의 신분으로 감옥 안에서 서로 만났다.

감옥에서 찾아오는 이들을 면회하려면 면회소 앞 기다란 벤치에 앉아 대기하다가 앞사람이 나오면 이어서 면회 장소로 들어간다. 그날도 면회를 기다리며 앉았는데 의자 끝에 있는 누군가가 뒤로 몸을 숨기는 듯한 느낌을 받았다. 느낌이 싸했다. 다시 고개를 빼고 주의 깊게 살펴봤더니 가르치던 제자였다. 내가 체포되어 지프차에 끌려올 때 "고진형 선생님 살려내라."라고 소리 높여 외치던 학생들 중 한 명이다.

그 제자를 알아보고 순간적으로 큰 충격을 받았다. 그를 만나기 전까지는 '비록 이렇게 갇혀서 손발이 묶여 아무것도 할 수 없지만 난 떳떳하다.'라는 당당함으로 어깨 펴고 감옥생활을 견뎠다. 그 아이를 만난 뒤로 그 떳떳함이 한순간에 사라졌다. 도저히 견딜 수 없을 만큼 마음이 무겁고 힘들었다. 녀석이 내 가슴에 큰 쇳덩이를 집어 넣어버렸다.

그날부터 독방에서 고개를 푹 떨구고 앉았다. 솔직히 말해서 '네가 뭐가 잘났는데? 감옥에서 죄를 지은 제자와 같이 감옥생활하는 네가 뭘 잘 가르쳤는데?'라는 자괴감이 나를 들쑤셨다. 감옥에서 제자를 만나고 보니 그 아이와 똑같은 죄의식을 느꼈다. 그 아이 가슴속에 내가 들어있는 것만 같아 견딜 수가 없었다. 고민을 거듭하다가 교도관에게 면담을 신청했다. 그리고 간절하게 부탁했다.

"실은 이 교도소 안에 내 제자를 만났소. 이 안에서 우연히 만났는데 내가 도저히 죄의식 때문에 견딜 수가 없소. 그러니 그 제자를 한 번만 만나게 해주시오."

교도관이 단칼에 잘랐다.

"규정상 그럴 수가 없습니다. 대신 선생님 말을 그 제자에게 전달하겠습니다."

죄수끼리는 만남 자체가 허용되지 않는다. 특히 나와 같은 정치범은 운동할 때에도 일반 범죄자와 함께할 수 없고 절대 그 옆에 가지 못하게 한다. 그들 보기에는 정치범인 내가 잡범들을 의식화시킬 염려가 크다고 보는 모양이다. 먼지 털 듯 안 된다고 털어내는 그에게 매달리며 사정했다.

"내가 도저히 살 수가 없어서 그래요. 제자가 이 안에 들어와 있으니 선생인 내가 어떻게 되겠소. 과장님 입회하에 만날 거니까 제발 한 번만 만나게 해주시오."

나의 처지가 딱해 보였던지 그가 여지를 두었다. 기다려 보라고, 자기도 회의를 해야 된단다.

그가 교도소장과 함께 회의를 한 모양이다. 다음 날 연락이 왔다. 교도소장이 그간의 내용을 듣더니 선생과 제자 사이인데 무슨 탈출 계획을 모의하겠느냐며 교도관 입회하에 만나게 해주라고 했단다. 그들의 결정대로 교도관이 지켜보는 가운데 독방에서 제자를 만났다. 제자를 보자마자 봇물이 터지듯 말을 쏟아냈다. "왜 여기에 오게 됐냐. 응? 내가 너를 잘못 가르친 거 아니냐?"로 시작해서 한 시간 동안 수업을 했다.

젊은 혈기로 싸우던 상대를 사정없이 두들겨 팬 모양이다. 상대가 진단서를 떼어 고소를 해버렸다. 워낙 많이 때려 합의가 안 되고 녀석이 고스란히 실형을 살게 된 것이다. 화난다고 그때마다 마구 두들겨 버리면 평생 교도소를 들락거려야 할 것 아닌가. 애끓는 심정으로 그 아이 손을 잡고 그렇게 살아서는 안 된다고 얼마나 간곡히 일렀던지.

녀석이 무릎을 털썩 꿇더니 "선생님 잘못했습니다." 하며 울기 시작했다. 그 아이와 함께하는 동안 내 감정은 말로 다 표현할 수 없다. 나도 울고 저도 울고 입회한 교도관도 눈물 닦아가며 기록하느라 손이 계속 오르락내리락했다.

출감한 지 1, 2년쯤 지났을 때 그 제자 소식을 알아보았다. 형기를 마치고 출소해서 어느 카센터에 근무하는데 성실하게 잘하고 있다는 소식을 전해 들었다. 다행이다. 이제 녀석을 잊어버려도 될 것 같다.

탈퇴각서 1

탈퇴각서를 떠올리면 이런 저런 기억들이 머리를 스친다. 전교조 조합원이 되겠다고 가입했다가 다시 조합원이기를 포기하는 각서. 그 각서를 내 의지가 아닌 타인이나 국가 기관에 의해 마지못해 써야 하는 상황이 1989년 여름, 도처에서 일어났다. 그리고 그 한 장의 각서로 인해 각자의 운명이 달라졌다.

내가 목포교도소에 수감되어 있을 때다. 어느 날 교도관 중 한 명이 다가와 이런 말을 했다.

"10번. 나 오늘 저기 대전 갔다 왔소."

10번은 교도소 내에서 나의 수감번호다. 그곳에서 이름은 사라지고 10번으로 통했다.

"잘하셨네. 뭔 일로 가셨소?"

"뭐 하러 갔냐면 내 사촌 동생이 전교조 조합원인데 비상령이 내려와 가지고 그 녀석한테 탈퇴각서 쓰라고 출장을 내줘서 다녀왔소."

친동생도 아니고 사촌 동생이 전교조 활동을 하는데 그를 탈퇴시키려고 교도소에서 출장을 내줬다는 것이다. 국가로부터 월급 받는 이들이 전국적으로 연고를 따라 전교조 교사를 찾아다니며 탈퇴를 종용했다는 것 아닌가. 심지어 지령이 하달되듯 반상회에서까지 전교조 교사에 대한 탈퇴를 언급했다.

그랬다. 노태우 정권은 전국적으로 국가의 모든 기관을 동원하고 전 공무원을 움직여 가족이나 친척이라는 이유로 전교조 교사들에게 탈퇴각서를 받아내도록 했다. 탈퇴각서를 받아내기 위해 어떤 일들이 벌어지고 있는지 가늠할 수 있었다.

그 당시 전라남도 교육감이 내게 면회 와서 했던 말이 다시 떠오른다.

"지부장 사퇴만 해주시오. 전교조 활동은 해도 돼요. 지부장을 했던 이가 전교조까지 탈퇴하는 것은 지나친 처사이니 지부장 사퇴만 해주시오."

"전남 지부장 사퇴만 해주면 전교조 활동은 해도 된다." 지부장 정도의 직책을 맡고 있는데 전교조를 사퇴할 수는 없다는 것이다. 지부장 사퇴만 해주면 파면을 해임으로, 구속을 석방으로 해주겠단다. 참으로 달콤한 조건이다. 그랬건만 그 말은 듣지도 않고 되레 다른 말을 꺼내들었다.

"교육감이 이곳에 오기 며칠 전 신문 보도를 통해 전국교육감회의에서 교육부장관에게 전교조에 가입한 교사들 전원 해임조치를 해달라는 건의서를 냈다고 알고 있소. 정부 방침이 그런다 하더라도 지역별로 교육감마다 철학과 생각이 다를진대 어찌 전원 일치라는 표현을 써 가며 한뜻으로 건의서를 낼 수 있단 말이요? 전남 교육감께서도 그 속에 포함되는 것이요?"

이렇게 질문을 던졌다. 파면을 해임으로, 구속을 석방으로. 마치 무슨 대단한 시혜나 베푸는 양 이 카드를 들고 왔지만 답변은커녕 나에게 핀잔만 듣고 돌아갔다. 그 뒤에 들려오는 말에 의하면 그날 면회 끝나고 교육청으로 돌아간 그가 교육감실에서 누가 고진형에게 면회 가라고 했냐며 재떨이를 던졌다는 것이다. 그러나 그들은 진드기처럼 집요했다.

며칠 지나 아버지가 면회하러 오셨다. 아버지가 오신 것은 아들의 처지를 살피기 위함도 있지만 도교육청의 은근한 부추김 때문이다. 아버지 입장에서는 자식 일이라 만사를 뒤로 하고 아들을 감옥에서 빼내고 싶으셨을 것이다.

교육청에서 아버지를 두어 번 교육감실로 모시고 갔던 모양이다. 장학관들이 와서 모시고 갔는데 교육감실에서 "지부장 사퇴서만 받아주신다면 파면을 해임으로 할 수 있습니다. 파면되면 5년 이내에는 복직이 안 됩니다. 파면은 무조건 불리해요."라고 하면서 아버지를 흔들었다.

아버지는 집으로 돌아오면서 판단하셨을 것이다. '파면이 내 아들에게 그렇게 나쁜 영향을 끼치는 것이라면 까짓 내가 가지고 있는 도장으로 찍어버리면 되겠지.'라고. 사실 내가 장남이라서 아버지가 필요할 때 쓰시도록 도장을 모두 당신에게 맡겨왔다.

아버지가 면회 오셔서 나에게 당신의 속내를 다 꺼내 놓으셨다. "교육감을 만났는데 이런 조건이 들어왔다. 그러니까 지부장 사퇴서를 내자."라는 말씀이셨다. 오직 지부장 사퇴만을 강조하셨다. 내가 아버지에게 그랬다.

"아버지. 우리가 처음 시작할 때 전남 교사 중에 참가한 교사가 3천여 명입니다. 그 3천여 명이 소신과 서로의 신뢰로 견디고 있는데 제가 전남지부장 사퇴서를 내면 선생님들은 어떻게 되겠습니까."

그러나 아버지의 성격을 누구보다도 아들인 내가 잘 안다. 당신은 뒤도 안 돌아보고 전남지부장 사퇴서를 내버릴 양반이다. 아버지를 설득하는 말을 하면서도 내 말이 공허하게 들렸다. 교도소 창살 안에 갇혀있으니 도장을 뺏어 올 수도 없어 속이 바싹 타들어갔다. 아버지를 멈추게 할 강력한 한 방이 필요했다. 최후통첩을 날려야 했다.

"아버지."

"…."

"제가 못난 것도 사실이지만 어쨌든 뜻을 같이 하는 선생님들이 서로 믿고 시작했는데 제가 만일 지부장 사퇴서를 내버리면 나가서 어떻게 숨을 쉬고 살 수가 있겠습니까. 아버지가 그걸 기어이 내신다면 차라리 교도소 안에서 나 그냥 죽어버릴랍니다. 그러니까 아버지 제발… 그것만은 절대 내서는 안 돼요. 내 마지막, 마지막 자존심입니다."

간절하게 아버지를 붙잡고 애원했다. 옆에 있던 교도관이 쓰다가 자꾸 손으로 눈물을 훔쳤다. 아버지도 내 마지막 말에 뒤통수를 맞은 듯 멍하니 계시더니 말을 잊지 못하셨다. "우리 새끼가 어- 어- 어-." 말이 목에 걸린 듯 이러고만 계셨다.

그 뒤로 아버지가 또 교육청 교육감실에 불려 가셨던가 보다. 그쪽에서는 계속 똑같은 말을 반복하며 아버지에게 사퇴서를 받아 오라고 요구했을 것이다. 그런 내막도 당신은 아무런 말씀도 하지 않으셨다. 그 자리에 있던 장학사가 나중에 전해준 말이다. 아버지가 마지막에 그러셨단다.

"아, 아들 신념이 그렇다는데 아들이 죽어버리믄 그걸 받아다가 내가 뭣에다 쓰것소? 아들이 죽어버리믄 이 종잇장으로 뭘 어디에 써먹으라는 거요?"라고 호통을 치셨다. 그리고 한마디 더 붙이셨단다.

"당신들이 잘했으면 우리 아들이 교원 노조를 뭣하게 만들었겠소. 당신들이 잘했으면 뭣하게 만들겠냐고. 왜 권한을 갖고 있을 때 제대로 안 하고 이제 와서 사람들을 이렇게 탄압하면 쓰것소?"

아버지가 화를 내며 호통을 치니 옆에 있던 장학관들도 뜨끔했던 모양이다. 아버지가 나보다 덩치도 크고 미남인데다 말을 하면 쩌렁쩌렁 울릴 정도로 목청이 우렁차시다. 교육감 이하 모든 이들이 겁을 먹고 아무 말도 못할 때 그 앞에서 탈퇴각서를 쫘악 찢은 후 꾸기적거려 휴지통에 던지고 나가셨다.

지금 생각해도 그때의 상황은 외줄을 타듯 아슬아슬했다. 사퇴 각서를 내버릴 뻔한 아버지를 상상하면 지금도 진땀이 흐른다. 다행히 아들의 극약처방을 수용해 주셨다.

복직을 앞두고 고난의 시간이 한 번 더 있었다. 1993년도 9월 30일까지 탈퇴각서를 낸 자에 한해서만 복직을 시킨다는 것이 김영삼 정권의 복직 방침이었다. 그때도 나는 탈퇴각서 거부자로 되어있었다. 조직이 나에게 조직 사수의 십자가를 맡겼기 때문이다.

당시 아내는 전업주부여서 내가 복직한다 해도 외벌이 처지이다. 아이들은 여전히 학생이어서 교육비에 생계비에 모든 것이 막연한 시기였다. 그런데 전남지부에서 회의를 한 후 "고진형 선생님이 남으셔야 된다."라고 결정해 그 뜻을 수용했다. 당연히 탈퇴각서를 제출하지 않았다. 1994년 3월 1일자로 대부분의 해직교사가 복직하여 학교로 돌아갈 때 나는 전남지부 지킴이였다.

그건 그 나름으로 중요한 역할이고 의미가 있지만 탈퇴각서라는 네 글자가 두 번을 거치면서 내 삶을 구성하는 결정적 요소로 작용했다는 사실이다.

다시 아버지가 면회 오신 일로 돌아가면, 목포 산정동 교도소에 면회 왔다가 아내와 함께 시내버스로 돌아가는 길에 버스 안에서 마구 우셨다. 아들이 죽어 버리겠다고 고집을 부리며 날을 세우니 아비로서 어떻게 해야 할지, 무엇을 해야 아들을 살릴지 분간하기 어려우셨을 것이다. 버스에서 내내 흘리셨던 눈물 속에는 이러지도 저러지도 못하는 절망의 감정이 절절하게 배어있었다. 자신의 소망과 아들의 결기가 대치점에 있으니 얼마나 상심이 크셨겠는가. 당신이 각서를 제출하는 순간 아들이 죽겠다니 그 틈새에서 갈등의 골이 깊게 패였을 것이다. 아내도 아버지가 저렇게 혼자 외롭게 우시는데 드릴 말씀이 없어 조용히 자리를 옮겼단다. 이 모든 기억이 현재 진행형이 아니라 과거 이야기여서 새삼 마음이 놓인다.

탈퇴각서 2

또 다른 장면이 떠오른다. 그때 나는 감옥에 있으면서 당시 교육감이 면회 오고 아버지가 찾아오는 상황에서 내 의지를 관철시키기에 급급했다. 그렇게 피를 말리는 상황에서도 전라남도 교육청에서는 전남 교장단회의에서 교장들을 모아놓고 엄명을 내렸다. 어떤 수를 쓰든지 너희 학교에 남아있는 전교조 선생님의 탈퇴각서를 받아내라고. 그러면서 슬쩍 거짓 정보까지 끼워 넣었다.

"지금 감옥에 있는 고진형도 흔들리고 있다."

교장들이 학교로 돌아가서 선생님들을 흔들고 회유했다. "너희 앞잡이인 고진형도 흔들리고 있는데 단순가담자인 네가 뭐 한다고 버티고 있냐. 너도 먹고 살아야 할 거 아니냐." 이런 식으로 말이다.

이런 상황이 조합원을 통해서 전남지부로 전달되었다. 전남지부에서는 긴급하게 회의를 소집해 이런 거짓 뉴스를 어떻게 처단할 것이냐를 놓고 고민에 빠졌다. 악성 루머는 좋은 정보보다 더 신속하게 확산된다. 지부에서는 이래서는 안 되겠다는 생각에 직접 나를 찾아왔다. 전남지부에서 활동하던 문희경 선생과 김건 간사가 옆구리에 낀 가방에 녹음기를 숨긴 채 면회를 신청했다.

교도소 창살 안에 있는 나는 그런 사정을 알 턱이 없다. 면회 온 그들을 보기 위해서 면회실로 들어갔는데 그들의 태도가 여느 상황과 달랐다. 유리창을 사이에 두고 마이크를 통해서 그들과 대화를 주고받는데 왠지 태도가 자연스럽지 않았다. 딱딱하게 굳은 어투로 따지듯이 묻는 게 아닌가.

"지부장님 지금 심경은 어떠십니까?"

가방 안에 녹음기가 들어있다는 사실을 눈치 채지 못한 나는 고개를 갸웃하며 물었다.

"어이 자네들 오늘 좀 이상하네. 어디 아픈가?"

내 의지가 변함없이 확고하다는 답변을 녹음한 테이프를 챙겨서 그들은 돌아갔다. 교도소 법령에 의하면 면회자가 수감된 죄수의 육성을 녹음하는 행위는 불법이어서 해서는 안 된다. 그런데도 그들은 조합원의 혼란을 잠재우기 위해 주저하지 않고 내 목소리를 녹음했다. 그 녹음테이프를 기독교 방송국 기자에게 건네주고 만일 '고진형 사퇴'라는 뉴스가 언론에 터지면 내 육성을 방송하기로 했다.

이후의 상황에 대해 미리 결론을 말하자면 녹음테이프를 공개하는 방송은 시행되지 않았다. 내가 지부장 사퇴각서를 쓰지 않았기 때문이다. 그들 역시 불법 녹음으로 감옥에 갈 일이 없어졌다. 이런 정황도 출감 이후에 그들의 입을 통해 전해 들었다.

탈퇴각서 3

탈퇴각서에 관련해 이것저것 생각나는 장면마다 가슴이 아프지만 보다 더 큰 한 가지가 있다.

얼마 전 함께 해직되었던 후배 교사와 함께 차를 타고 이동할 일이 있었다. 그 시절 얘기를 하다가 들었는데 도교육청 장학사가 멀리 시골에 계시는 자신의 아버지에게 찾아가서 그랬단다. "아들이 빨갱이 짓을 하고 있으니 어서 빨리 탈퇴하도록 해야 한다."라고. 물론 그 후배 교사는 아버지를 설득해 잘 넘어갔다는 것이다.

또 다른 후배 여교사도 비슷하다. 친구와 둘이서 자취하는 중이었는데 평소 전혀 교류가 없는 두 집 부모가 한날한시에 찾아와 각자의 집으로 끌고 가 탈퇴를 종용했다는 것이다. 가끔 그때를 회상하며 전혀 모르는 두 집 부모가 어떻게 함께 찾아왔나 하는 의문을 계속 지녀왔단다. 모르긴 몰라도 그 후배 교사들의 부모에게도 교육청이나 학교장의 개입이 있었을 것이다.

다른 후배 조합원의 경우도 그랬다. 장학사가 집으로 찾아와 부모님 앞에서 '빨갱이 짓' 운운하며 한바탕 집을 뒤집어놓았다. 장학사는 부모의 가슴에 불을 질러놓고 뒷일은 알아서 하라는 듯 유유히 떠났다. 부모님 세대는 '빨갱이'라는 단어가 주는 파급력을 잘 안다. 집안이 한순간에 초토화될 만큼 강력한 단어다. 아들이 착실하게 근무하는 줄 알았다가 청천벽력 같은 소식을 접한 어머니는 그 자리에서 꺼이꺼이 대성통곡을 하고 아버지는 침통한 표정으로 "내가 죽어 불란다."라고 으름장을 놓으셨다. 이 상황에서 후배가 달리 어떻게 할 수 있었겠나.

해직이라는 화두 앞에서 천륜을 이용해 발목을 부여잡고 끌어내리는 숱한 행위들이 전국 곳곳에서 있었다. 불굴의 투지로 끝까지 사수하던 해직교사야 자신의 의지를 지켜낸 의기양양함이 있었을 것이다. 허나 상황에 밀려 차마 뿌리치지 못하고 탈퇴각서를 써야 했던 숱한 동지들의 아픔은 조용히 묻혀버렸다. 대량해직이라는 단어 앞에서 그들은 차마 숨도 제대로 쉬지 못하고 비참한 심정으로 고개를 떨구었다.

해직 여부를 결정하는 문제도 조직적 차원에서 논의를 거쳐야 했다. 허나 당시의 상황이 수세에 몰리자 조합원 개개인의 투지에 맡긴 채 방치했다. 가족의 간곡한 매달림이나 교육 관료들의 끈질긴 회유에 어쩔 수 없는 선택을 해야 했던 그들의 가슴에는 차마 드러낼 수 없는 응어리가 그대로 남아 수십 년을 거치는 동안 화석이 되었다. 그 아픈 상황에 대해 굳이 변명을 하자면, 전국 위원장단과 시·도지부장이 전부 철창 안에 갇혀 논의를 이끌어갈 수 없었다.

그 시기에 전남지부장인 나도 교도소에 있었지만 요즘 들어서서

부쩍 잠을 이루지 못한다. 그때 동지들이 겪었을 고통과 혼란, 마지못해 탈퇴각서를 내야 했던 처절한 심정을 아무도 제대로 헤아리지 못했다. 해직된 자들의 것보다 더 크고 깊은 골이 그들의 가슴에 패였는데도 응당 그들의 몫이려니 하며 외면했다. 새삼 그들이 어떤 심정으로 수십 년 세월의 강을 건너왔을지 생각하면 가슴이 미어진다. 동지들의 수장이라면서 거들먹거리기만 했을 뿐 진정 그들의 상처를 어루만지려는 노력을 했느냐 말이다. 참으로 부끄럽다.

나는 나대로, 지부 활동가는 그들대로, 학교 곳곳에 뿌리내린 조합원들은 또 그들대로 이 고비를 넘기는 과정에 수많은 혼란과 상처, 아픔이 배어있다. 탈퇴각서에 대한 감상이 어찌 나 하나만의 것이겠는가.

5·18 광주민중항쟁이 어느 특정 단체나 조직의 전유물이 아니고 당시 현장에 있던 모든 이가 함께 겪은 역사적 고통이듯이 전교조도 마찬가지다. 탈퇴 여부와 상관없이 모든 동지가 함께 건너온 역사의 강이다. 시대정신에 기반해 사람 사는 세상을 꿈꾸던 이들이 함께 힘을 합쳐 이루어낸 결과물이다. 그깟 탈퇴각서가 같은 꿈을 향한 우리 사이를 갈라놓거나 끼어들 이유가 없다. 우리는 손을 맞잡고 기나긴 세월의 강을 건너 마침내 합법노조라는 목적지에 이른 것이다. 수십 년이 지난 이제야 이 지면을 빌어 나의 수천 동지들께 감사하고 미안했음을 전한다.

감옥 징벌방

　징벌방은 감옥 속의 감옥이다. '먹방'이라고도 한다. 창문을 막아버려서 어둡고 캄캄하다는 뜻이다. 교도소의 규칙을 어기면 징벌방 신세다.

　당시 목포교도소에는 목포대학교 총학생회 간부들이 집시법 위반, 폭력 등으로 구속되어 있었다. 1989년 8월 15일 광복절이 다가올 때 학생들이 저녁 식사 후 저녁 7시 라디오 뉴스방송 직전에 감방 위 창문으로 크게 외치는 통방을 시작했다.

　"재소자 동료 여러분. 목포대학교에서 온 저희들은 8·15 광복절 44주년을 맞이해 조국의 자주통일과 국가보안법 폐지를 위해 전교조 전남지부장 고진형 선생님을 모시고 무기한 단식투쟁을 하겠습니다."

　이렇게 통방을 하고 나니 교도소는 비상이 걸렸다. 밖에서 단식을 몇 번 하다 들어온 내 입장에서도 뱃속이 온전치 못한 상태에서 또다시 결행한다는 것은 쉬운 일이 아니다. 그래도 젊은 그들이 앞장서서 한다는데 내가 어찌 몸을 사리겠는가. 함께하기로 했기에 단식에 동참했다.

단식을 한 지 며칠 뒤 교도소장이 찾아와 단식은 위반이니 당장 정지할 것을 요구했다. 우리는 그의 요구를 귓등으로 흘려 넘기고 단식을 계속했다. 1주일이 되자 조치가 떨어졌다. 강제 급식과 징벌방 7일간의 조치다. 강제 급식이란 플라스틱 제품을 입에 장치하고 코를 막은 뒤 죽을 입에 붓는 행위로 억지로 음식을 먹게 하는 징벌이다.

징벌방은 캄캄한 작은 방에 가둬두는 곳으로 밥을 넣어주는 작은 문으로 스며드는 빛이 전부다. 1주일 동안 징벌방 신세를 마치고 다시 독방으로 돌아오니 쇠창살 너머로 당당하게 파고드는 햇살이 이렇게 고마울 수가. 천국이 따로 없었다.

정 선생님께, 그리고 보고픈 여러 선생님들께

전남지부장으로서 목포교도소에 수감될 때 초대 충북지부장 도종환 선생님은 청주교도소에 수감되었다. 교도소 안에서는 시상이 떠오른다고 해서 종이에 마음대로 쓸 수 있는 상황이 아니다. 그 안에서 쓸 수 있는 것은 오직 편지밖에 없다. 그것도 집필실에서 봉함엽서에 쓸 수 있는데 교도관이 옆에 앉아 지켜보고 있다. 다 쓰고 나면 교도관이 검수한 후 밀봉하여 부쳐준다.

도종환 충북지부장은 어느 선생에게 편지를 쓴 것처럼 해서 그 시를 썼다. 충북지부에서 그 엽서를 받아 다시 한겨레신문사에 보냈고 그가 쓴 시는 그렇게 세상에 나오게 되었다. 그 시의 제목은 이것이다.

"정 선생님께 그리고 보고픈 여러 선생님들께"

나는 감옥에서 한겨레신문을 통해 그 시를 만났다. 그 시를 볼 때마다 얼마나 가슴을 울리는지 읽고 또 읽었다. 읽을 때마다 눈물을 흘렸다. 감옥에서 나온 뒤로 나도 시를 써 볼까 하고 감옥 안에 있던 시절을 떠올리며 끄적여 보았다.

"쇠창살이 어두워 옵니다."

이렇게 서두를 꺼내다 그 다음을 쓰려고 하면 결국 도종환 선생의 시 내용이 떠오른다. 그의 시에서 감옥 안의 모든 장면을 담고 있는 것 같고 이리 머리를 굴리고 저리 생각해 보아도 결국 그 시를 벗어날 표현이 떠오르지 않았다. 내 능력치는 헤아리지 않고 도종환 지부장이 다른 사람은 쓸 수도 없게 만들었다며 그의 탁월함을 원망했다.

도종환 선생과는 선후배간으로 지부장 시절에 서로 많은 이야기를 나누었다. 그의 시에 고무되어 나도 시를 쓰려고 마음먹었지만 한 줄 쓰고 그 다음을 채울 수 없어 결국 포기했다. 그 뒤로 도종환 선생을 만나면 농담 반 진담 반으로 찍는 소리를 하곤 했다. "자네는 시를 쓰려면 한 부분만 써야지 말이야. 동서고금으로 다 훑어서 써버리면 다른 사람은 어떻게 시를 쓰라는 말이야."

그 시는 내가 감옥에서 가장 많이 읽었던 시라서 가슴에 생생하다. 다른 이들의 시도 많이 접했지만 같은 처지에 있었던 때문인지 읽으면 위로가 되었다. 그 시절 내게 큰 위안이 되었던 시, 그리고 시를 쓴 도종환 선생님을 다시 한 번 그의 작품 속에서 추억해 본다.

〈정 선생님, 그리고 보고픈 여러 선생님께〉

어둠이 짙을수록 쇠창살이 더욱 뚜렷해옵니다
잠 못 들어 뒤척이는 수인의 고독한 어깨 너머로
또 하루가 흔적 없이 저물었습니다

때 묻은 모포를 끌어 덮으며

아직도 다하지 못한 일들을 생각합니다

한 가닥 외로운 진실을 놓지 않고 굶어 쓰러지면서도

우리와 함께 있는 이름들을 조용히 불러 봅니다

세상 밖에서 가졌던 모든 것을 벗기우고

지금 알몸 위에 흰 수의를 걸치고 살아도

우리가 빼앗긴 세월을 반드시 돌려받을 수 있음을 믿습니다

감옥 안에서나 밖에서나 당신들이 우리와 함께 있기 때문입니다

이름을 빼앗긴 채 가슴에 수인 번호를 낙인처럼 달고 살아도

아이들의 가슴속에 새기고 온 우리들의 이름은

아무도 지울 수 없는 것처럼

우리의 뜻을 세상에서 지워버릴 수는 없습니다

설령 우리가 이곳에서 거미줄에 날개를 묶인 곤충처럼

몸을 떨며 있기를 바란다 해도

설령 우리가 몸을 적실 물 한 방울에 얽매이게 하고

배를 채울 보리밥 한술에 무릎을 꿇게 하여도

그리하여 우리를 짐승처럼 마룻장에 뒹굴게 하여도

우리는 이 길을 곧게 갑니다

그렇게 살다 장승 죽음으로 실려 나간다 해도 우리는 후회하지 않
습니다

우리의 목숨이 허공에 풀잎처럼 걸려있는 동안도

자리를 한 발짝도 벗어나지 않으며

한 톨의 사랑도 실천하지 않는 동료들이

아직도 내 빈 의자의 옆에 가득가득하다 해도

그들을 원망하거나 탓하지 않습니다

옳다고 믿어 이 길을 택했으므로

우리는 새벽이 오는 쪽을 향해 담담히 웃으며 갈 수 있습니다

서슬 푸른 칼날에 수천의 목이 잘리고

이 나라 땅의 곳곳이 새남터가 된다 하여도

우리는 이 감옥에서 칼날에 꺾이지 않는 마지막 이름으로

남을 수 있습니다

이 세상의 가장 낮은 곳에 쓰러져 있어도

빛나고 높은 그곳을 향하여 우리는 이 길을 곧게 갑니다

1989년 7월 24일 청주교도소에서 도종환

재판

재판 날짜가 잡혔다. '민주사회를 위한 변호사모임'에서 나를 변호하기 위한 합동 변호인단이 꾸려졌다. 홍남순 변호사 등 10여 명의 민주 변호사가 포함되고 목포의 이상열 변호사가 대표 변호를 맡았다. 재판에 앞서 재판 전략을 의논해 나름 대비에 만전을 기했다.

재판 당일 재판장에 도착하니 방청석에 지역 어른들, 민주단체에서 활동하신 분들, 전교조 선생님들이 가득했다. 재판정 안으로 들어오지 못한 무안고등학교 학생들도 담벼락에 담쟁이처럼 닥지닥지 붙어 있었다. 학교에서는 몽둥이를 들고 막았음에도 불구하고 학교 담장을 넘어 탈출해 왔다는 것이다.

재판이 시작되자 검사와 변호사 사이에 질문이 오고 갔다. 어느덧 질문에 대한 답변이 끝나고 최후 진술의 기회가 왔다. 눈을 지그시 감았다. 내가 무슨 죄를 지었기에 사냥꾼에게 쫓기는 짐승 신세가 되어 감옥에 들어왔는지 그동안의 일들이 머릿속에서 필름처럼 돌아갔다. 천천히 입을 열었다.

"제가 왜 이 자리에 서 있는지 실감이 안 납니다. 창문에 걸려있는 저 제자들을 보십시오. 제가 학교에 근무할 때면 가을에는 아이들과 축제를 했습니다. 지금쯤 그 축제를 준비하느라 시를 쓰고 노래를 연습하고 연극 대본을 외우고 있어야 하는데 왜 우리 아이들은 창문에 걸터앉아 이 재판정 안을 주시하고 있을까요." 이렇게 시작한 진술을 50여 분 이어갔다.

우리 앞에 놓인 교육 현실은 정부와 권력에 굴종하는 존재라야 살아남는 구조다. 그 속에서 교사는 아이들을 어떻게 가르쳐야 하는지, 교사는 어떤 권리와 의무를 가져야 하는지는 뒷전이었다. 이런 현실에서 교사가 제 역할을 하려면 교원노조는 너무 당연하고 필요한 조직이다. 이런 평소의 생각을 차근차근 설명했다. 결국 교육이 바로서야 교사가 아이들 앞에서 떳떳하고 그 아이들 앞에 우뚝 서기 위해서 교원노조가 필요한 것이다. 전국교직원노동조합을 결성할 수밖에 없는 현실을 차근차근 설파했다.

재판은 다음 재판일을 예시하고 끝났다. 역사는 성공한 역사만 기록하지 않는다. 실패한 역사도 함께 남겨야 한다. 그 실패한 역사가 아니었다면 우리가 원했던 것이 무엇인지를 증명할 길이 없기에 반드시 그러하다.

출감

　결심 재판일이다. 이전과 같이 법원으로 향했다. 지난 재판에서는 검사 측이 징역 2년을 구형했다. 최종 선고재판에서 집행유예 2년과 벌금 3백만 원의 형을 선고받았다. 집행유예를 선고받으면 당일 석방이다.

　대개는 죄수들이 저녁밥을 먹고 난 후 감방을 잠그고 교도관들이 퇴근하기 전에 출소자를 밖으로 내보내는 것이 일반적인 모습이다. 누가 출소하는지도 모르게 조용히 진행된다. 나도 역시 그럴 거라는 생각으로 마지막 선고재판을 끝내고 돌아와서 점심을 먹고 있었다. 그때 담당 교도관이 방문을 따고 들어와 서두르듯이 말했다.

　"10번 빨리 나갑시다."

　그러더니 본인이 나서서 내 짐을 챙겼다.

　"아니 나 지금 밥 먹고 있는데…."

　"지금 석방 지시가 떨어졌습니다."

　밥알이 붙은 밥그릇도 수저도 그대로 놔둔 채 쫓기다시피 석방 수

목포교도소에서 출소

속을 밟았다. 구속될 때 입었던 옷을 다시 찾고 서류에 서명했다.

교도관은 교도소 밖에 있는 가게에 내 짐을 부려놓고 들어가버렸다. 엉겁결에 풀려난 나는 아무도 없는 교도소 정문 앞에서 우두커니 서 있었다. 내 출소 소식을 모르지 않을 텐데 마중 나온 이가 아무도 없었다. 아내조차도 도착하지 않았다. 죄수복을 벗고 들어갈 때 입었던 옷으로 갈아입었는데 주머니에는 남은 영치금만 들어있을 뿐 연락처가 하나도 없었다. 교도소 독방에 있다 보니 머릿속에 들었던 전화번호도 다 지워져 기억나지 않았다. 겨우 더듬어 전교조 목포지회에 전화했다.

"오메 지부장님. 우리 지금 프랑카드 쓰고 있었는데요."

전교조 목포지회는 평소대로 늦은 오후에 출소하리라 여겨 교도소 앞 광장에서 출소 기념집회를 하려고 준비 중이었다. 이렇게 훤한 대낮에 출소하리라고는 아무도 생각지 못했다. 교도소 측에서 이걸 노린 듯하다. 교도소 앞 집회가 있다는 정보를 접한 법원 측에서 오후 5시 이후에 석방할 일정을 앞당겨 12시경에 실행해버렸다. 교도소 앞 가게에서 한참을 기다리고 있을 때 전교조 가족 얼굴들이 도착하기 시작했다. 나는 그렇게 감옥을 벗어나 더 큰 세상의 감옥을 향해 서서히 기지개를 켜고 있었다.

함평 나산중·고 이야기

함평군 나산면에 있는 나산중·고등학교는 비교적 건전하게 운영되어 오던 사학재단이다. 언제부터인가 내부에 비리가 싹트면서 고질적인 병폐가 고착화되고 1980년대에 이르러 심상치 않은 분위기가 감돈다.

1988년 9월 13일 이 학교 교사들이 전국교사협의회 나산중·고교사회를 창립한다. 교사들은 재단을 향해 열악한 교육시설과 불량한 기숙사에 대한 환경 개선을 요구한다. 때마침 전국적으로 열풍을 일으키며 들불처럼 퍼져나간 사학기부금 반환투쟁에도 동참한다.

재단이 아무런 반응을 보이지 않자 교사들은 교육환경 개선과 기부금반환을 요구하며 농성에 들어간다. 학교 상황을 관심 있게 지켜보던 학부모들이 학교의 부실한 실상을 알게 되고 더 이상 학생을 맡길 수 없다고 판단하여 등교를 거부한다. 자연스럽게 학사가 마비되어 학교를 운영할 수 없는 상황이 된다.

학생들이 등교를 거부하자 교사들이 직접 마을로 들어가 아이들의 학업을 위해 '마을학교'를 운영했다. 나산중·고 교사들은 학생이 있는 곳에 교사가 있어야 한다는 마음으로 학생을 찾아다니며 자신의 역할을 해냈다. 교육청에서도 이런 상황을 묵인할 수 없어 관선이사를 파견하여 학교운영을 맡기기에 이르렀다.

관선이사가 등장했음에도 학교를 바꿔내기가 쉽지 않았다. 또 다른 변수가 생겼기 때문이다. 해가 바뀌고 전교조가 결성되자 노태우 징권이 전교조를 무너뜨리기 위해 총체적인 탄압을 가하고 이 상황이 학교재단에 유리하게 작용해 학교를 장악하게 된다. 학교를 다시 장악한 재단은 학교 사태의 책임을 교사들에게 뒤집어씌우며 반격을 가한다.

전교조 관련 징계는 전국적 추이로 볼 때 대부분 그해 여름인 8월 말에 마무리되었다. 이 학교는 관선이사에서 원래의 이사진으로 교체되는 시점이라 징계가 더디게 진행되었다. 기존 이사들이 복귀하자마자 즉각 박해영, 한종원 2명의 교사를 경찰에 고발하고 가입 교사 17명에 대한 징계 절차에 착수한다.

그 시기는 내가 목포교도소에 있다가 막 석방되어 나온 시점이기도 하다. 교도소 밖으로 나와 보니 교육 현장이 처참했다. 탄압과 저항의 흔적이 쓰나미가 지나간 것처럼 어지러웠다. 탈퇴각서를 쓰고 학교에 남은 조합원이나 해직되어 학교를 떠나온 조합원 모두 눈물로 밤을 지새울 지경이다. 탄압에 의한 탈퇴각서의 상처가 천지에 붉게 물들어있었다.

정권과 맞붙어 집단으로 해직된 경험이 없는 우리에게는 정체를 알 수 없는 두려움이 있었다. 그러나 병든 교육을 살리고 사랑하는 제자들을 지켜내려는 뚝심과 분노도 그에 못지않았다. 지부장인 나도 석방된 터라 서로를 확인하고 위로하며 앞으로 닥쳐올 상황에 대한 결의를 다지기 위한 모임이 필요했다.

1989년 9월 10일경 장성 전남대수련원에서 전남해직교사 모임을 가졌는데 150여 명이 모였다. 그날 나는 선생님들의 마음에 스며든 상처를 보았고 그들도 옥고를 치른 나의 처지를 위로해 마지 않았다. 그때만 해도 해직 기간이 얼마나 될지, 언제나 학교로 돌아갈지 전혀 짐작할 수 없는 상황이었다. 그럼에도 불구하고 "우리는 끝까지 간다." 라는 결의를 다졌다.

그 모임에서 나산중·고에 관련된 정보를 전해 들었다. 월요일인 내일이 징계일이고 현재 함평경찰서에 박해영, 한종원 선생님이 갇혀있다는 소식이었다. 1박 2일간의 해직교사 연수를 마치고 나는 곧바로 함평경찰서로 향했다.

가서 보니 경찰서 앞에는 나산중·고등학교 선생님들이 모여있었다. 그들과 가볍게 눈인사를 나누고 곧바로 경찰서 안으로 들어갔다. 유치장 안에 갇혀있는 두 선생님의 모습을 확인했다. 신체의 자유는 기본권 중 기본권인데 이렇게 마음대로 빼앗아가도 되는가 싶어 화가 솟구쳤다.

경찰서 형사과로 가서 내 신분을 밝히고 따졌다. "어떤 이유로 선생님들이 유치장에 들어왔습니까? 재단의 전횡과 잘못을 지적했다고 그것이 선생님을 유치장에 가둘 만한 이유가 됩니까? 쌍방의 의견을 듣고 판단해야지 그저 재단의 의견만 듣고 그럴 수 있는 것이요?" 유치장에 가둘 이유로 적절하지 않음을 지적하고 즉시 석방할 것을 요구했다.

그날은 일요일이었다. 그날 근무하는 형사들은 내 요구를 수용하거나 스스로 결정할 만한 지위에 있지 않은 듯했다. 그래서 "빨리 결정해 달라. 즉각 석방해주지 않으면 석방할 때까지 여기 있겠다."라고 쐐기를 박으면서 복도의 한쪽 구석에 털썩 주저앉았다.

갑작스런 나의 등장으로 경찰서가 발칵 뒤집혔다. 뜻밖의 상황에 형사들이 바빠졌다. 전화기를 붙들고 이리저리 연락하느라 정신이 없다. 한 시간쯤 지난 뒤에 형사 한 명이 다가왔다. 상부의 허락을 받았으니 나가도 된다고 했다. 석방하라는 지시가 있었던 모양이다.

두 선생님의 손을 잡고 경찰서 문을 나서니 그 앞에서 기다리던 선생님들이 환호하며 서로 얼싸안았다. 시간이 많이 흘러버려 함께 식사하러 장터 식당으로 향했다. 저녁 식사를 하는 동안 분위기가 무거웠다. 그다음 날이 징계일이기 때문이다.

그들은 대부분 20대, 30대의 젊은 교사들이다. 해직이라는 글자에서 오는 심리적 압박감에 위축되어 있었다. 직장에서 잘리는데 누군들 두렵지 않겠나. 감정에 복받쳐 울다가도 더 큰 벌을 받은 지부장이 옆에 있으니 다소 위로가 되는 모양이다. 울다가 웃다가를 반복했다.

그들이 학교를 변화시켜 보려고 몸을 사리지 않고 농성하며 날밤을 새울 때 나도 가서 위로하며 기숙사에서 함께 자기도 했다. 그래서 선생님 얼굴도 다 알 만큼 친분이 있었다.

지금도 생각나는 장면이 있다. 식사를 하는 중에 영어과 김은주 선생님이 주저하다가 한마디 했다.

"저… 지부장님, 저희들 내일 징계일인데요. 다음에 복직할 때 우리 전부 같은 학교로 보내주세요."

그 말을 듣는 순간 가슴에 큰 파장이 일었다. 그동안 한울타리에서 끈끈하게 형제처럼 지내며 정을 쌓았는데 내일이면 뿔뿔이 헤어지게 되니 얼마나 상심이 크겠는가. 훗날을 기약할 수 없는 상황인데 그런 속에서도 같은 학교로 보내달라는 말이 너무 애처로웠다. 어쩌면 그 선생님은 무거운 분위기를 해소하고자 하는 마음에서 한 표현이었을 것이다.

인사권자도 아닌 내가 그것을 어떻게 실천하겠는가만 그 선생님의 애틋한 염원을 깨고 싶지 않았다. 나는 자신 있게 대답했다.

"네. 선생님들 그렇게 되도록 노력하겠습니다."

교육감도, 인사담당 장학관도 아닌 내가 해낼 성질이 아니다. 인사담당 실무자여도 그렇게는 할 수 없는 일인 줄 뻔히 알지만 김은주 선생님의 간절한 부탁이 가슴을 세차게 후볐다. 지금도 그 장면이 지워지지 않고 가슴 깊이 남아있다.

다음 날 17명 선생님 전원은 징계위원회에서 해직이 된다. 쓰라린 역사다. 전교조에 가입했다는 이유로 한 재단 산하에서 17명의 해직 교사가 나온 것은 전국에서도 유일무이한 일이다. 그리고 5년 뒤인 1994년 3월 전원 복직이 된다. 같은 학교로 복직시키겠다는 김은주 선생님과의 약속은 지키지 못했다.

"김은주 선생님! 같은 학교로 복직 인사 못한 것 사과드립니다."

그 김은주 선생님은 복직 이후 도간 교류를 통해 인천에 있는 학교로 갔다고 들었다. 지금은 그때 자신이 했던 말을 다 잊었을지 모르겠다. 현실에 충실하게 사느라 기억하지도 못할 것이다.

그때 울면서 같이 해직되었던 나산중·고 선생님들의 명단이다. 함평교육사를 새로이 쓴 자랑스런 이름들이다. 그들의 이름을 하나씩 하나씩 다시 불러 본다.

박해영, 한종원, 김형수, 송희애, 정맹자, 권경은, 김영희, 김용홍, 김은주, 김선옥, 김복남, 노미숙, 박미자, 정회숙, 이미령, 윤순심 선생님 그리고 양원철 선생님.

순천 윤채영 선생님

윤채영 선생님은 교사이면서 약사 자격증을 동시에 지닌 분이다. 그럼에도 약사가 아닌 교사로 사셨다. 윤채영 선생님은 순천 사립고 등학교에서 근무했는데 나보다 17년 선배로 따뜻하고 정이 많은 분 이셨다.

지역 방문차 순천에 들를 때마다 선생님을 뵙고 이런저런 대화를 나누곤 했다. 그중 선생님이 내게 해주신 이야기가 있다. 이야기의 무 대는 1989년 6월로 돌아간다. 그 무렵 나는 교도소에 있을 때다.

1989년 6월 전교조 순천지회 출범식 당일, 선생님은 아침에 학교 에 출근하기 위해 집을 나섰다. 대문 앞 골목길을 걸어가는데 군용 지프차가 서 있었다. 당신과 상관없다고 생각하고 무심히 그 앞을 지 나가려는 순간, 군인 두 명이 다가와 양팔을 꽉 잡았다. "뭐야? 왜 이 러는 거야?"라고 말하려는 순간 강제로 지프차에 올라타게 되었다.

느닷없는 상황에 당황스러워 어찌할 바를 모르는 가운데 차는 마 냥 달리기만 했다. 몇 시간동안 계속 달렸을까. 깜깜한 밤이 되어서야 멈췄는데 어느 군부대 안이었다. 그것도 강원도에 있는 군부대였다. 전라남도 끝자락인 순천에서 가장 멀리 떨어진 강원도까지 달렸으니 그 거리에 기가 막힐 지경이다. 이 무슨 해괴한 일인가 싶었는데 그 부대 사단장이 윤채영 선생님, 당신의 친척 되는 사람이었다.

당시 노태우 정권은 정부 부처 모든 기관을 동원해 전교조 조합원 탈퇴각서를 종용했다. 군부대에서도 일가친척 중에 전교조 활동을 하는 이를 탈퇴하도록 하라는 상부 명령에 따라 움직였다. 일반 조합원도 그럴 상황인데 하물며 지회장을 맡게 된다니 충분히 그럴 이유가 있었다. 덕분에 선생님은 전방부대 사단장 관사에서 일주일 동안 갇혀있었다.

윤채영 선생님의 상황은 그렇다 치고, 그 상황을 모르는 순천지회에서는 지회장으로 내정한 선생님이 나타나지 않으니 속이 바짝바짝 타들어갔다. 지금은 핸드폰이 넘쳐나는 세상이라 연락이 쉽지만 그때는 집 전화가 아니면 연락이 두절되는 경우가 허다했다. 순천지회에서는 행사를 지연시키며 한 시간 이상 기다렸지만 소용없었다. 대책을 세워야 할 상황이 되었다. 긴급회의를 열어 김진수 선생님을 지회장으로 추대하기로 했다. 겨우 출범식을 마무리했다.

1주일쯤 지나서 윤채영 선생님은 학교로 돌아왔다. 어느 누구도 그 부분에 대해 말하지 않았다. 예전과 똑같이 일상이 굴러갔다.

그 일 이후 윤채영 선생님에게 은밀한 변화가 생겼다. 선생님은 순천 저전동성당에 다니는 가톨릭 신자다. 주일날 성당에 갈 때 정문으로 들어가지 못하고 개구멍 같은 뒷문으로 드나들었다. 정문으로 들어서면 바로 정면에 마리아상이 서 있는데 차마 그 얼굴을 똑바로 쳐다볼 수 없었단다. 그만큼 죄의식에 사로잡혔다는 것이다. 그 마음을 털어놓으면서도 눈시울이 뜨거워지셨다. 전해 듣는 나도 똑같은 고통을 받았다. 그 아픔이 어떤 것인지 너무나 잘 이해할 수 있었다.

그로부터 6년 뒤인 1995년도 8월 30일, 윤채영 선생님이 퇴임식을 했다. 그때 나는 바로 3일 전에 교육위원으로 당선되었다. 초청장이 와서 퇴임식에 참석하기 위해 그 학교에 갔다. 학교에서는 아직 임기도 시작하지 않은 나를 예우하느라 연단에 소파를 마련해 놓았지만 극구 사양했다. 윤채영 선생님 손을 잡고 아래 자리에 나란히 앉았다.

축사를 하게 되었는데 그때 선생님의 말 못할 아픔을 꺼냈다. 선생님이 그동안 겪었을 고통과 쓰라린 상처를 외면했음을 반성하며 우리는 모두 죄인임을 강조했다. 그 뒤에도 순천에 갈 기회가 있으면 선생님께 꼭 전화해서 안부를 여쭈었다.

퇴직 이후에는 약국을 개업해 약사로서 살고 계셨다. 약국에 가서도 가끔 대화를 나누었다. 가까이 앉아 대화를 나눌 때마다 선생님의 눈에서 나오는 빛이 너무 맑고 진실해서 절로 존경하는 마음이 일었다. 그렇게 몇 년에 한 번씩 얼굴을 뵙고 반가운 마음으로 회포를 풀고 헤어지곤 했다.

작년에 전교조 순천지회 교육운동사 발간식 행사에 참석하게 되었다. 행사는 오후 2시인데 윤채영 선생님이 생각났다. 내게는 연락을 하지 않아 몰랐지만 그 사이에 돌아가셨다는 것이다. 늦게나마 선생님 묘소에 인사드리고 싶어 순천 선생님들께 부탁했다. 다행히 김진수, 신헌경, 박귀주, 정금리 선생님이 함께 동행해 선생님 묘소에 갈 수 있었다.

선생님은 가톨릭 공동묘지에 계셨다. 찾아뵙고 내려와 출판기념식에 참석했다. 축사를 할 때 '윤채영 선생님과 탈퇴각서'를 소재로 이야기를 꺼냈다. 탈퇴각서를 안 쓰려고 아버지의 고집을 꺾어야 했던 내 상황과 윤채영 선생님의 기막힌 스토리를 꺼냈다.

"우리 순천지회 윤채영 선생님께도 말 못할 아픔이 있었습니다. 해직된 선생님이든 아니든 그 고통은 말로 표현할 수 없을 정도입니다. 고난을 받으면서 가정 문제의 어려움으로 어쩔 수 없이 탈퇴각서를 쓴 조합원 동지들을 생각하면 지금도 밤잠을 못 이룹니다. 학교로 복귀하고 다시 조직을 복원해서 지금까지 조직을 이끌어온 조합원 동지들, 아픔을 딛고 일어난 선생님들, 다시 일어나서 조직을 세웠던 선생님들, 이 자리에 같이 와 계신 그 선생님들과 사모님 가슴에 얼마나 아픈 상처가 있는지 우리는 그것을 몰라서는 안 됩니다."

사회자는 3분만 해 달라고 했는데 하다 보니 내 감정에 겨워 10분이나 해버렸다.

"윤채영 선생님 돌아가셨을 때 뵙지도 못해서 오늘 아침 묘소에 찾아가 인사드렸습니다. 묘하게도 윤 선생님이 다니던 이곳 저전동성당에서 오늘 이 행사를 하게 되었네요. 당신이 죄인이라서 차마 마리아상을 쳐다보지 못해 뒷문으로 드나들었다는 바로 그 성당입니다."

분위기가 숙연해졌다. 선생님을 거론하다 보니 더욱 간절하게 선생님의 진실된 눈빛이 떠올랐다.

기생충

영화 이야기가 아니다. 항소심 재판과정에 있었던 가슴 아픈 이야기다.

목포교도소에서 출소한 후 지부장 직을 수행하면서 광주고등법원에 항소했다. 항소심 재판에서 내 변론을 맡은 이가 유남영 변호사다. 그는 문재인 정부에서 나름 역할을 하던 분이다. 그 과정에서 있었던 에피소드 하나를 오랫동안 가슴에 묻어 두었는데 이제 드러내어 말해야겠다는 결심이 선다.

항소심 재판은 재판관 3인 합의부로 가운데에 앉은 이가 주심 판사다. 그 주심 판사가 내게 몇 가지 질문을 하는 과정에 이런 질문을 던졌다.

"요즘에 전교조 해직교사는 어떻게 생활하고 있는가요?"

그 질문에 내 나름으로는 해직교사의 고충을 전달할 욕심으로 자세히 설명한다고 미주알고주알 있는 대로 대답했다.

"여러 가지 방법으로 생계를 유지하는데 학교 현장에 있는 선생님들이 후원금을 거둬 보내주면 사무실에서 상근하는 이에게는 생계비 형태로 조금씩 지급하기도 하고 개인이 노동 현장에서 일하는 사람도 있고 장사에 뛰어든 사람도 있고 다들 어렵사리 생계를 유지하고 있습니다."

채 말하지 못한 내용이 있을 것 같아 머리를 굴리며 생각하는 중이었는데 판사가 냉큼 말을 자르고 받아쳤다.

"기생충이구만."

기생충이라는 단어를 듣는 순간 참을 수 없는 분노가 내 안에서 뚫고 나와 정수리까지 솟구쳤다. 절로 말이 밀려나왔다.

"우리 사회에서 진짜 기생충 같은 사람들을 모르신가요? 진짜 기생충 같은 인간들은!!"

이 사회에서 기생충 같은 인간들은 교육계며 법조계며 수두룩하다고 막 지적하려는데 할 수 없었다. 그는 내 말을 들을 생각이 전혀 없었다. 자신이 할 말만 외쳤다. 다음 재판은 몇 월 며칠 열겠다고 선포하더니 방망이를 쾅쾅쾅 내리쳤다. 그리고 너 따위는 아랑곳할 가치도 없다는 듯 퇴장해 버렸다.

살아오면서 이렇게 치욕을 느껴 본 적이 없었다. 온몸이 부들부들 떨렸다. 분함을 삭힐 수 없었다. 수도꼭지를 쌩하게 틀어놓은 듯 눈물이 왈칵 쏟아졌다. 직위해제 통지서를 받을 때도 파면 소식을 들을 때도 이 정도는 아니었다.

유남영 변호사가 내 옆으로 다가와 어깨를 다독이며 "선생님 나가시죠. 나가서 저하고 얘기 좀 하시게요."라고 말했다. 유 변호사는 민변 변호사로 내 항소심도 무료로 변론해 주었다. 그가 점심을 사주고

자기 사무실로 데리고 가더니 차분한 어조로 말했다.

"판사들이 도를 넘는 질문을 하기도 하고 또 일부러 자극을 하기 위해서 그런 제스처도 쓰고 그럽니다. 좀 심한 표현이기는 했지만 그것에 휘말리지 마십시오."

내가 분함을 견디지 못해 "이 개새끼야" 하고 욕설을 뱉거나 기물을 던지거나 하는 격한 반응을 보이면 그것을 빌미로 죄를 뒤집어씌울 수도 있으니 참으라는 것이다. 그렇다. 고작 눈물 따위? 이래서는 안 된다. 전교조를 굳건하게 지키는 것이 그런 자를 단죄하는 길이다.

피를 토할 일이지만 전교조 전남지부의 수장으로서 조합원들의 사기가 행여 꺾일까 봐 아무에게도 말하지 않았다. 정해숙 선생님이 전교조 위원장으로 계실 때 딱 한 번 하소연하듯 말한 적이 있을 뿐이다. 30년 동안 간직한 채 쉽사리 누구에게도 털어놓지 못했던 그 일을 이 지면을 빌어 처음 공개하는 것이다. 지금도 그 판사가 내뱉던 말을 떠올리면 치가 떨린다.

아무 일도 없었던 듯 전남지부 사무실로 돌아왔다. 상근하는 조합원들이 분주히 움직이며 사업 추진하랴 학교 방문 일정 짜랴 정신없이 일하고 있는데 그들에게 도저히 이 말을 털어놓을 수가 없었다. 그 말을 꺼내면 당장 팔뚝 걷어붙이고 법원으로 쫓아가 "내가 왜 기생충이야?" 하고 악쓰고 대들거나 여차하면 혈기에 할복자살할 판이다. 그 뇌관을 행여 건드릴까 싶어 혼자 꾹꾹 참아야 했다.

그 판사가 집행유예 형량도 줄여주고 벌금도 300만 원에서 150만 원으로 깎아주기는 했으나 전교조 조합원을 바라보는 시각이 너무 천박해 지금도 잊히지 않는다.

서울 자취생활

1993년 무렵 나는 전교조 본부 부위원장 역할을 하고 있었다. 정해숙 선생님이 위원장으로 당선되어 지도부를 꾸리는데 부름에 응답해 부위원장 직을 수행하게 되었다. 부위원장은 서울의 이수호, 유상덕, 이부영 선생님 그리고 나까지 4명이었다.

부위원장마다 각각의 역할이 있는데 나는 국회 담당이었다. 그 시기에는 전교조 합법화와 해직교사 복직이 최대 이슈였다. 거의 매일 국회에 나가 국회의원이나 그의 보좌진 등 입법과 관련된 인사들을 만나 대화하고 설득하는 일이 내 업무였다. 호남 출신이나 민주화운동을 하다가 당선된 의원들이 있어 자연스럽게 미팅이 이루어지기도 했다.

전교조 본부 지도부는 대부분 서울, 인천, 경기지역 활동가이고 지방에서 올라온 이가 일부 있었다. 경남에서 올라온 이영주 사무처장, 광주에서 올라와 학생부를 담당한 배이상헌 선생님 그리고 전남에서 올라온 나까지 3명이었다. 지방에서 온 우리는 함께 자취 생활을 했다.

지하철 2호선 대림역 근방에 방 두 칸짜리 오피스텔이 있었다. 그 공간을 낮에는 서울 해직조합원 선생님들의 아이들을 돌보는 놀이방으로 제공하고 밤에는 우리의 숙소로 활용했다. 낮에는 아이들이 맘껏 뛰어놀고 밤에는 우리가 밥 해 먹고 잠자는 곳이다. 남자 셋이서 식사, 청소, 반찬 담당으로 역할을 나누어 생활했다.

1년여 기간 동안 유지한 자취생활은 실수도 있고 부족함도 많았지만 내 의식주를 직접 해결한다는 차원에서 나름 소중한 경험이었다. 무엇보다도 이 작업들은 끝없는 도돌이표와 같아 지극한 인내심을 요구하는 행위였다. 이런 정교한 작업을 빈틈없이 해내는 내 아내, 그리고 수많은 여성의 노고에 진심으로 찬사를 보낸다.

해직 선생님들의 복직 학교 방문

　1994년 3월 해직교사가 거의 복직하고 나는 조직의 결정으로 다시 전교조 전남지부장으로 돌아왔다. 복직 이후의 지부장으로서 해직교사가 복직학교에서 어떻게 생활하는지 살펴보고 싶어 차례차례 학교를 방문하게 되었다.

　전남지역에서는 176명의 해직자 중 162명이 전남 전역에 복직된 상태였다. 전교조 전남지부 출신 교육위원이 세 분 있었는데 그들의 활동 지역을 중심으로 세 지역으로 나누었다. 서부지역은 박인숙 선생님, 중부지역은 한상준 선생님, 동부지역은 박두규 선생님으로 나누어 그들과 함께 학교를 찾아다녔다. 그중 잊을 수 없는 장면들이 있다.

　가장 먼저 조성자 선생의 얼굴이 떠오른다. 무안에서 함께 활동하기도 했던 그가 복직한 학교는 구례여중학교다. 구례여중학교에 찾아가 교무실로 들어서니 교감 선생님이 계셨는데 내 동생의 사돈으로 아는 얼굴이다. 교감 선생님 옆에 앉아 복직한 조성자 선생이 학교에서 근무하는 데 어려움은 없는지 한 번 보러 왔다고 했다. 교감 선생님은 수업 끝종이 나자마자 내 말이 끝나기 바쁘게 교무실에서 일하는 젊은이에게 심부름을 시켰다. "빨리 조성자 선생님한테 가서 고진형 선생님 오셨으니 얼른 내려오라고 하게."

심부름 간 젊은이는 돌아왔는데 쉬는 시간 10분이 다 지나도록 조성자 선생이 나타나지 않았다. 다음 시작종이 쳐버렸다. 왜 아직 안들어오냐고 재촉하니 그 젊은이가 그 길로 또 나갔다. 그리고 그가 돌아와서 이렇게 말했다. "울고 있어요." 어허허. 복도에서 울고 있다는 것이다. 이거 참.

오라비 같은 동지가 왔다는 말을 듣는 순간 머릿속에서 온갖 기억들이 주마등처럼 왔다 갔다 했던 모양이다. 그 말을 전해들은 나도 착잡한 심경으로 기다리는데 한참 있다가 내려오는 그를 보니 눈이 부어 있었다. 부은 눈덩이가 조성자 선생의 심경을 다 표현해주고 있었다. 기나긴 시간동안 어려움을 함께한 동지가 학교로 찾아오니 감회가 새로웠을 것이다. 무슨 말이 필요하겠나.

고흥의 외딴섬 거금도에 있는 금산동중에 찾아갔다. 그 학교에 해직교사가 셋이나 복직되었다는 말을 듣고 그곳으로 향했다. 그 섬은 찾아가는 길부터 쉽지 않았다. 배를 선착장에 대면 학교가 너무 멀어서 시간이 걸리니 학교 가까운 쪽으로 방향을 바꿔 댔는데 발을 내딛는 순간부터 돌이 울퉁불퉁 튀어나와 신경을 곤두세워야 했다. 파도 따라 배가 너울거려 여차하면 돌부리에 머리를 찍게 생겼다. 해직교사 출신 교육위원인 박두규 선생과 둘이서 사선을 넘듯 겨우 돌사이를 헤쳐 나아갔는데 그곳에 반가운 얼굴들이 기다리고 있었다.

고희숙 선생, 나정숙 선생, 김재근 선생이 환한 얼굴로 우리를 맞이했다.

얼굴을 확인한 기쁨은 잠시 잠깐, 사택에 들어가자마자 눈이 휘둥그레졌다. 머나먼 섬이라 육지와 달리 생활용품 조달이 쉽지 않고 모든 것이 부족할 줄 예상했지만 상상을 초월했다. 교원 사택이 가파르고 비탈진 언덕에 있는데 워낙 천장이 낮아서 사람이 살 곳이 아니다 싶었다. 판자촌이나 빈민촌이 절로 떠올랐다. 그런 곳에 복직 교사들을 박아놓은 교육청의 처사에 화가 났다. 그들의 고충이 훤히 내다보여 가슴이 타들어가는 심정이었다. 그들을 격려하려고 찾아갔건만 되레 그들이 괜찮다고 나를 위로하는 상황이 되어버렸다. 그저 할 말을 잃고 먼 바다만 바라보았다.

전남지부 초대 사무국장 장석웅 선생님

전교조 전남지부 역사에서 가장 힘들었던 때를 꼽으라면 당연히 1989년 창립 시기이다. 정부가 휘두르는 칼날 아래에서 해직과 탈퇴 각서 파동이 줄을 이어 조직이 붕괴될 지경이고, 지도부와 집행부도 마비되다시피 했다. 이 살얼음 같은 시기에 전남지부 사무국장으로서 조직을 굳건히 지켜낸 이가 장석웅 선생님이다.

장석웅 선생님은 Y교협에서 전남교사협의회를 거쳐 전교조 전남지부 설립까지 실무 책임을 총괄하며 수많은 사업을 기획하고 집행했다. 그는 이러한 책임감과 리더십을 인정받아 전교조 전남지부장으로서 역할을 하고, 더 나아가 전국위원장 직까지 수행했다.

1994년 해직교사가 전원 복직하게 되었을 때 장석웅 선생은 해남 화산중학교로 배정되었다. 그동안 전남지부에서 고생을 많이 했기에 발령 소식을 듣고 축하해주고 싶었다. 그즈음 운전을 갓 시작한 내가 서투른 운전 실력으로 그의 짐을 내 차에 싣고 그들 부부와 함께 출발했다.

발령지인 화산중에 도착한 후 그에게 배정된 사택으로 찾아갔다. 짐을 풀어놓고 방을 청소한 후 부엌에 불을 피우려고 연탄아궁이를 살폈는데 그 안에 물이 가득 고여있었다. 1년 동안 방치된 상태였던 가 보다. 해남군 화산면이 남북으로 길쭉하게 바다에 면해 있어 바람이 엄청나다. 2월 말이라 으스스할 때인데 바람은 차갑고 사택 아궁이는 그 모양이니 그들 부부만 두고 돌아오기에 기분이 영 내키지 않았다.

"짐 싸서 다시 올라갑시다."라고 했더니 장석웅 선생의 사모님이 대답했다. "아니에요. 그냥 여기서 물 퍼내고 불을 지펴 봐야죠." 포기하지 않고 어떻게든 해결하려는 모습에 하는 수 없이 혼자 광주로 돌아왔다. 만감이 교차했다. 백번 양보해서 생각해도 교육청의 인사 조치에 가만히 있을 수 없었다. 집에 도착하자마자 도교육청 인사담당자에게 전화로 항의했다.

"교육청에서 우리 해직교사들의 인사 발령을 이런 식으로 할 수 있는 건가요?"

타 시도는 해직 당시 근무했던 지역과 비슷한 급지의 학교로 복직 발령을 냈다고 전해 들었다. 우리 도는 이게 무슨 일인가. 도서 벽지로 떼거리 인사를 해버렸다. 해직 당시 장석웅 선생은 담양 한재중학교에서 근무했었는데 지금쯤 어디로 복직해야 상식에 맞겠는가?

전화 한 통으로 해직교사들의 열악한 처지가 달라지는 것은 아니다. 그렇게라도 하지 않으면 도저히 견딜 수 없을 만큼 가슴이 부글거렸다. 더욱이 잘못된 인사 발령에 대해 순응하면 안 된다. 당장 시정하지 못하더라도 우리의 목소리로 분노의 의사를 확실히 드러내야 한다. 그래야 잘못된 관행을 단절시킬 수 있다. 물론 나의 사사로운 감정도 감정이지만 이후 전교조 전남지부 차원에서 할 수 있는 조치를 모두 취했다.

어찌되었건 마음이 아프면 아픈 대로 기쁘면 기쁜 대로 그해 3월부터 7월까지 5개월 동안 광양, 신안, 구례, 해남, 고흥 등지의 학교를 순회했다. 복직 교사들이 비록 도서 벽지와 구석진 곳으로 배정받았지만 그들의 강건한 의식이 악조건 속에서 더욱 빛이 날 거라 의심치 않았기에 서운한 마음을 뒤로 했다.

무안의 추억

1986년 3월 1일자로 나주고에서 무안고로 이동하게 되었다. 무안은 목포 가는 길목에 있는 지역으로만 알았는데 그곳으로 발령이 나니 새삼스러웠다. 학교가 시가지에서 좀 떨어져 외진 곳에 있어서 세상과 단절된 듯 황량한 느낌이 들었다. 게다가 부임 3개월 즈음 5·10 교육민주화선언에 참여했다. 전에 야학을 하다가 징계를 받은 전력이 있는데 교육민주화선언 가담 사실까지 드러나고 보니 학교나 교육청으로부터 관심을 받는 처지가 되었다.

그래도 나의 길을 꿋꿋하게 나아 갈 수밖에 없었다. 그 학교에서도 교장 선생님을 설득해 학생 축제를 열었다. 가을이면 군청 청사 안의 군민회관을 빌려 아이들의 숨은 기량을 펼치도록 분위기를 만들었다. 외부로는 교육운동가로서 Y교사회 호남회장을 맡으면서 전주 순천 여수 등 호남지역 Y교협을 일구기에 바쁜 나날을 보냈다.

무안교사협의회 회장으로서 학교별 대표자회의를 거의 날마다 가졌다. 안 가 본 학교가 없을 만큼 곳곳을 찾아다녔고 덕분에 늘 새로운 선생님들을 만났다.

무안고에서 함께 근무했던 박인숙, 박양수, 이승복, 조진숙, 송경화 선생님, 이웃 학교인 무안북중학교의 김내수, 김수미, 임향진 선생님, 같은 지역 백제여상고 장주섭, 신영미, 조문찬, 백창석, 정국성 선생님들과 교육을 주제로 늘 함께할 수 있었다. 초등학교의 김희중, 강승원, 김선치, 김용호, 권기태 선생님, 현경중·고 신승태, 심성업 선생님, 해제중 이양칠, 오병관 선생님, 청계중 장재술, 조준승, 조창익, 김영효 선생님 등 곳곳에서 살아있는 눈빛들을 만났다. 결기와 개성으로 가득 찬 그들과 함께하면서 오늘은 또 어떤 모습을 보게 될지 기대에 찬 마음으로 회의에 참석하곤 했다.

무안 현경면 홀통 바닷가에서 교사협의회를 준비하며 열정으로 대

무안지회 연수

화를 나누던 장면이 떠오르고, 해제중 학교정상화를 위한 농성장에 찾아가 그들과 투쟁가를 목청껏 부르던 기억도 생각난다. 첩보전을 벌이듯 한밤중에 망운중학교 선생님들과 만나 사학재단 전횡의 해결 방안을 논의하던 기억도 새롭다. 선생님들과 함께 모여 진지하게 회의를 하다가도 뒤풀이 시간이 되면 숨은 장기를 보여주는 그들 속에서 마냥 행복해했다.

반면 가정적으로는 그리 간단하지 않았다. 그동안 살던 광주 집도 정리했다. 재정적으로 큰 타격을 입어 그 집에서 계속 생활할 수 없었다. 근무지가 있는 무안으로 내려가 사는 것도 괜찮을 것 같아 과감히 이사했다.

이제 와 생각하니 이전에 살던 광주나 이후에 살게 될 목포에서는 비교적 안정적인 나날이라 별 기복 없이 지나갔다. 유독 무안에서의 시간대는 내게 벌어질 큰 사건들이 몽땅 일어나 삶이 요동쳤다. 경제적 압박으로 어려운 생활고와 해직 구속 파면 등.

본의 아니게 아내와 아이들에게 큰 짐을 떠넘긴 시간대였다. 특히 아내는 결혼과 함께 근무하던 학교에 사표를 내고 교사의 아내로서 평탄한 삶을 보내다가 내 거취와 비례해 큰 충격파를 겪는다. 아내의 삶은 내 삶과 연동되어 늘 그림자처럼 함께할 수밖에 없었다.

내가 구속되자 아내는 넋이 나간 이처럼 헤매기도 하고 자신이 해직자요 파면교사인 양 물불 안 가리고 투쟁의 현장을 찾아다니기도 했다. 무엇보다 구속 파면된 이의 아내로서 당장 생계를 이어가는 것이 큰 과제였다.

당시 광주일보 부설 월간잡지인 『예향』에서 아내에게 원고를 청탁

했다. '해직교사 부인의 수기'를 쓰면 원고료를 지급한다는 것이다. 아내는 절박한 마음에 3박 4일 동안 한숨도 안 자고 원고를 써 내려갔다. 150매를 써서 보냈는데 예향지에서 분량이 너무 많다며 120매로 줄여 잡지에 실었다. 물론 120매 분량의 원고료를 받아 가계에 보탰을 것이다. 그러나 거기서 끝나지 않았다. 오직 남편의 옥바라지와 교육 투쟁 현장을 사실 그대로 썼을 뿐인데 후폭풍이 따라왔다.

당시 무안고등학교 교장이 아내를 명예훼손죄로 고발해버렸다. 원고 내용에 "교장이 고발하여 남편이 파면당하고"라는 표현이 있었는데 그게 자신의 명예를 훼손했다는 것이다. 아내 입장에서는 징계를 하려면 교장의 직인이 있어야 하는데 도장을 찍었다는 것은 징계에 관여했다는 의미로 해석했을 뿐이다.

아내는 검찰의 출두요구서를 받고 목포검찰청에 출두했다. 교장도 같은 시각에 출두했는데 그 자리에서 검사를 향해 이렇게 말했단다.

"이 사람은 보통 집안의 부인이 아닙니다. 고등학교 교사 출신이에요."

말하자면 무언가에 경도된 극렬분자인 양 미리 초를 치는 말을 꺼낸 셈이다. 아내도 밀려서는 안 된다는 생각에 항의했다.

"그 이상 제가 무엇이란 말입니까? 저는 제 아픔을 그대로 썼을 뿐입니다. 그게 뭐가 잘못입니까?"

둘이서 티격태격하며 고성이 오고 가니 검사가 정리했다.

"둘이 나가셔서 한 사람씩 들어오십시오."

아내가 안으로 들어가니 검사가 그랬단다.

"고소한 문장을 읽어보니 특별한 내용은 아닌 것 같습니다. 걱정

안 해도 될 것 같네요."

이렇게 위로를 하더란다. 아내의 순서가 끝나고 이어서 교장이 들어갔다. 교장의 주장을 듣지 못했지만 검사의 판결은 명예훼손에 대한 '기소유예'였다.

아내는 기간제 교사를 18번 했다. 짧게는 2개월짜리에서 6개월, 1년 등등 다 합쳐서 그러하다. 기간제 교사로 채용될 때 제출하는 서류 중에 신원조회서가 있다. 그 서류를 발급받을 때면 '명예훼손 기소유예자'로 표시되어 있다. 서류를 받아보는 행정실에서도 이 기록 때문에 늘 고개를 갸우뚱했단다.

'명예훼손 기소유예자.' 아내가 고소당한 사실이 신문에 보도되었다. 이 기사를 확인한 광주 MBC TV에서 연락을 해 왔다. 프로그램 '목요광장' 담당 PD 왈, 그해 12월 마지막 목요광장에 사모님 스토리를 방영하고 싶다는 것이다. 방송국 카메라팀이 무안으로 내려와 3일 동안 관련 영상을 촬영했다. 아내가 원고를 쓰는 장면, 아파트에서 바라본 학교의 모습, 학교에 근무하는 교사들의 인터뷰 등을 찍어서 방영했다. 아내의 삶도 나만큼 롤러코스터를 타는 듯하다.

광주 MBC방송이 광주와 인근 지역까지 방영되는데 무안에서도 그 프로를 본 사람들이 있었던 모양이다. 방영 다음 날 아내가 장 보러 나갔다. 5일장에서 바닥에 앉아 소소하게 푸성귀를 펼쳐놓고 파는 할머니가 알아보고 대뜸 그랬단다.

"어저께 테레비 나온 이 아니요? 맞지라우? 아이고 짠하요. 요거 더 가져가씨오."

아내를 알아본 장터 상인들이 소금 한 바가지, 콩나물 한 주먹을 더 집어주고 고등어도 한 마리 얹어 주어 며칠 동안 밥상이 푸짐해졌단다.

'위기가 기회'라는 말을 곧잘 한다. 무안에 내려갈 무렵에는 모든 게 심연 밑바닥처럼 어두웠다. 내일을 맞이하는 게 부담스러울 만큼 하루하루가 힘겹게 지나갔다. 그런데 그 곳에서 만난 선생님들과 함께 조직을 만들어 교육을 바꿀 밑천을 일구었다. 내 가족들, 아이들과 아내도 그 삶에 적응하며 오히려 더 새로운 모습으로 변신해 갔다.

고맙고 고마운 무안의 시간들이었다.

변화하는 학생을 어떻게 지도할 것인가

오래된 사진 한 장을 발견했다. 40년 전인 1983년에 일본에서 찍은 사진이다.

그해 여름, 한국 대표로서 서울Y교사협의회 소속인 송상헌 선생님과 함께 일본YMCA교사협의회 연수에 참석했다. 연수 장소는 히로시마의 어느 산속에 있는 기독교 학교로 기억한다. 그 시기의 나는 Y교사회 호남회장 직을 수행하면서 교육에 대해 진지하게 해법을 고민하던 시기이다. 사진 속에 일본어로 쓰여있는 연수의 제목을 우리말로 번역하면 '변화하는 학생을 어떻게 지도할 것인가'이다.

선생님들이 나와서 현장 사례를 발표했는데 인상적인 장면이 많았다. 가슴이 뭉클한 발언도 있었지만 망치로 맞은 듯 충격적인 내용이 훨씬 더 많았다. 당시 일본에는 학생들 사이에서 교사를 구타하는 사건이 연쇄적으로 일어났다. 문부성 통계자료에 의하면 1년에 2,400건 정도 된다고 들었다.

사례 발표에서 들은 이야기다. 어떤 고등학교에서 한 선생님이 학생

에게 구타를 당했다. 이를 견디지 못한 선생님이 그 학생을 경찰에 고발했고 학생은 경찰에 불려가 조서를 받았다. 최종 처벌은 어떤 것인지 기억나지 않지만 그 학생으로서는 안 당해도 될 고초를 겪었다고 생각한 모양이다. 석방되어 학교로 돌아오자 다시 그 선생님을 구타했다. 그러면서 던진 말이 이랬다.

"다른 선생들은 다 맞고도 참는데 왜 당신은 못 참고 나를 고발한 거야?"

40년 전 일본 연수 때 느꼈던 충격이 오늘날 우리나라에도 엇비슷하게 나타난다. 서이초 교사의 자살 사건을 필두로 유사한 사례가 심심치 않게 등장한다. 교권의 부재로 교사가 교단에 서는 것이 지뢰밭에 선 기분이라면, 머무르고 싶은 학교가 아니라 탈출하고 싶은 곳이라면 교육이 진정 어디로 가고 있는 것인가.

"교사가 행복해야 학생이 행복하다."

늘 교사 행복론을 주장하던 나로서 교사 학생 학부모로 구성된 교육공동체 안에서 누구도 상대를 억압해서는 안 된다는 사실을 새삼 깨닫는다. 단순히 법 개정 차원이 아닌 인간의 존엄성 그 자체를 진지하게 돌아봐야 한다. 오늘 이 어지러운 교육 현실을 가장 이상적인 해법으로 극복하기를 진심으로 바란다.

교육위원 활동

교육위원 진출

전라남도교육위원회 위원에 출마하여 세 번 당선되었다. 햇수로 따지면 12년이다. 그 사이에 교육감 선거에 뛰어들어 전남 곳곳을 훑기도 하고 교육위원회 의장으로 막중한 책임을 느끼기도 했다.

처음 교육위원에 출마했을 때는 1991년이었다. 무안에서 출마했는데 여지없이 낙선했다. 군의회에서 교육위원 후보 두 명을 추천해서 도의회에 올리면 한 명을 낙점하는 방식이었다. 후보로서 군의원을 만나 나를 알려야 했으나 그 자체가 어려웠다. 의회에 찾아가거나 집에 찾아가도 그들을 만날 수 없었다. 그들은 교육위원을 뽑는 일도 여관에 함께 투숙해야만 후보를 선발하는 모양인지 거취를 알아내지 못했다. 당선의 열쇠를 쥔 그들을 만나지 못했으니 낙선하는 건 불을 보듯 뻔했다.

교육위원으로 당선된 것은 4년이 더 지난 1995년 목포에서였다. 이때도 같은 방식으로 목포시의회에서 두 명을 복수 추천해 도의회를 거쳐 결정하는 간접선거였다. 이 시기에 내게 든든한 뒷배라면 나와 함께 활동하던 전교조 조합원 김대중 선생님(김대중 전 대통령과 이름이 같음)이 목포시의원 선거에 출마해 목포시의회로 진출했다는 점이다.

1994년 3월에 전국적으로 해직교사들이 복직되어 현장으로 들어갈 때 나와 김대중 선생님은 전남지부에 남아 지부장과 사무국장으로서 전교조를 지키기로 했었다. 김대중 선생님은 목포시의원 선거에서 당선되어 1995년 6월에 의회로 들어갔다. 성실하고 진중한 사람이어서 동료 시의원들에게도 신임을 받고 있을 때였다.

김대중 선생님이 그동안 쌓아온 활동의 성과로 교육위원 출사표에 대한 나의 의지를 목포시의회에 제대로 전달할 수 있었다. 합리적인 사고를 하는 이들은 전교조의 주장을 긍정적으로 바라보지만 그렇지 않은 이들은 뚜렷한 근거도 없이 전교조를 매도하기도 했다. 그러나 김대중 선생님은 고진형이란 인간이 전교조 내에서 매우 인간적인 지부장이고 학생들을 위해 열정을 다해 참교육을 실천해 온 교사였음을 알리는 데 큰 역할을 했다. 물론 정치권에서도 호의를 보여 그런 저런 도움의 손길로 무사히 교육위원회에 입성하게 되었다.

교육위원으로 당선된 후 전개하는 모든 활동은 전교조와 함께했다. 고진형 개인이 아니라 전교조를 대표하는 교육위원으로서 활동하고자 했다. 전교조가 학교 현장을 바탕으로 정보와 자료를 수집해주고 나 역시 변수가 생기거나 결정할 사안이 있으면 반드시 전교조 전남지부와 상의했다. 자연스럽게 '원칙으로 지킨다. 공과 사를 절대적으로 구분한다. 어떤 이권에도 개입하지 않고 공금에 엄격해야 한다.'라고 입장을 견지했다. 나는 움직이는 전교조로서 노력했다.

원칙에는 단호하게 대했지만 매사에 그런 건 아니다. 회기 중에 업무를 점검할 때 공무원들의 잘못을 발견하면 시정하도록 지적하되 그들에게도 언제나 퇴로를 열어준다. 잘못된 관행을 바로잡으면 되지 사람까지 죽일 필요는 없다는 생각이다. 매서운 바람보다는 따스한 햇살이 더 낫지 않겠는가. 싸움은 하되 상대편 퇴로를 보면서 쫓는다. 하루아침에 다 바꿔내기보다 음지가 양지로 조금씩 변화하도록 최선을 다했다.

　내가 어떤 직위에 놓여있건 사람이 사는 곳이고 사람이 하는 일이다. 상대가 아무리 직급이 낮은 공무원이어도 내 방에 찾아오면 깊숙이 허리 숙여 인사한다. "오셨어요. 앉으시죠." 한 번도 앉아서 인사를 받아 보지 않았다.

　전교조는 싸움만 하는 단체가 아니고 좋은 사람이 많다는 사실을, 전교조는 긍정적이고 합리적이라는 사실을 나를 통해 보여주고 싶었다. 교육청 곳곳에 드리운 일그러진 전교조 그림자를 긍정의 이미지로 바꾸고 싶었다. 그 덕분인지 지금도 교육청 간부들이 잊지 않고 안부를 물어온다.

교육위원 활동

내가 교육위원회에 입성했을 때 전교조가 당면한 최대의 과제는 전교조 합법화였다. '내가 교육위원회에 들어가서 전교조 합법화를 위해 힘쓰겠다.'가 그 안에 숨어있었다. 대국민, 대의회 홍보가 절대적으로 필요했기에 전교조 조직에서 출마하라고 적극 권유한 것이다.

혼자 우쭐해서 소영웅주의에 빠져 벌인 일이 아니다. '출마해야 돼. 이 작은 공간을 확보해야 해.'라는 당위성 때문에 출마에 뜻을 둔 것이다. 같은 명분으로 나보다 앞서 활동한 전교조 출신 교육위원이 세 명 있었다. 박인숙, 박두규, 한상준 선생님이 그들이다. 내가 당선될 때 함께 교육위원회에 진출했으면 큰 힘을 발휘할 수 있었을 터인데 혼자 남아 아쉽게 되었다.

교육위원에 당선되자 교육운동에 앞장섰던 이로서 위상을 어떻게 가질 것이냐를 놓고 진지하게 고민했다. 사적 개입 안 하고 매사에 원리 원칙으로 임한다는 것만으로는 부족하다. 그것에 더하여 '따뜻한 인간미로 사람들을 감싼다.'라는 원칙을 가슴에 새겼다. 내 특유의 마인드가 있었지만 이것을 12년 동안 유지하는 것은 상당히 피곤했다.

전교조 출신으로서 당위성 결백성 전문성과 같은 원칙을 유지하려고 애쓰다 보니 말 한마디, 발걸음 하나하나가 모두 살얼음이었다. 피곤했던 기억이 강렬해 인간적으로 볼 때 별로 의미 없는 세월인 듯 여겨졌다. 퇴직 이후 지나온 시절을 다시 되새겨 보니 결코 하찮은 시간이 아니었다. 교육위원으로서 활동하던 시간은 중요한 의미를 지니고 있었다.

전교조 출신으로서 교육위원으로 진출한다는 것은 교육계에서 중요한 고지를 점령한 것으로 우리가 터부시했던 영역의 지평을 넓히고, 뒤따라오는 후배들이 더 왕성하게 진출할 주춧돌을 놓는 행위였다. 이후 후배들은 오히려 나를 딛고 한 발 더 나아가 16개 시·도 교육감 선거에서 10개 지역을 석권하는 쾌거를 낳았다. 교육의 흐름을 견인해낼 거대한 힘이 우리에게 주어진 것이다. 앞으로도 더욱 발전된 모습이기를 기대한다.

전국교육위원회 의장단

전남 교육위원회 의장이 되어 전국의장단 회의에 매달 참석하게 되었다. 2년 임기 동안 함께 회의를 하다 보니 나름 공감대가 있어 친목회를 만들게 되고 내가 회장을 맡았다. 임기가 끝나고 그 후 10여 년 동안 친목을 유지했다. 해외여행도 가고 식사도 하면서 말 그대로 친목을 위한 모임이다. 회장으로서 모임을 치밀하게 준비하고 결산을 투명하게 공개하다 보니 그들이 나를 신임했다.

전국에서 모이려면 중간 지점이 좋을 것 같아 대전 유성온천에서 주로 모였다. 이 모임에 참석하기 위해 아침 일찍 혈액을 투석하고 기차로 내려오는 이가 있을 만큼 연령대가 높고 모임을 하던 중에 돌아가신 분도 있었다. 그러다 보니 모임을 지속하는 것이 무리였다. 해산하기로 마음먹고 결산 후 남은 돈을 1/N로 나누어 10원짜리까지 계좌에 넣어주고 그동안 함께했던 것에 대해 가볍게 편지까지 써 보냈다.

나도 적은 나이가 아니지만 나보다 훨씬 더 연배가 많은 분들이다. "더 이상 만나기 어려우니 발전적 해산을 하겠습니다."라고 했더니 "그거 뭔 말이고?" 하면서 웃는다. 모임은 끝났지만 지금도 그들에게서 전화가 온다.

광주 의장은 가끔 전화해 "고의장, 밥 한 번 먹읍시다."라며 꼭 당신이 밥을 사겠다고 한다. 경북 의장은 포항에 사립학교가 4곳이나 되는 재벌인데 가끔 전화해서 말한다. "고의장 뭐 하노. 가끔 생각이 난다. 그 넉살 하며 하~ 생각난다. 언제 만나야 하는데 만날 수도 없고." 그런가 하면 원주에 사는 강원도 의장도 안부를 물어온다. 인천 의장은 돌아가셨지만 그 사모님이 전화를 하기도 한다.

그들 중 어떤 분은 나를 만나 보니 사람이 선하고 치밀한 데다 재미도 있다고 좋아했다. 덕분에 전교조에 대한 이미지가 완전히 바뀌었다. 그 모임에서 내 역할은 그것이었다. 전국에 연결되어 있는 그들에게 나를 통해 전교조를 새롭게 보여주는 역할을 했다. 전교조는 얼굴 들이대고 싸움만 일삼는 단체가 아니고 사람 냄새도 나고 따스한 정을 아는 조직임을 그들에게 알려주고 싶었다.

전국 교원단체 미국 연수단

　교육위원회 의장직에 있을 때 교육부에서 전에 없던 새로운 사업을 편성했다. '교단 안정을 위한 교원단체 대표자 해외연수'라는 명칭의 사업이다. 교육부와 교원단체 간에 서로 이해하고 호흡을 맞춰보려고 사업을 편성했지만 연수단 대표로 마땅한 인물을 세우지 못했다.

　교육부에서 공무원들이 실무진으로 따라가지만 단체 간에 조화를 이룰 만한 인물을 물색하는 중이었다. 교원단체가 생각보다 많아 20여 곳 되는데 각자의 입장이 뚜렷하기에 혹여 이들 간에 갈등이나 충돌이 생기면 조절할 사람이 필요했다.

　교육부에서 먼저 교총 회장에게 의사를 물었는데 사정이 있어 갈수 없다는 답을 들었던 모양이다. 전국적으로 인물을 물색하다가 내게도 연락이 왔다. 전교조 출신이면서 교육위원회 의장을 하니 가능성이 높다고 본 듯하다. 의사국 직원에게 나에 대해 미리 묻기도 했단다.

그 전화를 받고 반장을 맡아달라는 말끝에 대뜸 "저 바빠서 도저히 못 가겠습니다. 미안합니다."라며 거절했다. 다음 날 또 전화가 왔다. 이번에는 직위가 더 높은 사람인데 기억이 확실하지 않지만 차관쯤 되는 것 같다.

"전국적으로 여러 각도로 알아봤는데 고진형 의장님이 꼭 해주시면 좋겠습니다. 이번 연수가 잘 진행되어야 내년에도 가능합니다. 이번에 가서 잘 안 되면 내년에 이거 못 하게 되지 않겠습니까. 사명의식을 가지고 좀 해주시기 부탁드립니다."

"좋습니다. 그러면 의사국하고 우리 전교조 선생님한테 허락을 받고 답을 드리겠습니다."

전화를 끊고 의사국에 물었다. "토론해서 답을 좀 주시오." 결론은 '다녀오십시오'였다. 전남지부에 물었더니 역시 다녀오라는 것이다. 그래서 그 연수의 반장으로 출발하게 되었다. 다행히 전교조 측에서도 무안에서 함께 해직된 조창익 선생이 가게 되어 한결 마음이 놓였다.

출발 당일 곧바로 인천공항으로 출발했다. 가서 보니 여러 단체에서 30여 명의 대표가 모였는데 굳은 얼굴에 제각각의 표정이어서 화합하기가 수월해 보이지 않았다.

미국과 캐나다 일정 중 워싱턴을 포함한 여러 도시에 들러 교육과 관련된 일정을 소화했다. 미국교원노조와 교원단체들을 두루 만났는데 그럴 때마다 대표로서 인사말을 하고 참가자들을 소개했다. 한국교총을 첫 번째로, 나머지는 돌아가면서 소개했을 뿐 순서에 의미를 두지 않았다. 그렇게 소개하는 날에는 저녁 식사를 끝내고 호텔로 돌아가면 누군가가 내 방으로 찾아온다. 그리고 말을 던진다.

"내일 저희 단체는 귀국하겠습니다."

자존심 상했다는 말이다. 소개 순서가 뒤로 갈수록 자신이 속한 단체가 무시당했다고 생각한다. 나는 논리적으로 접근하거나 인간적으로 위로하면서 열심히 그를 설득해야 했다. 물론 미리 돌아간 이는 한 명도 없었다. 그런 분위기 속에서 일주일 동안 함께 다녔다. 치열한 경쟁 분위기여서 살벌함이 없지 않았지만 무사히 귀국했고 그새 정이 들었는지 친목회장을 뽑아 몇 차례 모이기도 했다.

그 후 광주 조선대학교에서 전국 단위 교육 관련 전시행사를 했다. 총장실에서 연락이 왔다. 교육부 장관이 내려오는데 광주시장, 교육감, 교육위원회 의장 등과 함께 티타임이 있으니 참석해 달란다.

당일 참석해 배정된 의자에 앉았다. 시장, 도지사, 교육감 등 순서대로 배정했는데 전남교육위원회 의장인 내 자리는 장관으로부터 가장 먼 곳에 있었다. 장관이 한참 이야기하다가 느닷없이 한마디 했다.

"오늘 전라남도 교육위원회 의장님이 저 끝에 앉아 계신데 감사의 말씀을 좀 드리고 싶습니다."

장관의 깜짝 발언에 참석자들이 '뭐야?' 하는 눈초리로 나를 쳐다봤다.

"이번에 '교단안정을 위한 교원단체 대표자연수'를 미국으로 정해놓고 교육부에서 예산을 편성하면서 이래저래 곡절이 많았습니다. 이번 사업이 성공할까 염려를 많이 했는데 무사히 잘 마쳤습니다.

덕분에 내년에도 이 예산을 편성하고 앞으로 지속적으로 할 수 있게 되었습니다. 이런 결과에 대해서 단장을 맡아 고생하신 전남교육위원회 의장님께 감사를 드립니다."

한순간 사람들의 시선이 스포트라이트처럼 내게 집중되고 보니 차를 마시고 있던 나도 깜짝 놀랐다. 그 뒤로 그 사업이 이어졌는지 확인해 보지 않았으나 계속 이어져서 교육가족 누군가가 누리는 기회에 내가 조금이나마 도움이 되었다면 다행이라 생각한다.

화해와 용서

1999년 12월 29일, 1900년대를 겨우 이틀 남겨놓은 날이다. 전라남도 교육청 강당에서는 교육청 간부 퇴임식이 있었다.

전라남도 교육위원으로 활동하고 있었기에 그 퇴임식에 나도 참석하게 되었다. 교육공무원의 퇴임은 생년월일에 따라 교육직은 8월과 다음 해 2월이고, 교육행정직은 6월과 12월에 있다.

퇴임식에는 동료 선후배 친구 가족 등이 참석하고, 식순은 공직생활 경력 보고와 축사 등으로 짜여있다. 퇴임식이 끝난 후 어느 언론사 기자가 다가와 말을 걸었다. "전병곤 전 교육감께서도 참석하셨는데 두 분이 과거에 애증 관계였다고 들었다. 두 분 만나는 모습과 사연을 취재하고 싶다."는 것이다. 그의 권유로 교육청 뜰에 나가 사진을 찍게 되었다. 다음 날 지방 일간지에 보도되었다.

"10년이 지난 지금 한 세기가 끝날 즈음에 1989년 당시 교육감으로 징계 최종 결재자와 징계 당사자인 전교조 전남지부장이 손을 잡고 용서와 화해의 한 세기를 마감한다."는 그럴싸한 보도가 되었다.

나는 그때 공무원으로서는 '파면 구속'이라는 최고의 징계를 받았다.

사진은 기자에 의해 연출된 장면일 뿐이다. 10년 전 일로 여전히 분을 삭이지 못해 사진을 안 찍겠다고 하는 것도 성숙한 자세는 아니어서 기자의 권유에 응했다. 허나 10년 전 상처가 사진 한 장으로 사라질 수 있겠는가. 진정한 화해가 되려면 먼저 진심 어린 사과가 선행되어야 한다. 그런 뒤에 용서를 하고 화해도 하는 것이 순서다.

"대립·반목의 슬픈역사 없어야"

전교조 파동 주역 10년만에 만나

파란의 교육사에 피해자와 가해자가 되어버렸던 당시 전병곤 전남도교육감(사진 왼쪽)과 고진형 전교조 전남지부장 (현 전남도교육위원)이 10여 년 만에 만났다. (사진)

27일 오전 교육청 대강당에서 열린 전남도교육청 서정남 전 관리국장 퇴임식장에서 맞닥뜨린 두 사람은 처음에는 어색한 만남이었으나 금방 덕담을 주고 받으며 화기애애한 분위기를 연출했다.

전국교직원노동조합 설립운동이 한창이던 지난 8년, 두 사람은 당시 교육계의 발전을 위해 정반대편에 서야 했던 아픔을 간직해야 했다.

고위원은 당시 전교조 전남 도지부장을 역임, 178명의 교사들과 함께 파면이란 멍에를 지고 정든 교단을 떠나야 했다. 전 전남도교육감도 정부의 방침에 따라 쓰라린 마음으로 교사들을 파면시켜야 했다.

특히 고위원은 파면과 함께 구속의 고초까지 겪었던 장본인으로 감회가 남다를 수 밖에 없다.

두 사람은 "전교조 합법화와 해직교사들의 복직조치 등이 이루어져 다행"이라면서 "교원노조와 교육당국이 동반자적 관계를 수립, 교육발전을 위해 노력해야 한다"며 교육계에 대한 변함없는 애정을 피력했다.

교육계의 가해자와 피해자라고 할 수 있는 두 사람의 만남을 지켜본 주위사람들은 다시는 교육계에 대립과 반목으로 인해 대량해직의 아픔이 없어야 할 것이라고 입을 모았다.

/김종석기자

강이 있어 건넜고 산이 있어 넘었다

2010년 여름 영산성지고 교장으로 재직하고 있을 때다. 일본 오사카부 교원노조에서 강연 요청이 들어왔다.

일본교원노조는 우리보다 훨씬 앞서 1940년대에 결성되었다. 결성 초기에는 그들도 한국의 전교조처럼 정부로부터 극심한 탄압을 받았다. 이후 70여 년 동안 어려운 상황을 뚫고 올바른 교육을 위해 의연하게 활동을 펼친 결과 지금은 탄탄하게 존재한다.

1989년 감옥에 수감 중일 때 읽었던 책 『인간의 벽』이 생각난다. 그 책은 1958년대의 일본을 배경으로 한 소설로 전후 일본 교육의 현실과 교원조합의 결성 과정을 다룬 것이다. 힘들고 아픈 과정을 이겨나가는 주인공 여교사의 이야기가 스치듯 떠오른다.

일교조가 지금은 안정되었지만 그들 내부에서 결성 초기의 역사와 고난의 과정을 되새겨 보자는 분위기가 싹텄다. 70여 년이 흐르는 사이 힘들게 조직을 지키고 가꾸었던 선배들은 모두 세상을 떠나버렸다. 고난의 과정을 알려줄 누군가가 필요했지만 그들 안에서는 해결할 방법이 없었다. 후발 주자인 한국의 전교조에서 누군가를 초청하면 좋겠다고 생각하던 중 일교조와 교류를 이어오던 나에게 연결이 되었다.

'나의 투쟁 나의 인생'

일교조가 내게 강연을 제안하면서 미리 보내온 제목이다. 덧붙여서 내가 겪었던 과정을 부풀리지 말고 '있는 그대로' 강의해 달라고 요청해 왔다. 강의할 원고도 미리 보내 달란다. 번역하여 연수록에 넣겠다는 것이다.

원고를 준비하면서 오늘의 한국이 있기까지의 역사적 배경을 먼저 소개했다.

- 지정학적 위치에서 오는 외세 침략과 일제 강점
- 조선 시대 정신적 근간이던 선비정신의 당쟁으로 비화
- 동족간의 전쟁 끝에 남북 분단
- 이후 30여 년간의 군사독재

이런 순으로 우리의 역사를 개괄했다. 역사가 바로서야 나라가 산다. 교육인들 오죽할까. 비정상적인 역사 속에서 교육 또한 모순투성이다. 그런 시기에 교사로 살아가는 나는 어떻게 해야 하는가. 우리 교육의 현실과 모순, 전교조 태동의 역사적 의미를 나의 삶을 통해 정리했다.

- 군사정권 시기의 교사생활

- 민주화운동가로서의 삶
- 교육운동가로서 삶
- 교육위원으로서의 활동
- 다시 교사로서의 생활
- 대안학교 교장으로서 활동

강연 내용이 곧 나의 모습이니 이 책을 써내려간 순서와 비슷하다. 그들의 요구도 그러했지만 나 역시 더 과장할 필요 없이 겪은 내용을 솔직하게 소개했다.

강의가 있었던 그해 여름은 엄청 더웠다. 오사카 공항에 도착하니 섭씨 42도 이상을 오르내렸다. "더운 인도에 오신 걸 환영합니다." 통역을 맡은 한국문제연구소 김광남 소장의 첫인사다. 100여 년 만에 찾아온 오사카의 뜨거운 날씨를 인도에 비유할 만큼 숨이 턱턱 막혔다.

김광남 소장은 재일교포 2세로 전남 신안이 선친의 고향이다. 지금도 일본에 귀화하지 않고 조선인의 결기를 지키고 있다. 그는 일본에 거주하지만 조국을 위한 일이라면 언제든 앞장선다. 전교조가 군부독재 정권의 탄압을 받고 있을 때에도 앞장서서 국제사회에 알리고 지원하는 역할을 했다.

일교조는 전국 단일 노조인 우리와 다르게 지역노조 시스템이며 오사카 본 시와 20여 개의 위성시를 모두 합하여 '부'로 칭한다. 강의장에는 오사카 부 교원노조의 간부 200여 명이 참석했다. 에어컨은 있지만 너무 더워 간편한 차림으로 강의를 해나갔다. 강의가 끝나고

일교조 오사카부 강연회

질의응답 시간에 다양한 질문을 받았다.

그중 집중되는 질문은 "정부의 탄압이 예상되는 시기인데 전교조가 출범할 수밖에 없었던 이유는 무엇인가?"였다. 역사적 의미와 교육개혁의 필연성을 말했지만 그것으로는 아쉬웠나 보다. 불구덩이인 줄 뻔히 알면서 왜 뛰어들었냐고 묻는 것이다. 비슷한 질문이 여러 차례 나왔다. 나의 대답은 간단했다.

"강이 있어 건넜고, 산이 있어 넘었다."

운명에 도전하듯 담담하게 답변을 했더니 박수가 터졌다. 아마 그들의 박수 속에는 고난을 감수하며 깃발을 들어 올린 대한민국의 전교조에게 격려하는 의미가 들어있었을 것이다.

마지막 순서로 박문옥 선생님이 작사 작곡한 '드리지 못한 꽃다발'

을 틀어 일본어로 번역한 가사와 함께 소개하며 강의를 마쳤다. 오사카 부 위원장이 연단에 올라와 "노래에 나오는 꽃다발을 미리 준비하지 못해 미안합니다."라며 다시 한 번 뜨거운 박수를 보내주었다. 인사말과 함께 강연료까지 받아 다음 날 귀국길에 올랐다.

교육감 선거

　김옥균의 갑신정변이 떠오른다. 세상을 바꿔 보자고 판을 벌이고 3일 만에 무너진 역사적 사건. 어쩌면 나도 교육감이 되어 교육계에 만연한 부조리를 거둬내고 투명한 교육 세상을 만들고 싶었을 것이다. 그러나 애석하게도 1차에서 1등을 하여 하늘을 찌를 것 같던 기세가 2차 결선투표에서 뒤집어진다. 그러기까지 고작 이틀 걸렸던가.

　내가 출마하는 모든 선거는 조직의 판단과 결정에서 출발한다. 나는 전교조의 이름으로 출마한 조직 후보요, 따라서 나의 선거가 아닌 우리의 선거다.

　그 시절에는 교육감 선출 방식이 주민에 의한 직선제가 아니었다. 학교운영위원회 위원들이 뽑는 간접선거였다. 일반 유권자와 달리 학교운영위원을 찾아다니며 선거 운동을 벌인다. 이후 장만채 교육감 시절부터 직선제가 도입되었다.

　교육감 선거에 출마한 후 선거캠프는 대부분 자원봉사자 중심으로 구성했다. 고진형 개인의 선거가 아니라 우리의 선거라는 각오로 각지에서 동지들이 발로 뛰었다. 동지들 하나하나가 자신이 후보인 듯이 전남교육의 혁신을 외치며 지역 곳곳을 누볐다. 세간에서는 교육감 선거를 치르려면 상상할 수 없이 많은 돈이 필요하다고들 말했다. 나는 소소한 돈으로 선거에 임하며 오직 진정성을 무기로 뛰었다.

동지들이 얼마나 가열차게 운동을 펼쳤는지 1차투표에서 40% 이상 득표했다. 후보 중에서 단연 1등이었다. 1주일 전의 추세에서는 10% 가량 뒤졌었는데 그새 치고 올라온 것이다. 이런 변화를 끌어내기까지 전남 구석구석에 있는 조합원들이 얼마나 발이 닳아지게 움직였겠는가.

아, 아깝다. 2차투표 결과를 열고 보니 1등이 아닌 2등이었다. 1등에 비해 2.3% 차이였다.

1차투표에서 높은 득표율을 얻고 보니 2차에서도 가능성이 높다고 여겨 목포 MBC방송국에서 미리 축하방송을 녹화했다. 합격증을 받으러 선거관리위원회를 향해 출발하기까지 했다. 한참 올라가다가 나주를 통과할 즈음 떨어졌다는 소식을 들었다. 같이 출발하는 선생님들에게 넥타이 매고 가라고 당부까지 했는데…. 우리의 세상이 바로 눈앞에 있었는데….

영산포 들어가는 삼거리에서 차를 돌려 내려왔다. 꿈꾸는 세상이 이리 쉽게 올 리도 없지만 잠시 잠깐 꿈속에 있다가 현실로 돌아왔다. 그것조차 추억거리가 되었다. 당시, 내가 교육감에 당선된다는 것은 세상이 뒤집어지는 상황이었다. 전교조 출신으로 1차투표에서 그렇게 높은 득표율을 확보한 경우가 없었다.

2차투표에서 2.3%의 아까운 차이로 떨어졌지만 다시 생각하면 그런 결과를 얻을 수 있었던 것은 전교조 조합원들이 피와 땀을 쥐어짜며 혼신을 다했고, 더욱이 전교조에 마음을 활짝 열어준 도민들의 지지와 성원 덕분이었다. 당선되지 못했다는 안타까움에 그 중요한 사실을 조명하지 못했다. 교육감에 당선되었다면 더 드라마틱한 스토리가 되었을 것이나 떨어졌어도 우리는 가진 힘을 아낌없이 소진했다. 다만 세상을 뒤엎기에는 아직 때가 아니었다. 전남교육의 새 역사를 써보고자 오직 열정 하나로 땀 흘리며 선거운동에 참여해준 전남의 모든 동지들께 진심으로 감사드린다.

또다시 학교로

18년만의 복직

순서가 바뀌었지만 이 이야기를 빼놓을 수 없다. 나의 복직은 자연스레 이루어진 것이 아니다. 신규 특별채용 방식으로 진행되었다. 다른 해직교사는 대부분 5년이 지난 1994년 3월 1일자로 복직했다. 이후 미발령 교사나 전교조 해직교사로서 채 복직하지 못한 이들은 한 시법을 만들어서 1998년도까지 복직하도록 했다. 그 시절에 나도 통지를 받았지만 교육위원 임기 중이었다. 조직 내부에서 나의 거취와 관련해 교육위원 사표를 내서는 안 된다는 의견이 우세해 복직을 미루었다.

교육위원을 세 차례 역임하고 그중에 의장까지 하면서 나름 전남교육의 발전에 도움이 되려고 노력했다. 당시 교육청에서도 이런 나의 행적을 바탕으로 교육에 대한 공헌도가 높다고 인정해 특별 신규채용 형식을 채택한 것이다.

머리는 희끗희끗해도 나의 채용에 대한 공식 이름은 신규채용이다. 예나 지금이나 신규채용자는 신체검사를 해야 한다. 나도 그 절차에

따라 신체검사를 받으러 병원에 찾아갔다. 신규채용 신체검사 용지를
내밀었더니 카운터에 있던 간호사가 나를 보고 그랬다.

"신체검사는 본인이 와야 합니다."

그러니까 왜 본인이 안 오고 아버지가 왔느냐 이 말이다. 신규 채용
인데 이 늙은 양반이 무슨 신규야. 자식 대신 온 거겠지. 아마도 이런
짐작을 한 모양이다. "내가 본인이요."라고 했더니 "예?" 눈을 똥그랗
게 뜨고 훑어본다. 그 간호사는 도저히 풀 수 없는 퍼즐 앞에 선 듯
난감한 표정을 지었다. 나는 그런 간호사 앞을 지나 유유히 검사하는
곳으로 걸어갔다.

교육위원을 세 번 하고 불출마 선언을 했다. 네 번째 출마할 수도
있었다. 그러나 정년이 얼마 남지 않은 시점에서 교육위원으로 정년
을 맞고 싶지 않았다. 학교로 돌아가 다시 예전처럼 분필을 들고 교
단에 서고 싶었다. 오래전 했던, 다시 돌아오겠다는 약속도 지키고 싶
었다. 그렇게 나는 복직하게 되었다.

신발장 없는 학교

2006년 9월 1일자로 목포공업고등학교로 복직했다. 복직을 기다리는 내게 당시 교육감이 예우 차원에서 기관장의 보직을 권했다. 교육위원회 의장을 역임한 경력을 생각해 선처하려고 한 듯하다.

나는 정중하게 사양하고 교사로서 마지막까지 분필을 잡고 수업하는 게 아이들과 약속한 나의 소망이라고 말했다. 복직 절차를 거쳐 방송통신학교로 내정되었다는 말을 듣고 담당 장학관에게 부탁 아닌 부탁을 했다.

"감사하지만 발령교는 신발장이 없는 학교로 보내 주십시오."

"예?"

1994년에 복직한 어느 해직교사가 후배 교사들보다 호봉이 낮아 그들의 신발장보다 아래 칸에 신발을 넣어야 하는 비애를 쓴 글을 본 적이 있다. 학교에서는 일반적으로 교장, 교감 그리고 교사의 호봉 순으로 신발장 순서를 정한다. 18년이나 늦게 복직할 내 신발은 도대체 어느 정도 아래에 놓일지 상상만 해도 난감했다. 막연히 교사 신발장이 없는 학교면 좋겠다는 생각이 들었다. 그렇게 해서 복직한 학교가 목포기계공고였다. 신발장이 없는 학교는 거의 없지만 실업계 학교라 실습을 할 때 슬리퍼로는 힘들어서 신발장이 따로 없는 모양이다.

설렘 반, 부담 반 두 종류의 감정을 안고 학교에 부임했으나 학생들과 소통하는 일이 마음처럼 간단하지 않았다. 내가 수업하러 교실에 들어가도 어떤 녀석은 여전히 교실 뒤 사물함 위에 누워서 삔질거리며 침 뱉듯이 말을 던진다.

"몇 살 때 연애 처음 해 봤어요?"

이렇듯 난감한 질문에 당황스럽기도 하다. 아이들이 골려대는 모습을 보고 선생님들이 그들에게 당부했다. "새로 오신 생물 선생님은 우리에게도 어른이시고 고생을 많이 하다 오셨으니까 너희가 따뜻하게 해 드려라."라고. 그 후 수업에 들어갔더니 어떤 녀석이 또 내게 말을 툭 던진다.

"예, 선생님. 김두한이 잘 알아요?"

"김두한은 잘 알지. 그런데 왜 그런 질문을 하지?"

"아니 뭐 선생님들이 그러던디요? 옛날에 김두한 급이라고."

"응. 김두한은 아는데 한 번도 만나 본 일은 없다. 그분이 어떤 분이라는 걸 알지만 직접 보지는 못했지."

"그래요? 말이 틀리네. 뭐 무지무지하게 거창하다 하더만 아무것도 아니네."

이런 식으로 대화 아닌 대화를 하곤 했다. 학생들을 만나는 것이 꿈이었는데 실전에 놓이니 상황이 다르다.

인문계가 아닌 실업계이기에 기능을 닦기 위한 실습은 잘하지만 교과수업에는 의욕이 부족하다. 인문계 과목을 담당하는 교사들이 대부분 겪는 과정으로 나 역시 자괴감이 조금씩 파고들었다. 수업 끝나고 나올 때 등에서 식은땀이 나곤 했다.

　말과 행동이 거친 학생들이 종종 있었으나 시간이 지날수록 심성은 그렇지 않다는 것을 알게 되었다. 신고식 비슷하게 어느 정도 시간이 지나자 아이들의 속내를 읽을 수 있었다. 그 아이들도 누군가의 관심과 사랑이 필요했다. 그들에게 다가가 따뜻하게 말을 건네니 조금씩 내게 마음을 열었다. "차 한 잔 주씨요~." 하면서 내 방에 찾아와 차도 마시고 돌아갔다. 그들과 서서히 동화되어 가면서 오래전에 교사로서 맛보았던 행복이라는 감정을 되찾은 기분이었다.

　18년 만에 복직하고 보니 아이들을 만나는 것도 즐겁지만 전공인

17만에 복직한 목포공고에서 수업

생물을 다시 가르치는 것이 즐거웠다. 생활 속에서 가까이 와 닿는 이야기를 끌어와 인문학을 곁들여 가르치니 아이들도 점차 재미있어 했다. "왜 아카시아나무는 가시가 필요했던가. 크면 가시가 없어지지만 어렸을 때는 가시가 필요하다. 왜 그럴까. 자기보호다. 생물체는 기본적으로 자기보호 본능을 지니고 있다." 이런 이야기를 곁들이면 처져있던 아이들 눈빛이 달라진다.

나는 파면당하기 전 생물시간에도 개구리 실험을 할 때면 학급 학생을 전부 일어나게 해서 함께 묵념하고 시작했다. "미안하다. 소중한 생명체인데 내가 너희한테 칼을 대게 됐구나." 그러면 아이들도 숙연해진다. 그러기 전에는 다리를 잘라서 던지거나 창자를 꺼내서 걸어놓고 춤을 추기도 했다. 생명은 소중하고 고귀한 것이니 절대 그래선 안 된다고 강조했더니 점차 그런 행동들이 사라졌다. 그래서인지 현장에서의 생물 수업이 그리웠고 실제로 돌아와서 가르치는 일이 재밌었다.

대안학교 교장으로

　목포공고에서 3년 근무하는 동안 이런저런 제안이 들어왔다. 교장으로 와 달라는 제안도 몇 군데 있었다. 대부분 거절했지만 그냥 지나칠 수 없는 곳이 있었다. 사립 대안학교로서 영광 백수에 있는 영산성지고에서 교장으로 와 달라는 제안이다. 고민 끝에 전교조 전남지부에 묻고 시민사회단체에도 자문을 구했다. 두 군데에서 내게 준 답이 똑같았다.

　"다른 학교는 제안을 거절해도 되지만 그곳은 대안학교라서 아이들이나 교사들이 너무 고생하니 가셔야 할 것 같습니다."

　그들의 조언에 따라 자연스럽게 영산성지고등학교 초빙 교장으로 가게 되었다.

마지막 여정
-영산성지고

영산성지고 이야기

학교에 부임하고 보니 고개가 절로 숙여졌다. 그동안 원불교재단과 선생님들이 아이들을 위해 얼마나 희생과 헌신을 감내했는지가 눈에 훤히 보이는 듯했다.

교육적 성과는 빛이 났지만 그만큼 선생님들은 지쳐 보였고 시설도 낙후되었다. 상황은 충분히 이해할 만하지만 그들에게 새로운 에너지가 필요해 보였다. 재단 입장에서도 외부 인사인 나를 영입해 분위기를 바꿀 기회로 삼은 듯하다. 원불교에서 설립한 대안학교로서 30년이나 지켜온 학교다.

◆ 모집

학교에 잘 적응하지 못하는 학생들이 학교를 두 번 세 번 옮기다 이 학교에 오게 된다. 학년 당 2개 학급 40명으로 전교생이 120명이다. 대안학교이기에 전국에서 모집한다. 집이 멀리 있어 모든 학생이 기숙사에서 생활하고 한 달에 한 번 집에 간다. 다른 주말에도 학생이 원하면 허락받고 외출할 수 있다.

◆ 생활

수업 클래스와 기숙사 클래스가 다르다. 기숙사는 응접실에 방 3개 딸린 아파트 구조여서 호당 10명 정도 배정된다. 교사도 한 명씩 배치해 그룹 홈처럼 공동생활을 한다. 교사, 학생이 식사와 취침을 함께 해결하는 24시간 밀착형이다. 교사는 토요일 오후면 귀가해 일요일 저녁에 돌아온다. 아이들은 학교에 계속 남아있기 때문에 교사가 당번을 정해 관리한다.

◆ 교사

처음 비인가 학교 시절에는 닭을 키우고 달걀을 팔아서 교사 월급을 주었다고 한다. 이후 교육부에서 학교를 방문해 실상을 확인한 후 정식 학교로 인가해주었다. 학교 입장에서는 일대 전환기였다. 선생님들이 수고한 대가로 정당한 보수를 받게 되었다. 다른 한편으로 교육과정을 자율 운영하다가 국가가 요구하는 방식으로 수정해야 하는 부담이 생겼다. 과목별 이수단위를 지키듯 교육청에서 제시하는 교육과정을 따라야 했다.

그런 와중에 내가 그 학교에 부임하게 되었다. 학교는 산 속에 있는데 보건 교사가 없어 아이들이 아프면 교사들이 업고 읍내 병원으로 뛴다. 열악한 시설 속에서 24시간 학생들을 지도하는 교사들에게 쉴틈이 없었다.

원불교 교무님들이 학교장으로 운영해 왔는데 종교를 벗어난 외부와 소통이 부족한 상태여서 교육청과의 연결 고리가 약했다. 외부에서도 이 학교를 신앙촌처럼 별도의 공간으로 취급해 일반 학교에 비해 쉽게 다가서지 못했다. 학생 지도로 고생하고 설립 취지가 좋은 학교라고 인정하면서도 거리감이 있어서인지 구체적인 관심을 보이지 않았다.

행복한 선생님 행복한 학생

 이 학교에서 근무하는 동안 특히 역점을 두고 해온 일이 있다. '교사가 행복해야 학생이 행복해질 수 있다.'는 생각에 '교사 행복론'을 실천하려고 애썼다.

 이 학교에는 세상에 대해 부정적인 생각을 가진 학생들이 대부분이다. 행복은커녕 불행해 보이는 표정들이다. 선생님들 역시 피곤에 찌들리고 의무감에 짓눌린 분위기다. 낭패감이 들었다. 학생을 지도하는 선생님이 그들보다 더 불행하면 어떻게 행복을 전달할 수 있을지 염려스러웠다. 그때부터 고민이 생겼다. 어떻게 하면 행복한 선생님으로 만들 수 있을까 하는 고민이다.

 선생님들에게 외적 자극을 줌으로써 내적 동기를 끌어내는 방법을 모색했다. 틀에 박힌 일상에서 벗어나 바깥세상을 접할 기회를 많이 제공하는 것이 좋겠다는 결론을 내렸다. 방학이 되면 선생님들과 함께 버스를 타고 여행을 겸한 연수를 계획한다.

 남해에 들러 당시 군수였던 정현태 동지의 강연을 들었다. 정현태 군수가 전교조 서울본부에서 간사로 근무할 때 나도 부위원장으로 활동해 함께한 인연이 있다. 저녁에 활동을 마무리하고 맥주를 한 잔씩 기울이던 기억이 떠오른다. 강의를 시작하기 전에 정현태 군수가 교사들에게 큰 절을 올렸다. 대안학교의 어려운 아이들을 위해 고생하시는 선생님에게 바치는 존경의 의미였다.

봉하마을에 찾아가 부엉이바위에서 노무현 대통령을 생각하며 묵념을 올리고 부산으로 건너가 전교조 조합원이자 시인인 이상석 선생의 강연을 들었다. 부산교육청 학생교육원에서 숙박을 해결하고 부산민주공원에서 원장의 직접 안내로 민주항쟁사를 들여다보았다. 창원에 들렀을 때 고승하 선생님의 도움을 얻기도 했다. 가는 곳마다 전교조의 배려를 받는 여행이다.

1년을 마무리할 즈음이면 업무로 수고한 선생님을 뽑아 공로 연수를 보낸다. 중학교에서 한 명, 고등학교에서 한 명을 선발해 보내는데 나의 오랜 지기인 이와부치 선생님이 있는 일본 효고현으로 보낸다. 우리와 다른 환경에서 새로운 문화 경험을 하도록 기회를 제공하는 셈이다. 나의 모든 관심사는 선생님들에게 유익하고 신나는 일을 발굴해 아끼지 않고 투자하는 것이다.

선생님들이 그런 과정을 통해 자신을 돌아보고 자부심을 키우는 계기가 되기를 바랐다. 자부심이 있는 교사라야 당당한 학생을 교육한다. 젊은 시절의 나도 교단에서 떳떳하지 못해 얼마나 많이 좌절했던가를 떠올리며 교사들에게 유익한 길을 발굴하기 위해 끊임없이 고민했다.

2년이라는 시간은 너무 짧다. 시설 개혁, 학교운영 개혁 분야에는 나름 성과가 있었지만 그 이상의 것을 하기에는 시간이 금방 지나가 버렸다. 아쉬움이 많다. 그런 중에도 가장 두드러지게 변화를 보인 부분이 있다. 아이들이다. 학교에 처음 발을 들이밀 때의 아이들은 대부분 힘들었지만 그곳에서 생활하면서 점차 안정된 모습을 보였다. 이 놀라운 상황에 대해 내가 퇴임할 때 퇴임사 뒤에도 썼었다.

학생들이 영산성지고에 올 때 제 발로 찾아오는 경우는 없다. 다니던 학교에서 적응을 못하거나 문제아로 찍혀서 어쩔 수 없이 오는 경우가 대부분이다.

전국 각지에서 모인 학생이라서 한 달에 한 번씩 집에 가는데 일요일 저녁에는 학교로 돌아와야 한다. 학교는 산 속에 있고 학생들이 즐겨할 문화 시설은 하나도 없다. 그들의 마음을 끌 만한 요인이 없으니 돌아오기 싫어하는 건 지극히 당연하다. 매번 오기 싫은 학교에 마지못해 어쩔 수 없이 돌아오는 것이다. 흘러가는 시간에 억지로 끌려가듯 하던 아이들에게 변화의 시간도 있었다. 수도권에 집이 있는 한 학생의 어머니가 한 이야기다.

"아이가 토요일 집에 오거든요. 집에 도착하면 오자마자 다음 날 학교에 갈 짐을 싸요. 무슨 짐을 싸냐고 물어보면 친구들한테 줄 것들, 나눠먹을 것부터 시작해서 옷 남은 거, 소장하고 있는 좋은 거 이런 걸 싼대요. 그래서 일요일에 일어나면 아침부터 학교에 간다고 하는 거예요."

부모가 아이를 데리고 학교에 찾아왔다가 싫다는 아이를 억지로 떼어놓고 도망치다시피 떠났을 것이다. 아이가 울면서 따라간다고 할 때 쓰린 속을 견디며 아이를 떼어놓는 심정이 오죽했을까. 집에 오기만 하면 학교에 안 간다고 투정하던 아이였는데 언제부턴가 토요일에 와서 돌아갈 짐부터 싸는 모습을 보고 교육의 위대함을 느꼈단다. 이제는 어서 빨리 학교에 가려고 집에 오자마자 짐부터 싸고 있다니 얼마나 감격스럽겠는가. 학교가 너무 감사하다는 것이다.

또 다른 아이 이야기다. 한겨레신문 기자로 런던 주재 특파원으로 나가있던 이의 아들이다. 그 아들이 런던에서 초·중학교를 다녔다. 그가 한국으로 돌아와 근무할 때 아들도 귀국해 집에서 가까운 학교에 들어갔다. 학교에 가서 보니 교육 시스템이 너무 달랐다. 아들이 학교에 갔다 오기만 하면 화를 주체하지 못해 집 안에 있는 물건을 죄다 집어 던지며 씩씩거렸다. 엄마는 엄마대로 아이를 어떻게 해 볼 수 없어 눈물을 흘리며 걱정하던 차였다.

한겨레신문 광주 주재 기자가 그 상황을 전해 듣고 내 말을 꺼냈던가 보다. 그곳에 한 번 맡겨 보면 어떠냐고. 그렇게 해서 아들을 데리고 학교에 오게 되었다. 그렇게 출발한 학교생활에서 몇 개월이 지난 어느 날 그 아이가 교장실에 찾아왔다. 그리고 아주 자연스럽게 내게 말을 걸었다.

"교장 선생님. 오늘 서점에 좀 같이 가요."

"오~ 왜? 뭐 살 거 있냐?"

"아~ 거기서 제가 영어사전 하나 사려고요."

사전을 사고 공부를 시작해 보겠다는 것이다. 사실 그 아이는 기본은 다 되어있는데 교육시스템에 적응하지 못했을 뿐이다. 아이가 너무 밝은 모습으로 바뀌어 기쁜 마음에 함께 사전을 사러 갔다.

그 아이의 졸업식을 보지 못하고 나는 학교를 떠나왔다. 들려오는 소식으로는 아주 정상적인 학교생활을 하다가 졸업하고 대학을 거쳐 사회 활동을 하고 있단다.

그렇게 변화하는 아이들을 보면 당연한 일이지만 기쁜 마음을 누르기가 힘들 정도로 가슴이 벅차다. 지금도 그 아이들의 소식을 전해 듣는다. 아침마다 카톡에 생일인 아이의 이름이 뜨는데 그들에게 축하 메시지를 보낸다. 한 아이에게도 축하한다는 메시지를 보내자 답이 왔다. 그 아이는 원불교 교무가 되었다. 10년이 흘렀는데도 여전히 소식을 주고받는다.

학교 졸업식에 학부모 편지 코너가 들어있다. 학부모가 쓴 편지를 낭독하는 시간이다. 주로 자식이나 학교에게 쓰는데 조금 전 두 아이의 변화된 이야기도 그때 들은 내용이다. 학부모의 목소리로 아이의 달라진 모습을 전해들을 때는 자연스레 울음바다가 된다. 졸업식에 정해숙 위원장님도 초대해 모셨는데 식이 끝난 후 내게 한마디 하셨다.

"나 옛날에 국민학교 졸업식 때 울어 보고 오늘 처음 울어 봤네."

대안학교의 현재와 미래

그렇게 애틋한 마음으로 학교를 떠나왔건만 이후 학교 분위기가 많이 달라졌다. 며칠 전 그곳에서 함께 일했던 선생님으로부터 전화가 왔다. 참 힘들다는 말이다. 대안학교의 존립 자체가 위협받고 있단다.

요즈음에는 일반 학교에서 체육 관련 프로그램을 다양하게 배치하고 대안교육 프로그램을 많이 흡수해 진행한다. 학교가 농촌의 구석진 곳에 위치해도 도·농 결연이나 교환학습 등 다양한 방식으로 교류할 수 있다. 굳이 멀리 떨어진 곳에 위치한 대안학교까지 아이들을 보낼 필요가 없어졌다.

비단 영산성지고에 국한된 문제가 아니라 전국에 분포하는 대안학교 모두에 해당된다. 사회적 흐름이 그렇게 흘러가기 때문에 대안학교의 존립이 힘들다는 말이다. 일본도 마찬가지다. 그곳에 가서 봤더니 대안학교가 거의 없어졌다. 일반 학교가 다양한 프로그램을 배치하여 실시하고 있었다.

공립 대안학교까지 등장했다. 공립 대안학교에서는 급식비나 기숙사비를 국가가 다 지원해주니 일반 대안학교는 설 자리가 더욱 좁아져간다. 양쪽을 경험한 나로서는 어느 쪽도 다 아픈 손가락이다. 함께 공존하는 길이 있다면 좋을 성싶다.

또 하나의 이별식
- 퇴임식

사실 퇴임을 여러 번 한 것 같다. 1989년 5월 학교에서 끌려 나갈 때가 곧 퇴임이라고 생각했는데 가만히 돌이켜보면 감옥 안에서 또 한 번의 퇴임을 겪는다. 1989년 7월 5일 내 생일날 뜻밖의 소식에 직면한다. 그가 건네준 신문의 상단에 내 이름이 크게 보였다. 그 옆에는 파면이라는 글씨가 나란히 쓰여있었다. '고진형 전교조 전남지부장 파면 의결.' 생일날 감옥에서 강제로 퇴임을 당했다.

교육위원을 하다가 자연인으로 내려왔으니 그것도 퇴임이라면 퇴임이다. 원래 선출직은 당선되면 떠들썩하게 의식을 하지만 퇴임할 때에는 소리 없이 사라지는 것이 일반화되어 있다. 이런 저런 퇴임을 겪은 나로서는 가장 인상적인 기억이라면 역시 영산성지고에서의 마지막 퇴임인 것 같다.

교직을 떠나기 전 마지막을 의미 있게 정리하고 싶었다. 흔히 보아 오던 퇴임식이 아닌 내 나름의 의식을 생각했는데 어찌 보면 이별식에 가깝다. 나와 함께하던 교사 학생 그리고 교육이라는 이름으로 어우러져 유지해 왔던 많은 인연과 이별하는 식이다.

　내가 그리는 퇴임식은 누리는 시간이 아니고 수십 년 동안 근무해 온 나를 돌아보고 잘못했던 부분을 반성하는 자리이다. 퇴임식에서 나는 이렇게 말했다.

"제자들에게 미안하다.

그때 더 열심히 가르쳐야 했는데 지금 생각해도 부족했다.

미안하다.

내 아버님께 죄송하다.

나로 인해 아버지께 마음고생만 시켜드렸다.

옛날 동생들 취업 때 경찰이 신원 파악 차 집에 들러 아버지께

'영감님 장남 때문에 동생들이 피해를 봅니다.'라고 했던 모양이다.

또 전교조 지부장 탈퇴각서 때문에

면회하기 위해 목포교도소까지 내려왔다가

돌아가는 버스 안에서 내내 울기만 하셨다고 들었다.

죄송하다는 말씀도 채 드리지 못했는데

내가 퇴임하기 전에 벌써 돌아가셨다.

아버님께 죄송했다.

자식들에게도 미안하다.

납부금을 마련하지 못할 때가 있었다.

좋은 책을 사주고 싶어도 사줄 수 없을 때가 많았다.

부모님, 가족, 제자들에게 미안하고 미안하다.

이제 퇴직하면 집에 가서 매일 반성문을 쓰겠다."

나의 퇴임사는 주로 반성문에 가까웠다. 나를 반성하는 시간이었지만 찾아온 제자들이 많이 훌쩍였다. 제자들이 전국 곳곳에서 찾아왔는데 선생님의 마지막 이야기를 듣는 동안 자신의 삶이 교차했을 것이다. '나는 정말 최선을 다했는가.' '선생님을 존경했었는가.'로부터 시작해서 인생을 통찰하는 시간이 되었던 모양이다.

잔치에 축하 공연이 빠질 수 없으니 식전 행사와 식후 행사를 배치했다. 성지고 아이들이 잘하는 사물놀이를 준비하고 평소 내가 가까이 했던 박문옥, 윤진철 명창, 김원중 가수 등을 무대 위에서 선보였다. 나의 부탁에 흔쾌히 수락하고 출연해준 그들에게 고마움을 표한다.

식사 후에는 운동장 잔디밭을 무대로 학생들이 탈춤을 추었다. 학생들이 추는 탈춤은 전국대회에서 대상을 받은 경력이 있다. 8월 30일 마지막 더위가 기승을 부리는데도 학생들은 사자털을 잔뜩 붙인 옷을 입고 비지땀을 흘리며 덩실 덩실 날아올랐다.

식사를 끝낸 분들이 연꽃차를 음미하며 느긋한 마음으로 구경하다가 혼신을 다한 공연에 연신 박수를 쳤다. 그들에게 다가가 "감사합니다."라고 인사드리다가 순간 정신을 차렸다. 마치 그 학교의 말뚝이나 되는 양 처신하는 자신이 우스웠다. '아~ 나도 오늘로 끝이구나. 나도 집으로 가야 하고 저들과 똑같이 한 명의 구경꾼이구나.' 생각을 가다듬고 주인인 듯 객인 듯 서로 어우러지며 교직에서의 마지막 날을 마무리했다.

주변 동지들과 퇴임식에 대해 이야기를 나누다보면 대부분 부정적이다. 그럴 수밖에 없는 것이 그렇게 여유 있는 퇴임식이 우리에게 허락되지 않기 때문이다. 어찌 보면 나는 퇴임식만큼은 복을 받은 것 같다. 평소 내가 도움을 받았고 함께 활동했던 이들, 나의 동지들, 선후배, 이웃들을 초대해 나의 마지막 자리를 보여드리고 내 나름으로 식사 대접을 할 수 있는 여유를 누렸다.

퇴임식에는 전남·광주 교육동지, 교육청 관계자, 원불교 관계자, 지역사회 인사, 사회운동가를 막론하고 두루 참석해주셨지만 일본에서도 여섯 분이 오셨다. 나와 오랫동안 인연을 맺어온 이와부치 선생님이 효고현에서 일교조 활동을 해온 조합원 선생님들과 함께 바다를 건너 찾아와 주셨다.

"한국에서는 다 이렇게 퇴임식을 합니까?" 일본에서 오신 분들이 계속 물어보더란다. 그들을 차로 모시던 장경미 선생님이 대답하기를 "이런 퇴임식은 저도 처음입니다."라고 했단다. 그날 저녁 그분들과 식사하면서 자리를 함께했는데 감동적인 퇴임식을 보았노라고 또다시 말했다.

이건 어디까지나 내 생각인데 퇴임식 대신 '이별식'이라고 표현하고 싶다. 이별식이라 표현하고 헤어지는 순간에 따스한 정이 묻어나는 식으로 연결하면 좋겠다. 규모는 신경 쓰지 말자. 그러나 내용은 신경을 써야 한다. 왜냐고? 이별도 교육이기에 그러하다. "아이들아. 이별을 할 때는 이렇게 해야 돼."라고 가르치는 것도 교육의 한 덕목이다. 30년 이상 고생하다가 마지막 떠나면서 쫓겨 가듯이 사라지는 것은 옳지 않다. 무슨 잘못을 한 것도 아니지 않은가.

그날 퇴임식에서 가장 좋은 장면은 내 의지와 상관없이 전혀 엉뚱한 데에서 터졌다. 식순에 의해 '스승의 노래' 순서가 되었다. 의례적인 식순으로 생각하고 서 있었다. 그때, 스탠드에 앉아있던 학생들이 갑자기 하나 둘 일어서서 내게로 다가왔다. 그들의 약속된 사인을 모르는 나는 한순간 당황했다. '아이들이 나를 집단으로 두들겨 패러 오나?' 하는 의구심이 스쳤다. 슬리퍼를 끌고 나온 녀석, 다리를 흔드는 녀석, 모자를 거꾸로 쓴 녀석 모두 하나같이 제멋대로인데 갑자기 진지한 목소리로 '스승의 노래'를 부르는 게 아닌가. 세상 어디에서도 볼 수 없는 자유로운 자세로 나를 에워싸고 말이다.

"스승의 은혜는 하늘 같아서~
우러러 볼수록 높아만 가네~
참되거라 바르거라 가르쳐주신~
스승의 은혜는 가이 없어라~"

사회를 보는 선생님은 돌발 상황에 "얘들아 들어가. 빨리."라고 눈짓을 보냈지만 내가 오히려 그러지 말라고 손을 내저었다. 어찌 되었건 학생들은 의연하게 자신들의 방식으로 노래를 불렀다. 보기 드문 장면이었다. 그날 참석했던 많은 이가 이 장면 때문에 눈시울이 뜨거웠다고들 말했다.

그 후 원불교 교무님을 몇 번 만났다. 그때마다 나의 감각을 일깨워주는 말씀을 하신다.

영산성지고 정년퇴임식(위)

퇴임식에와서 축사해주신
이와부치 선생님(아래)

"지금도 날마다 반성문 쓰고 계십니까?"

"하하하. 계속 써야지요."

성지고에서의 생활을 돌아보면 결론은 이것이다. 그동안 나름 고생 스럽게 쌓아온 노하우를 그 학교에 가서 행복꾸러미를 전달하듯 아이들에게 건네주려고 잔뜩 벼르고 갔었다. 임무를 마치고 떠나와서 손익 계산을 해 보니 오히려 내가 들고 간 보따리보다 훨씬 더 큰 행복을 받아들고 나왔다. 아이들의 변화 과정 때문에 그렇다.

아이들이 변화하는 모습을 보면 절로 눈물이 난다. 눈물이 없으면 그 학교에 있을 수 없다. 아이들을 향해 "너희는 이렇게, 저렇게 변해야 돼."라는 식의 억압적인 표현을 해 본 적이 없다. 선생님들에게도 절대 그런 표현을 하지 않도록 당부했다. 사실 아이들에게는 문제가 없다. 외부 환경이 아이들을 힘들게 할 뿐이다.

우리 사회에 함정이 너무 깊다. 자본주의 구조가 지나치게 경쟁 위주여서 경쟁에서 밀리고 못하면 소외된다. 그랬던 아이들이 경쟁 없는 분위기에서 친구들과 함께 뛰어놀면서 본래의 마음을 회복한다. 그런 아이들의 모습을 지켜보는 내 마음은 참으로 따스하고 행복했다.

아내의 수기

이 글은 아내가 쓴 글이다.
책의 전반부 '무안의 추억'에 썼듯이
이 글은 1989년 10월경 광주일보사에서 발행하는 월간지 예향에 실렸다.
당시 사회적으로 이슈였던 전교조 해직교사 문제를 다루기 위해
예향지에서 아내에게 연락하여 수기를 요청했고,
아내는 3일 동안 잠을 안 자고 원고지 150매를 작성했다.
아내는 이 글 때문에 명예훼손까지 당했다.
물론 죄를 묻기에는 내용이 경미해 기소유예로 처리되었다.

우리 부부는 그 뒤로 이 글에 대해 잊고 있었으나
순천지역 해직교사인 박병섭 선생님이 잡지에 실린 내용을
고스란히 워드 문서로 작성해 해직교사백서 편집팀에게 보냈다.
덕분에 세상에 다시 선을 보이게 되었다.
일부러 글을 되살려준 박병섭 선생님께 진심으로 감사드린다.

아무리 천한 사람이라도
밥줄을 놓고 협박하지 않는다는데

최정숙

"나 지금 검찰에 송치돼 가오. 시간이 없소."

뜻하지 않은 그이의 전화다. 교도소로 간단 말이 아닌가? 순간 정신 나간 사람처럼 허둥대며 주섬주섬 짐을 챙겼다. 겨울 담요를 보자기에 싸 들고 한 손엔 속옷가지를 챙겨든 채 집을 나와 목포행 버스에 몸을 실었다. 왜 이리 버스가 더디 가는지….

목포역이 보였다. 6월의 장맛비가 흐려진 시야를 가로막는다. 하늘이 통째로 터져 내리는 걸까? 비는 점점 더 거세게 폭우로 내리붓는다. 색 바랜 작은 우산으로 비를 가려 보지만, 그 세찬 빗줄기는 내 가슴속까지 파고드는 듯, 나도 모르는 사이에 눈물이 흘러내렸다.

오랏줄에 두 손 묶여

목포검찰지청 문을 들어섰다. 어디로 가야 그이를 만날 수 있을까? 사방을 두리번거리며 아무나 잡고 물었다. "금방 차에 실려 온 사람 보셨어요? 어디 가면 만날 수 있을까요?"

청사 뒤쪽에 낯익은 봉고버스가 보였다. 무안경찰서 버스다. 그이는 목포검찰지청으로 옮기기 전 3일 동안 무안경찰서에 수감돼 있었다. 날만 밝으면 찾아갔던 경찰서 앞마당에서 보았던 그 봉고버스. 나는 빗속을 뛰어갔다. 차 안을 들여다봤다. 아무도 타고 있지 않은 차 안에 비닐봉지 하나가 놓여있었다. 비닐봉지 속에는 치약과 눈에 익은 티셔츠가 들어있었다. 그의 것이다. 그 차 옆에 서서 무작정 기다렸다. 한 30분쯤 지났을까. 그이가 나타났다. 흰 오랏줄에 두 손이 꽁꽁 묶인 채 내 쪽으로 터벅터벅 걸어오는 그를 본 순간 왈칵 눈물이 솟구쳤다. 애써 삼켰다.

"아니, 어떻게 여기까지 알고 왔소?" 그이는 기운 없이 웃었다. 이 차로 곧바로 교도소로 간다는 것이었다.

택시를 잡아타고 뒤를 따랐다. 마침내 하얀 돌담과 철조망이 보였다. 그이는 창밖으로 오랏줄에 묶인 두 손을 천천히 흔들어 보였다.

남편을 태운 버스는 이내 교도소 정문 안으로 자취를 감췄다. 믿어지지 않았다. 그때가 6월 14일 오후 4시, 아무리 두드려도 응답 없는 침통한 침묵이 에워싼 15척 높이의 돌담 안에 그이를 남겨두고 떨어지지 않는 발걸음을 돌려야 했다.

비는 계속 내렸다. 마른 풀잎을 적시고, 나뭇가지를 적시고, 울지 않는 교회의 종각을 적시고, 높은 담 위에 걸쳐져 있는 철조망의 녹슨 불신을 적시고, 회색빛 거리를 온통 적시며 쉼 없이 내리고 있다. 사랑하는 제자들, 정든 학교, 가족을 뒤로 하고 교단을 떠나 오늘은 차가운 쇠창살 속으로 유배되어 버린 그이. 왜 이렇게 닦아도 훔쳐내도 눈물은 그치지 않는지….

비진학생을 위한 클럽활동에 열중

올해로 그이가 교직에 몸담은 지 15년. 그동안 시골로 시골로만 학교를 옮겨 다니면서 언제부턴지 그이는 차츰 흙내음 어린 농촌과 순박한 아이들에게 한없는 애착을 두기 시작했다. 단지 목가적이고 전원적인 시골의 아름다움에만 도취한 것은 아니었다. 그 밑동의 아픈 현실과 순수한 자연을 상대로 정직하게 살아가는 그네들의 구릿빛 생활. 그이는 그것을 깊이 사랑하게 되었고, 농촌 아이들의 교육에 그의 모든 것을 바치겠다는 다짐을 보였다.

그러니까 10여 년 전, 그가 장성군의 한 여고에 근무하고 있을 때의 일이다. 여고 3학년 담임과 학년주임을 함께 맡고 있던 해 늦가을이었다. 대학에 진학하는 학생은 학교 전체를 통틀어 불과 두서너 명. 대다수 학생은 졸업식도 치르지 못한 채 미리 정든 교정을 떠나 울면서, 울면서 산업체 생산직을 찾아 버스에 몸을 실었다. 그 아이들의 뒷모습이 너무나 안타까워 밤새 잠을 설치며 가슴 아파하던 그이, 노을빛보다 더 아름다운 꿈을 가슴 가득 품고 있던 그 아이들이 금세라도 다시 교문을 박차고 돌아올 것만 같은 착각에 온종일 운동장에서 눈길을 뗄 수 없었노라며 울적하던 그이였다.

그 후 남편은 나주를 거쳐 무안으로 옮겨왔다. 3년 전, 그이는 똑같은 수업료를 내고 교육을 받는 학생들에게 교육의 기회와 환경은 균등해야 한다고, 도시 아이들보다 열악한 농촌 아이들의 교육환경은 하루속히 시정되어야 한다고 입버릇처럼 말했다. 무안으로 부임해 온 지 며칠 후부터 무척 바빠 보였다. 넉넉지 못한 생활에서 빚어지는 결손가정 아이들의 문제, 이유 없는 결석, 싸움…. 그이는 밤하늘에 반짝이는 별처럼 총총한 두 눈을 가져야 할 아이들의 얼굴에 밝은 웃음이 보이질 않는다고 걱정을 하였다. 그러다가 무슨 좋은 생각이 떠오른 모양이었다.

하나둘 도시로 떠나버린 아이들 때문에 남아돌게 된 교실들을 활용해 아이들과 선생님들이 즐겁게 생활할 수 있는 학교로 탈바꿈시켜 보겠다는 것이었다. 혼자 힘으로 하루아침에 무엇을 어떻게 한다고 그러는지 부임한 지 얼마 되지도 않으면서 혹 다른 선생님들의 반감이나 사게 되는 게 아닌지 무척 걱정이 되었다. 친자식 이상으로 아이들을 걱정하고 사랑하는 그이의 진실한 삶의 모습은 나에게 깊은 자각과 함께 많은 것을 느끼게 해주었다. 즐거운 학교운영의 일환으로 방과후 상설클럽을 조직했다. 대학진학을 할 수 없는 어려운 아이들에게 음악, 미술, 연극, 독서 등 그들이 접하고 싶은 예술세계와 만날 수 있도록 이끌어주었다. 또 공부하고 싶은 아이들을 위해 도서실을 꾸며주기도 했다.

지금도 잊을 수 없는 일이 있다. 미술반을 만들기 위해 광주 시내 각 학교 미술반을 찾아다니며 동료교사를 통해 이젤을 하나둘 얻어왔다. 하루에 하나씩, 며칠 동안 당신 키만한 이젤을 옆구리에 끼고 출근하는 그이는 한없는 즐거움에 넘쳐있었다. 코스모스 피는 계절이면 아이들과 시간을 쪼개어 가며 축제준비를 열심히 하였다. 아이들과 함께 시를 낭송하고, 합창하고, 조명·팸플릿, 행사장 준비 등 밤잠을 설치고 일하는 모습을 보고 나는 그만 화를 내고 말았다. 왜 그렇게 혼자 고생을 도맡아 하느냐고, 병이라도 나면 어쩔 테냐고….

좀 더 거세게 내려주길 바랐던 비는 어느덧 이슬비가 되어 뿌린다. 중학생이 된 우리 아이들 도윤이와 은주는 벌써 학교에서 돌아와 있었다. 아빠 어떻게 되었느냐 물음에 애써 아무렇지도 않게 대답했다. 아빠 잘 계시니 걱정하지 않아도 된다고….

흰 돌담 속에 갇힌 아빠는 이 밤 무슨 생각을 하고 있을까? 저녁 식사는 했는지, 혼자 있을까? 아님 여러 사람과 함께 있을까? 차입하고 온 담요는 제대로 넣어주었는지, 죽을 받아먹었으면 좋겠는데…. 민주당사에서 9일간 단식 끝에 복식도 제대로 하지 못한 몸이라 무척 걱정된다. 내일 면회 가면 많은 얘길 해야지. 밤늦게 셋째 동서의 전화를 받았다. 조카들이 큰아빠가 텔레비전에 많이 나온다고 좋아서 홀딱 홀딱 뛴단다. 그 얘길 들었을 때 힘없는 웃음이 흘러나왔다. 쉬 잠이 올 것 같지 않다.

이튿날, 초여름이지만 등줄기에 땀이 흐른다. 웬 날씨가 갑자기 이렇게 더워지는지, 없는 사람 살기는 여름이 훨씬 낫다지만, 감옥에서의 더위는 또 하나의 형벌이라는데…. 이 더운 여름을 그 속에서 어떻게 보낸단 말인가. 날마다 정해진 시간에 면회를 간다. 오후 1시, 미결수에겐 하루에 단 한 번의 면회시간이 주어지기 때문에 이 시간에 맞춰 여럿이 함께 면회를 한다.

오늘은 면회 식구가 많았다. 목포 H여고 선생님 사모님들이 많이 와주셨다. 처음 뵙는 분들이었지만 모두가 낯익은 얼굴 같다. 네댓 살 먹은 큰아이의 손을 잡고 온 사람, 품에서 빨갛게 칭얼대는 갓난이를 안고 온 부인네들 눈엔 벌써 구슬 같은 눈물이 맺혀있다. 그중 나이가 들어 보이는 한 부인은 끝내 울음을 참지 못하고 두 손에 얼굴을 묻는다. 오열을 토하는 사모님들 곁으로 다가가 두 손을 붙잡고 오히려 달래야 했다. 우리가 왜 이렇게 슬퍼야 하는지, 참다운 민주사회로 탈바꿈되는 날 비로소 우리가 겪은 이 슬픔과 고난도 함께 승화되리라 믿는다.

오늘도 유리벽을 사이에 두고 푸른 옷에 수인번호 10번을 가슴에 단 그를 마주한다.

"선생님, 힘내세요."

"건강하셔야 돼요."

"저희가 있으니깐 걱정하지 마시고 잠깐만 기다리세요." 사모님들은 애써 울음을 참았지만 울먹이는 소리였다.

"제 걱정은 마세요. 저는 감옥에 들어와 있으니 차라리 편하네요. 바깥에서 싸우시는 분들이 더 고생이겠지요. 선생님들의 건투를 빕니다."

초췌한 얼굴이었지만 그이는 당당했다. 사모님들은 차입 식단에 적혀 있는 음식을 하나하나 골랐다. 음료수며 빵, 맛김 등. 돌아오는 길, 내 가슴에 달린 '구속교사 석방하라'라는 노란 리본에 길가는 사람들의 시선이 멈춘다.

마흔세 번째 생일을 감옥에서 맞은 남편, 하필 그날 저녁 뉴스에 파면 소식이

6월 27일. 오늘은 그이의 마흔세 번째 생일이다. 짓궂게 비까지 내린다. 생일상은커녕 물 한 그릇도 차려줄 수가 없다. 가슴이 아프다. 옥중에서 생일을 맞는 이가 그이뿐이랴만 이런 현실은 상상조차 한

적 없었다. 비가 오는데 생일을 기억해 몇몇 동료 선생님들이 교도소까지 찾아왔다. 윤영규 전교조 위원장 부인 이귀임 여사님, 그리고 그이와 내가 함께하는 종교모임인 '빛고을 모임'의 무진교회 분들이 그이의 마음을 따뜻이 녹여준다. 생일 음식으로 특별히 찹쌀떡과 땅콩, 오징어를 차입했다. 오늘따라 얼굴이 창백하다. 비누 냄새 등 이상한 냄새 때문에 거의 3일간 헛구역질이 나서 아무것도 먹지 못했다 한다. 그동안 오랜 단식으로 위장상태가 좋지 못한 편이다. 아마도 심리적인 이유가 더 큰 게 아닌가 싶다.

저녁 뉴스에 오늘 자로 그가 파면됐다고 한다. 생일날에 파면이라니…. 마음이 착잡하다. 그이는 지난 4월 30일 광주YMCA 무진관에서 전국교직원노동조합 발기인대회를 주도했다는 이유로 5월 24일 일찍이 직위해제를 당한 터다. 얼마나 당황했었는지. 그게 어떤 징계인지는 한참 뒤에야 알았다. 3개월 동안 교단을 빼앗아 가는 벌이라는 것이었다. 교사에게서 아이들을 가르칠 교단을 빼앗아버리더니, 이번에는 파면이란다. 이제는 생존권까지 뺏자는 것이다. 순간 걷잡을 수 없는 분노가 가슴 가득 밀려왔다. 눈앞이 캄캄했다. 더구나 학교장이 죄 없는 교사를 고발하고 교육감이 징계를 결정한다는 사실을 알고는 몸을 떨었다. 같은 교육자로서 이 나라의 교육을 다 같이 걱정해야 할 사람들이 무고한 선생님들의 목을 이렇게 쉽게 칠 수 있단 말인가.

1982년 'Y교사협의회' 활동을 시작으로 무안교사협의회 회장, 전남교사협의회 회장, 그리고 전교조 전남지부장을 차례로 맡으면서 그이는 적지 않은 고초를 겪어왔다. 지난 4월 30일 광주YMCA 무진관에서 열린 전국교원노조 발기인대회를 마치고 온 날 저녁이었다. 그이는 그날 전교조 전남지부장을 맡았다.

"이 땅의 민주교육을 위해선 누군가 반드시 해야 할 일이오. 내 이렇게 나섰으니 설령 내게 어떤 불이익이 온다 하더라도 물러설 수 없는 일이오. 당신도 마음을 굳게 가졌으면 하오."

그때만 해도 그이의 말이 이렇게 오늘 '파면'으로까지 다가오리라는 것은 상상할 수 없었다. 열심히 가르치고 성실하게 교직에 몸담아 살아온 그이가 이런 대접을 받아야만 하다니, 이 사회가 야속하고 원망스럽다.

오늘 그의 생일을 기억하고 찾아주신 육순이 넘은 한 장로님이 독방에 외롭게 갇혀있는 그를 위해 기도문을 손에 쥐어주고 가셨다.

"주여! 당신의 아들 고진형 집사와 이 자리를 함께하소서. 의의 길은 가시밭길이옵고 피나는 고통의 길이옵고 자기를 버리는 희생정신과 주님을 위하는 지극한 충성심과 많은 사람을 위해서 몸 바쳐 봉사하는 정신이 없이는 할 수 없는 일이오니 바르고 억센 하느님의 종으로서의 구실을 다할 수 있도록 주께서 항상 붙들어주시고 이끌어주시옵소서."

유인물 돌리던 노부모까지 연행

6월 29일부터 3일 동안 서울에서는 구속자 가족 및 징계교사 모임이 있었다. 전국 각처에서 40여 명의 가족과 해직교사들이 모여 공화당사 회의실에서 철야농성에 들어갔다. 각 시도에서 오신 해임·파면된 선생님들, 구속·파면된 이들을 감옥에 두고 올라온 부모와 형제들, 구속된 남편을 둔 사모님들, 불과 몇 분 만에 우린 한 가족이 되어 서로의 진한 아픔들을 토해내고 어루만졌다. 남편이 좌경용공으로 몰려 감옥에 있다는 한 부인은 이 일로 정신착란증까지 일으켜 지금도 고생하고 있다고 한다. 충청남도에서 행상을 하는 어느 노부모는 교직에 몸담은 지 3개월 된 큰아들의 결백을 밝히려고 한 달 내내 관계자들을 찾아다녔다고 한다. 모두가 아픈 가슴을 안고 올라온 분들이었다.

다음 날 오전 10시 문교부를 찾아갔다. 광화문 종합청사 정문에는 전경들이 입구를 막고 있었다. 결국은 메아리도 없는 농성으로 끝나고 말았다. 오후엔 가두 홍보에 나섰다. 4개조로 나누어 시민들에게 유인물을 배포하는 방식이었다. 지하철, 버스, 그리고 길거리에서 숨막히는 무더위도 잊은 채 우린 걸었다. 해가 질 때까지… 서울역 쪽으로 갔던 2조는 경찰에 연행돼 1시간 동안 갇혔다 풀려났다고 한다. 구속된 교사의 노모와 그 동생 두 사람, 모두 3명이었다. 이유는 '거리질서위반'이었다고 한다.

울음바다 된 전교조 사무실

서울 집회 마지막 날인 7월 1일, 오전 9시께 공화당사를 나와 민주당사, 평민당사를 차례로 방문했다. 오후 4시에는 여의도에 있는 여성백인회관에서 '전국교직원노동조합 가족회' 창립식이 있을 예정이었다. 우리는 오후 3시께 일찌감치 행사장으로 들어갔다. 우리가 안으로 들어간 지 10여 분 지났을까. 창밖으로 경찰버스들이 보였다. 6대의 버스에서 내린 수백 명의 경찰이 건물 주위를 겹겹이 에워싸고 말왔다. 나를 포함해 이귀임 여사님 등 미리 들어온 10여 명의 가족만이 참석한 가운데 창립식을 강행했다. 건물 입구에서는 수많은 가족과 선생님들이 경찰에게 두들겨 맞으며 연행돼 갔다. 분통 터지는 장면을 그저 보고만 있을 수밖에 없었다.

백인회관 6층에 갇힌 우린 오후 7시께야 문을 열고 나왔다. 그때까지 경찰들은 꼼짝도 하지 않고 입구를 지키고 있었다. 밤이 늦어서야 신촌 이대 앞에 있는 전교조 사무실로 갔다. 경찰에 연행됐던 선생님들과 가족들이 비에 흠뻑 젖은 채 울면서 모여들고 있었다. 난지도에 버려져 물어물어 여기까지 찾아오셨다는 할머니, 서울 G고등학교에 근무했다는 선생님 한 분은 얼마나 두들겨 맞았는지 옷이 갈기갈기 찢어졌다. 입가엔 피가 맺히고 무릎엔 살점이 떨어져 나가 피가 흐르고 있었다. 남편을 감싸고 말리다가 가슴을 수없이 얻어맞았다는 사모님도 있었다. 너무나도 참담한 상황에 우린 몸을 떨었다.

징계위 열리는 곳마다 쫓아다니다가…

'선생님을 사랑합니다'라는 색색의 리본을 달고 조기 방학에도 불구하고 평상시와 똑같이 등교하다가 뺨까지 얻어맞은 아이들.

"우리 선생님을 지키겠다는 게 왜 잘못입니까?"

한 학생의 울음 섞인 항변에 끝내 모두가 일제히 울음을 터뜨렸다는 신문 기사를 읽고 한참을 울었다. 누가 이렇게 사제 간을 생이별시킨단 말인가? 파면과 해임을 내세운 탈퇴 종용과 탄압이 극에 달한 듯싶다. 아무리 천한 사람이라도 밥줄을 놓고 협박하지는 않는다는데….

가족회에서는 징계위원회가 열릴 예정인 학교로 쫓아가기로 했다. 같은 어려움을 겪고 있는 가족회 사모님들과 함께 이 학교 저 학교를 찾아 나섰다. 뙤약볕 아래 빨갛게 익어버린 얼굴로 주저앉아 손에 손을 잡고 우린 선생님을 절대로 보낼 수 없노라고 울면서 외쳐대던 학생들. 그 틈에 끼어 앉아 같이 행동했다. 저쪽 벤치 뒤에 얼굴을 파묻고 울고 계신 사모님 한 분이 눈에 띈다.

무안에 있는 B여상의 2차 징계위가 소집되던 날, 집안에 가만히 앉아있을 수가 없었다. 그 학교로 쫓아갔다. 이미 경찰들이 교문을 몇 겹으로 차단하고 있었다. 나는 가슴에 달았던 노란 리본을 떼어냈다. 학교 안으로 기어이 들어가야 했다. 지휘자인 듯한 경찰 한 사람이 내 앞을 막아섰다. 이 학교 교사가 아니면 아무도 들어갈 수 없다는 것이다. 나는 나도 모르는 사이에 신 모라는 여교사의 이름을 대고 말았다. 명단을 대조한 그 경찰은 15년이나 연하인 신 모 교사와 나를 구별하지 못하고 보기 좋게 속아주었다. 학교 쪽으로 발걸음을 옮기는 순간, "사모니~임." 멀리서 부르는 소리가 들렸다. 무안경찰서 형사들이었다. 뒤돌아보지 말았어야 했는데 그들은 내 뒷모습까지 알아보고 있었다. 나는 다시 쫓겨나오고 말았다.

9시 정각. 징계위가 열릴 예정 시각이었다.

"선생님 사랑해요~."

갑작스러운 함성이 들렸다. 어느 틈에 숨어있었는지 학교 둘레 숲속에서 B여상 학생들이 일제히 소리를 지르며 일어섰다. 학교를 에워싼 숲속에 마치 울긋불긋한 꽃이 피어난 듯했다. 아이들은 함성을 지르며 뛰어 내려오기 시작했다.

"선생님 사랑해요~."

아이들의 청아한 목소리가 함성으로 어우러지면서 온통 세상을 뒤덮었다. 아이들은 쉼 없이 숲속 비탈을 뛰어내려 왔다. 울긋불긋 마치 고운 무지개가 쏟아져 내리는 듯했다. 나는 그만 두 손에 얼굴을 파묻은 채 울음을 터뜨리고 말았다. 한없이, 한없이 울었다.

탈퇴 종용 피하고자 단체 산행까지

또 며칠이 지났다. 이제는 아예 징계위를 열지도 않고 직권면직시킨다는 엄포가 나돈다. 시간이 갈수록 파면·해임교사가 늘어났다. 가족 때문에 끝내 탈퇴각서를 써 버린 L선생님은 못 마시는 술로 몇 날 밤을 지새우며 우셨다고 한다. 교장 선생님으로부터 아들이 해직된다는 말을 듣고 혈압으로 쓰러져 병원에 입원하신 채 하루하루 아들이 탈퇴하기만 기다리시는 어머니를 뵐 낯이 없다는 K선생님의 갈등. 결혼한 지 1년도 채 안 된 어느 여선생님은 이혼장을 앞에 놓고 택일하라는 시부모님의 극단적인 태도에 각서를 썼지만 마음만은 바꿔놓을 수 없다고 울먹인다. 학생들 앞에 떳떳한 교사로 끝까지 서겠다는 고교 선생님 여덟 분은 서로가 서로를 지키기 위해 돌아가며 가족 전체가 한 집에 모여 하루하루를 보냈다.

광주 K고교의 한 선생님은 가족들에게 다가오는 탈퇴 종용을 피하고자 아예 온 가족을 데리고 완도 보길도로 떠나버리기도 했단다. S고교의 선생님 열 분은 지리산으로 함께 떠났다. 숨이 컥컥 막히고 땀이 온몸을 적시는 고행 끝에 천왕봉에 올라 찬란한 해돋이를 보고 한참을 화석처럼 서 있었단다. 지칠 대로 지친 몸으로 법계사 계곡으로 내려와 거대한 바위틈으로 흐르는 맑은 석간수를 받아 마시며 굳고 굳은 동지애를 확인하였다는 선생님들. 들어도, 들어도, 눈물겨운 소설 같은 이야기들이다.

한편 광주·목포·여수·순천·무안 등 곳곳에선 '전교조지지공동대책 위원회'가 발족이 되고, 남편들의 흔들리는 마음을 우리가 도와줘야 한다며 사모님들이 앞장서 가족회를 창립하기 시작했다. 뜻있는 학부모님들이 모여 광주·전남 학부모회를 결성하고 '구속교사 가족돕기' 공연이 학부모·교사·학생들이 함께한 가운데 대성황을 이뤘다.

방학과 동시에 6백여 명의 전국 각지의 선생님들이 명동성당의 그 차가운 돌바닥에 비닐 몇 장을 깔고 앉아 단식으로 결사 항전을 하고 있었다.

8월 13일 오후 1시 목포교도소 면회소, 또다시 무기한 단식에 들어간 지 오늘이 사흘째란다. 나도 모르게 그이에게 그러지 말라고 소리를 지르고 말았다. 마음이 천근만근 무거워진다. 그이는 같은 구속교사인 시인 도종환 선생님의 시를 들려준다.

"설령 우리가 몸을 적실 물 한 방울에 얽매이게 하고/ 배를 채울 보리밥 한 술에 무릎을 꿇게 하여도/ 그리하여 우리를 짐승처럼 마룻장에 뒹굴게 하여도/ 우리는 이 길을 곧게 갑니다."

눈물이 번진다. 세상이 온통 감옥일 바에는 그이와 함께라도 있었으면 싶다.

아이들 모두 도시에서 시골로 전학시켜

무안읍으로 이사 온 지 일 년이 조금 넘는다. 아이들 학교도 모두 이곳으로 옮겼다. 딸아이가 이리로 전학해 올 때 담임 선생님과 반 아이들이 온통 소리 내어 울었다. 아들아이 담임 선생님께선 공부 잘 하는 아이를 왜 시골로 데리고 가느냐고, 시골 아이들도 다 도시로 전학시키고 있는데 그 이유를 모르겠다고 화를 냈다. 콩나물시루보다 더 빽빽한 버스를 타고 아침부터 온몸이 땀으로 젖어 등교하는 아이들, 날마다 과목마다 내주는 '깜지' 숙제에 엄마 처다볼 시간도 없이 밤새 엎드려 새까맣게 종이를 메워 가는 큰 아이가 가엾기도 했다. 왜 이런 교육이 되어 가야 하는가 싶어 몹시 속상했던 적이 한두 번이 아니었다. 시골로 옮기자는 단호한 아빠의 결정에 아이들이 오히려 좋다고들 했다.

나보다 아빠와 더 허물없이 지내는 아이들. 아빠가 집에 있는 날이면 아이들은 아빠 곁에 바싹 붙어 앉아 학교에서 있었던 일이며 친구 이야기, 하고 싶은 일, 갖고 싶은 것들을 숨김없이 이야기한다. 좋아하는 음악까지 아빠를 닮아 가는 아이들의 모습을 보고 그저 웃기만 했는데, 그게 오늘은 이 아이들에 커다란 긍지와 자부를 갖게 해 줬다는 걸 알았다. 아빠가 무슨 생각을 하고, 어떤 일을 하는 줄을 너무나 잘 알고 있는 우리 아이들.

"아빤 훌륭한 일을 하셨으니 곧 잘될 거야."

면회를 다녀온 나를 오히려 위로하고 걱정해주는 아이들이 대견스럽다. 이번 일로 어린 마음에 상처를 받게 되면 어쩌나, 돌담 속에 갇혀있는 아빠의 모습을 보고 사춘기에 접어든 큰아인 무슨 생각을 하게 될까? 정말 아빠가 하신 일을 바로 이해할 수 있을까. 꼼짝 않고 오랫동안 음악만 듣고 있어도 걱정이 되고, 학교에서 돌아온 아이들의 표정을 그냥 지나칠 수가 없다. 유난히 정이 많은 딸아인 하루걸러 편지를 쓰고, 날마다 아빠의 기분과 건강을 묻는다.

수감된 지 한 달이 지난 어느 날, 교도소의 특별한 배려로 아이들은 아빠를 가까이 볼 수 있었다. 목포교도소 변호사 접견실. 몸에 맞지도 않는 옷에 검정 고무신을 신은 아빠를 보고 울면 어쩌나 걱정을 했지만, 아이들은 웃으면서 아빠와 악수를 하고 부둥켜안았다. 평소와 다름없는 모습들이다.

"아빠 건강하셔야 해요."

큰아이의 무뚝뚝한 말에 그이는 오히려 힘이 난단다.

등굣길이 바쁜 아침에도 아이들은 가슴에 꼭 참교육 배지를 달고 학교에 간다. 누가 시킨 일도 아닌데. 그 작은 정성이 곧 아빠에 대한 신뢰와 긍지의 표현이구나 싶어, 얼마나 고맙고 대견스러운지 모른다. 그래, 그것이 바로 민주시민으로 성장해 가는 너희의 소중한 마음이란다.

새로 발령 난 교사들의 부임 날

8월 23일 오전 10시, 광주지방법원 목포지원 제1호 법정.

그이의 첫 공판이다. 하필이면 2학기 개학일을 재판일로 정한 이유가 뭘까? 아침부터 아무것도 먹을 수가 없다.

목포지원 앞마당에서 아무리 기다려도 그이의 모습이 보이지 않는다. 알고 보니 이미 법원 안으로 들어와 있었다. 오랜 단식 끝에 건강 상태가 나빠져 혼자 앰뷸런스에 실려 일찍 들어와 있었다고 한다. 흰양말에 검정 고무신을 신은 채 창백한 얼굴로 법정에 들어선 그의 모습을 보고 가슴이 뛰었다. 방청석은 비좁았지만 사람들이 빽빽이 들어찼다. 순간 쥐 죽은 듯 조용해지고 그이의 진술이 시작됐다. 당당하고도 차분한 목소리에 적이 마음이 놓인다. 구형은 징역 1년. 9월 6일로 선고공판일이 확정되었다.

광주지부 오종렬 지부장님은 징역 8개월에 집행유예 1년을 선고받고 오늘 바로 석방되었다는 전화를 받았다. 그렇다면 그이도 보름 뒤에 공판을 받으면 석방된다는 게 아닌가. 형을 받지 않고 선고유예나 벌금형이었으면 좋겠다. 누군가가 이 선생님들의 순수한 참뜻을 알아주었으면 좋으련만. 옥살이 3개월간의 그 고통의 시간이 헛되지 않게 말이다.

여기저기 개학날을 연기하는 학교가 늘어난다. 예상했던 바다.

개학 다음 날 운동장 조회를 하는 무안고등학교의 모습이 집에서 빤히 바라다보인다. 다른 때 같으면 그이의 모습도 아스라이 보일 텐데…. 학교장 선생님의 훈화가 끝나고 새로 임용된 선생님들의 인사말이 유난히 크게 들린다. 그 가운데는 그이의 자리를 대신할 사람도 있겠지. 기분이 언짢다. 교사를 한낱 지식전달의 도구로 생각한 당국의 처사가 도저히 이해가 가질 않는다. 왜 선생님들을 지식만 전달하는 사람으로 여기는가. 한 교사를 부당하게 내쫓고 그 자리에 다른 교사를 심어 애들에게 지식만 전달하면 학교운영에는 별다른 지장이 없다는 말인가? 한 학기에 그것도 네 번이나 담임을 바꾼 아이들을 생각해 본 적이 있는가? 아이들을 정말 인격체로 생각한다면 이런 일은 없어야 하는 것 아닐까? 너무나 안타까운 일들이다.

몸은 갇혀있지만 마음은 벌써 풀려나 할 일이 너무나 많다는 그이.

담요 석 장을 바닥에 깔고 책을 몇 권 쌓은 뒤 그 위를 밟고 서서 바깥 풍경을 바라보는 것이 큰 즐거움이라는 그이. 푸른 하늘을 감옥 속에서 처음 느낀 것 같단다. 멀리 보이는 언덕이 그렇게 푸르고 아름다울 수가 없어 무작정 나무들을 한 그루 한 그루 세다가 80그루까지 센 적이 있단다. 출옥하면 그 언덕엘 꼭 가 봐야겠다는 그이. 신임 교사들의 인사말이 낭랑히 울려 퍼지는 가운데 남편의 환영이 눈앞에 어른거린다.

작은 감옥에서 더 큰 감옥으로

개학 후, 해직당한 선생님들은 출근투쟁에 나섰고, 전교조에서 탈퇴한 선생님들의 무효화 선언이 잇따랐다. 학생들은 운동장에서, 교실에서 부당징계 철회농성 등 수업을 거부하고 침묵 수업을 한단다.

가족회 사모님들과 모처럼 자리를 같이했다. 해야 할 일을 한 것 같아 오히려 가슴 뿌듯하다는 사모님들의 긍지와 각오가 대단하다. 개학이 되어 다른 아빠는 학교에 가는데 왜 아빠 안 가느냐고 아침마다 묻는 여섯 살짜리 딸애 때문에 조금은 마음이 아프다는 사모님도 있다. 엊그제까지만 해도 우리와 자리를 함께하던 사모님들이 많이 보이질 않아 보고 싶다는 사모님들. 나오지 못할 수밖에 없는 그분들의 마음이 더 아플 거라고, 그들의 아픔마저 내 아픔으로 받아들이는 사모님들의 모습은 바로 이 땅에 민주교육을 하겠다는 우리 선생님들 모습이 아니겠는가? 먹고 사는 게 문제라면 교사 말고도 할 수 있는 일이 얼마든지 있지 않겠느냐고 음성을 높인다. 그중 두 사람은 벌써 자신의 생활을 스스로 찾아 나섰다고 한다.

'아무리 천한 사람이라도 밥줄을 놓고 협박하지는 않는다는데…'

崔 貞 淑
(전교조 전남도지부장 高進[?]씨 부인
·무안군 무안읍 성남리 159)

"나 지금 검찰에 송치돼 가오, 시간이 없소."
툭하지 않는 그이의 전화다. 그러면 교도소로 간단 말이 아닌가? 순간 정신나간 사람처럼 허둥대며 주섬주섬 짐을 챙겼다. 겨울담요를 보자기에 싸들고 한 손엔 속옷가지를 챙겨든 채 짐을 나와 목포행 버스에 몸을 실었다. 왜 이리 버스가 더디 가는지.

목포역이 보였다. 6월의 장마비가 흐려진 시야를 가로 막는다. 하늘이 통째로 터져 내리는 건까? 비는 점점 더 거세게 폭우로 내리 붓는다. 색바랜 작은 우산으로 비를 가려보지만 그 세찬 빗줄기는 내 가슴속까지 파고 드는 듯, 나도 모른 사이에 눈물이 흘러내린다.

오랏줄에 두손 묶여…

목포검찰지청 문을 들어섰다. 어디로 가야 그이를 만날 수 있을까? 사방을 두리번거리며 아무나 잡고 물었다.
"금방 차에 실려 온 사람 보셨어요? 어디가면 만날 수 있을까요?"
순간 청사 뒤편에 낯익은 봉고버스가 보였다. 무안경찰서 버스다. 그이는 목포검찰지청으로 옮기기 전 3일동안 무안경찰서에 수감돼 있었다. 낯만 밝으면 찾아갔던 경찰서 앞마당에서 보았던 그 봉고버스. 나는 빗속을 뛰어갔다. 창속을 들여다 봤다. 아무도 타고 있지 않는 찻속에 비닐 봉지 하나가 놓여 있었다. 비닐봉지 속에는 처악과 눈에 익은 티셔츠가 들어있었다. 그이 것이다. 그 차 옆에 서서 무작정 기다렸다. 한 30분을 지났을까, 그이가 나타났다. 흰 오랏줄에 두손 묶인 몸뚱이. 내 쪽으로 터벅터벅 걸어오는 그를 본 순간 왈칵 눈물이 솟구쳤다. 애써 삼켰다.

예향 잡지에 실린 아내의 수기

9월 6일 오전 10시, 선고 공판이 있는 날이다.

오늘은 유난히 아침부터 햇볕이 따갑다. 각처에서 많은 선생님이 와 주셨다. 사모님들도 그날 가족회 모임을 법원에서 갖기로 하셨다 한다.

목포에서 공판이 열렸다. 징역 6월에 집행유예 1년. 그의 모습이 갑자기 어두워 보였다. 당신이 무죄로 석방돼야 동지들 모두가 형을 받지 않게 된다는 기대로 견뎠다는데….

"교원노조 만세!"

그이는 힘차게 만세를 외치며 법정을 나갔다. 11시 30분. 생각보다 빠른 시간에 그이가 석방돼 나왔다. 교회 목사님, 광주·전남지역 여러 선생님, 친지들과의 뜨거운 만남, 그리고 가족회 사모님들의 성대한 환영에 정말 고마움을 느낀다.

오늘부터 남편은 한 평짜리 작은 감옥에서 더 큰 감옥으로 자리를 옮긴 셈이다. 지리한 장마 끝에 맑게 씻긴 태양이 창살 사이로 밝게 빛나는 순간처럼 이 시대의 어둠도 언젠가는 끝날 수밖에 없다는 확신을 가지고 오늘도 집을 나서는 그이. 지금은 비록 교과서를 가지고 교단에 서지는 못하지만 이제 비로소, 교과서에만 매여있던 작은 교육에서 벗어나 온몸으로 가르치는 좀 더 큰 교육을 시작하고 있다는 남편!

아이들에게 주문처럼 들려주던 "남 주려고 공부해야 한다."라는 말. "이왕 하는 공부 이왕 사는 삶, 나도 중요하지만 남을 위해서 뭔가를 한다는 것이 얼마나 즐거운 일이냐. 남을 위하는 것이 궁극적으로 자신을 위하는 일이니 이 또한 얼마나 기쁜 일이냐." 언제 들어도 가슴 깊이 와 닿는 말이다. 하느님은 더 큰 축복을 주시기 위해 더 큰 환난을 주신다고 하였다.

참다운 민주교육이 뿌리를 내리고 그리하여 이 땅에 민주의 꽃이 활짝 피는 날, 그이는 사랑하는 제자들이 기다리는 교단으로 다시 돌아가게 되리라. 그리고 나의 아픔. 곧 우리 모두의 아픔도 그날에 서서히 아물어 가리라.

짤막한 집안 이야기

내가 태어난 곳은 전라북도 남원이다. 내로라하는 가문도 아닐 뿐더러 수많은 전쟁 중에 죽고 흩어지는 과정에 겨우 명맥을 유지하며 살아남은 집안이다. 외가는 그런 대로 친척이 있지만 친가로는 피붙이가 전혀 없다. 할아버지에서 아버지 대에 이르기까지 독자로 대를 이어왔다.

어른들 말씀에 의하면, 아버지는 어릴 때부터 달리기를 잘하셨다. 한 번쯤 잘하면 그저 그러려니 할 터인데 소학교에서 중학교, 고등학교로 진학하도록 여전히 두각을 나타냈다. 처음에는 학교에서 1등을 하더니 남원군 대표를 거쳐 어느 순간 전라북도 대표가 되고 마침내 국가대표(일제 때 지역 국가대표가 있었는지 정확히 모르지만)가 되었다. 일제의 핍박 속에서 저들이 아닌 우리네 핏줄의 실력이 뛰어나다 보니 동네는 물론 남원 고을 전체의 사기가 올랐다고 한다.

외가는 남원 윤씨 집안으로 고장에서는 알아주는 양반 가문이었다. 어머니는 일제 시대에 보통학교 교사로 재직하셨다. 그런 집안에서 허접한 달동네로 시집을 온다는 건 상상할 수 없는 일이다. 아버지의 유명세가 그곳까지 퍼졌는지 알 수 없으나 매파를 통한 혼담이 오고 가더니 드디어 결혼에 이른다. 두 분이 결혼하고 그 이듬해 내가 태어났다. 그리고 얼마 지나지 않아 6·25 전쟁이 터졌다.

6·25 전쟁이 터지자 내가 태어난 남원도 예외가 아니었다. 느닷없이 인민군에게 포획되고 보니 사람들은 어찌할 바를 몰랐다. 살벌한 분위기가 지역을 휘감고 죽음이 누구에게나 일상처럼 찾아왔다. 모두 숨을 죽이며 전전긍긍했다. 이때 인민군이 아버지를 지목해 남원군 청년회장 직을 맡겼다. 아버지는 선택의 여지없이 끌려가듯 수락하셨다.

다시 전세가 역전되어 연합군이 남원을 되찾았고 인민군이 퇴각했다. 청년회장 직을 맡았던 아버지는 곧바로 연합군에 체포되었다. 머지않아 열릴 군사재판에서 사형 혹은 그에 버금가는 중형이 확정될 거라고들 수군거렸다. '부역'이라는 이름으로 아버지는 어느 순간 빨갱이 취급을 받았다.

할아버지는 자식을 구해내려고 백방으로 힘을 쓰고 계셨다. 다행히 지역 사람들이 아버지의 석방을 위해 서명운동을 벌였다.

아버지가 청년회장으로 부역할 때 어쩔 수 없이 완장을 찼지만 주변 사람에게 도움을 주려고 애쓰셨다. 그들을 사지로 밀지 않고 가능하면 구출하려고 힘을 다하셨다. 그런 면모를 그들이 기억했던 모양이다. 아버지의 인간적인 모습 앞에서 그들은 사상, 이념 따위는 알 바 없고 자신을 살게 해준 이에 대한 고마움을 그렇게 보답했다. 그런 덕분에 얼마 후 아버지는 구사일생으로 풀려나셨다.

감옥에서 풀려난 아버지는 날마다 무슨 생각을 하셨을까. 당연히 앞날에 대한 전망을 생각하셨을 것이다. 당신의 현주소가 가족들의 미래에 어떤 영향을 미칠 것인가, 혹여 족쇄나 멍에로 다가오는 것은 아닐까 하는 염려를 하셨을 것이다. 아버지는 여러모로 고민한 결과 중대한 결심을 하신다. 당신은 절대 사상적으로 물들지 않았음을 증명해 보이는 것이다. 그 증거로 군대에 입대하기로 하셨다.

바로 군에 입대하여 제주도에 있는 전시사관학교에 들어가셨다. 그때 나는 겨우 서너 살 무렵이었다. 내게는 아무런 기억도 흔적도 남아 있지 않지만 어머니 말씀에 의하면 그 역사적 현장에 나도 함께 있었다.

어머니가 나를 안고 군에 입대하려는 아버지를 배웅하기 위해 남원역에 가려 했으나 할머니가 안 된다고 단호하게 말리셨다. 서운한 마음을 누를 길 없는 어머니는 나를 안은 채 기차가 전주 쪽으로 달리는 모습을 볼 수 있는 곳으로 향하셨다. 공동묘지 있는 곳으로 돌아가 기차가 지나가기만을 망연히 기다리셨다. 잘 다녀오라고, 몸조심하라고 당부의 말 한마디 붙여 보지도 못하고 달리는 기차를 바라보며 시린 눈물만 흘리셨단다.

전쟁 중에 아버지는 장교가 되어 돌아오셨다. 그리고 빨갱이가 아님을 증명해 보이기 위해 전쟁이 끝나고도 여전히 직업군인으로 사셨다. 아버지 친구 중에는 대학교 체육과 교수로 재직하시던 분도 있고 같이 육상을 하시던 분도 있었다. 특히 마라토너 서윤복 선수로부터 가끔 편지가 오기도 했다. 6·25 전쟁만 아니었다면 아버지도 체육인으로 사셨을 가능성이 높다.

직업군인의 삶을 살다 보니 부대를 따라 이동하며 근무하셨다. 원주, 광주, 부산 등지를 돌면서 근무하신 걸로 기억한다. 그 때문에 나는 부모를 따라 살지 못하고 할머니 밑에서 자랐다.

고진형 선생님의 부친, 고종섭 님

내 형제는 큰아들인 나를 포함해 아들만 다섯이다. 부모님이 셋방을 얻으려 해도 눈치가 보여 다섯을 거느릴 수 없었다. 첫째인 나와 바로 아래 동생인 둘째는 할머니 몫이었다. 도중에 동생은 집으로 돌아가고 홀로 남게 되었을 때 섭섭한 마음에 많이 울었다.

겉으로는 여유 있는 할머니 그늘 아래서 넉넉한 사랑을 받으며 사는 것으로 보였을 것이다. 사실 할머니는 깐깐한 분이셨다. 할아버지가 일찍 돌아가시고 당신 혼자 살림을 꾸려가다 보니 집안을 지켜야 한다는 생각에 강직한 성격으로 변하신 모양이다. 3살 때부터 초등학교를 졸업할 때까지 10년 동안 남원 할머니 댁에서 살았다. 중학교에 입학할 무렵 부모님이 계시는 광주로 오게 된다.

할머니 댁에서 사는 동안 기억나는 장면이 있다. 국민학교 6학년 겨울로 이승만 정권이 3·15 선거를 앞둔 시점이다. 어린 나는 현상만 눈에 담을 뿐 이면을 볼 만한 눈썰미가 없는데도 그 장면은 꽤 선명하게 남아있다.

당시 집권 여당인 자유당은 자동차를 타고 다니며 선거운동을 했다. 차에 마이크 시설을 설치해 동에 번쩍 서에 번쩍하며 온 동네를 누볐다. 동네 사람들은 유행가 '유정천리'를 개사해서 시끌벅적하게 부르고 다녔는데 그 노래의 뒷부분이 이랬다.

"자유당에 꽃이 피고~ 민주당에 눈이 오네~."

반면 야당인 민주당은 자동차가 아닌 리어카를 끌고 다니며 목청 터지게 외쳐댔다.

"이승만 정권을 심판하자."

"독재 정권을 심판하자."

어린 눈에도 두 정당간의 모습이 너무 달랐다. 결국 권력에 취해 부정선거를 저지른 자유당이 이기고야 말았다. 그러나 그 기울어진 경기장을 시민이 들고 일어나 4·19 혁명으로 꽃을 피운다. 눈에 보이는 모습이 아무리 찬란해도 결코 민심을 거스를 수 없음을 어렴풋이 깨달았다.

힘들었던 어린 시절이지만 먼지 나는 시골길, 지리산이 멀리 보이는 월락리가 추억으로 자리 잡아 눈에 아른거린다.

잊지 못할 동지들

교육운동의 큰 산
- 윤영규 선생님

내가 대학Y에서 활동할 때 윤영규 선생님은 청소년 지도자였다. 선생님을 처음 뵈었을 때 37살의 혈기 넘치는 젊은이였고 나 역시 20대 청춘이었다. 고등학생 서클을 하이Y라 하고 대학생 서클을 대학Y라고 하는데 그 시절에 나는 대학Y에 소속되어 있었다. 선생님은 광주상고에서 근무하며 청소년 지도자로서 캠프에 와서 강의를 해주시곤 했다. 그 뒤로 광주YMCA 이사로서 활동을 함께했다. 그때부터 오랜 시간을 함께해 왔기에 나를 둘러싼 공기처럼 자연스럽지만 없어서는 안 되는 존재처럼 지내왔다.

선생님은 광주 5·18 때 비상대책위원회의 일원으로 죽음의 행진에 참여했다가 해직되고 몇 년 뒤 전남의 나주중학교로 복직하신다. 5·18 해직교사들이 대부분 광주에서 근무하다 해직됐는데 복직할 때는 전남으로 배정되었다. 이에 원직복직을 강력하게 항의하여 다시 광주로 들어가신다. 덕분에 담양 창평중학교에서 근무하다가 광주충장중학교로 이동하신다.

선생님이 처음 발령받은 곳은 목포 영흥고등학교였다. 영흥고등학교에서 근무하던 중 어느 날 갑자기 재단으로부터 날짜 없는 사직서를 쓰라는 요구를 받는다. 본인의 신앙과 같은 뿌리인 기독교장로교에서 세운 학교인데도 부당한 행위를 드러내어 요구하자 그 자리에서 사직서를 찢어버리고 나온다. 이후 광주상고로 옮겨서 근무하신다.

지금은 사회운동이 농민운동이나 노동운동 등 여러 부문으로 분화되어 있지만 그때만 해도 세분화되지 않았다. 흥사단이나 YMCA를 중심으로 한 민주화운동이 대부분으로 YMCA가 민주화투쟁의 본부 역할을 담당해 왔다. 물론 사회에서 일어나는 모든 운동을 주도했다고 표현하기에는 무리가 있지만 대강 그런 역할을 해온 건 사실이다.

선생님은 그런 분위기 속에서 사회운동의 한 축인 교육운동을 떠받쳐 오셨다. 늘 교육운동의 선봉에 서고 위기 상황 속에서도 흔들리지 않는 강인함을 보이셨다. 외부 상황이 수시로 변해도 한 번 결심을 굳히면 눈 딱 감고 버티신다. 역사에 대한 책임의식을 한 번도 회피하지 않고 뚝심 있게 잘 지켜내셨다.

선생님은 끊임없이 수배 생활을 하셨다. 그분이 어디에 숨어야 안전하냐, 이것이 주변에 있는 우리의 첫 번째 과제였다. 한 번은 무안 청계에 있는 한산촌에 머무르신 적이 있다. 그곳을 관장하는 분은 할머니 의사인 여금숙 원장님이다. 직접 찾아뵙고 부탁을 드렸더니 산 너머 아래쪽 별채 비슷한 곳에 거처를 마련해 주셨다. 폐렴 걸린 환자를 수용하는 별도의 공간이었다. 선생님을 그곳에 감춰놓으니 마음이 놓였다.

한산촌은 전국적으로 유명한 분들이 이사로 구성되어 있다. 그곳에는 나도 모르는 또 다른 이들이 숨어들 법 하지만 나는 오직 선생님의 안전에만 신경 썼다. 따라서 그의 행적은 나와 여원장님 둘만 알고 있는 사안이었다.

그 시절에는 핸드폰이 없을 때여서 집 전화로 가끔 안부를 확인하곤 했다. 한 번은 집으로 누가 찾아왔다. 전신전화국에 근무하는 사람인데 노조활동을 한다고 하더니 내게 은밀히 당부했다. "선생님, 집에서는 절대로 전화하지 마십시오. 꼭 공중전화로 하십시오." 그가 알려준 뒤로는 항상 공중전화를 이용했다.

선생님을 만나러 갈 때도 비밀을 유지하기 위해 주로 밤에 찾아갔다. 내 딴에는 비밀을 유지하느라 나름 진땀을 빼는데 이 양반 얼마나 순진하신가. 한 번은 갔더니 목포에 있는 조합원 몇 명을 불러서 화투를 치고 계셨다. 나는 늘 조마조마해 간이 졸아들 지경인데 나 여기 있노라 버젓이 광고하며 삼봉을 치다니.

그분을 생각하면 늘 도망 다니던 기억이 난다. 경찰 망을 피해서 첩보전을 펼치던 기억, 때로 검문에 걸리면 어떻게 해서라도 빠져나가려고 진땀을 빼던 기억, 그런 장면들이 떠오른다.

지산동에 작은 집이 한 칸 있었지만 아이들이 일곱이나 되어 늘 궁핍했다. 학교며 생필품이며 아이들이 원하는 대로 골라잡는 건 허용되지 않았다. 네 번, 다섯 번 해직되고 투옥도 여러 번이었으니 생활이랄 것도 없고 그저 생존의 수준이었을 것이다. 그런 중에도 가정을 지켜낸 이귀임 여사가 참으로 놀랍고 대단한 분이다.

생활은 궁핍하지만 선생님은 품성이 넓고 따뜻한 분이다. 사람이 찾아가면 무엇이든 나눠주려고 하셨다. 지금도 종려나무가 생각난다.

"이거 자네한테 주고 싶어." 하시기에 집으로 가져와 키웠다.

내가 경제적으로 어려움에 처해 무안으로 내려가자 땅이 꺼지게 걱정하셨다. 장남인 나도 형이 없어서 그분에게 의지했기에 무엇이든 생기면 드리고 싶었다. 우리 부부도 못 살지만 그 집을 생각하면 아이가 일곱이나 되니 우리보다 항상 우선이었다. 서로 속내를 잘 알기에 그랬을 것이다.

생각보다 너무 빨리 돌아가셨다. 고작 70살이셨다. 고생도 많이 했지만 당신의 어깨 위에 놓인 무게를 감당하느라 힘드셨는지 건강에 대한 절제가 부족했다. 교회 장로임에도 불구하고 담배를 하루에 두 갑씩 피우셨다. 그나마 다행인 것은 술을 전혀 가까이 하지 않으셨다는 것이다. 돌아가신 그 날, 광주YMCA 60년사 편찬위원으로 회의에 참석하고 집에 돌아와 화장실에 들어갔다가 그만 쓰러지셨다. 2005년 3월 31일, 개나리가 모퉁이에서 고개를 빼꼼히 내밀고 따스한 햇살이 찾아드는 봄날에 조용히 생을 마감하셨다.

지금도 이귀임 여사가 나만 보면 그러신다. "아제, 많이 생각이 나. 옛날이…." 지금은 다 지나간 과거이기에 하나마나한 소리이지만 그야말로 피눈물 나는 생활이었다. 자식도 많고 생활고도 심했지만 자신이 져야 할 십자가라면 언제든 마다하지 않고 기꺼이 어깨에 지고 골고다 언덕을 넘었던 그 양반. 이제 더 이상 그를 볼 수 없어 외롭고 안타깝다.

생명의 그늘을 드리워주시는
- 정해숙 선생님

1978년 광주 YMCA의 성서연구반 모임에서 정해숙 선생님을 처음 만났다. 올안 김천배 선생님께서 성서연구반을 지도하고 계실 때였다. 이 모임에는 정해숙 선생님, 그리고 후일 전교조 광주지부장을 역임한 이효영 선생님, 광주에서 열심히 전교조 활동을 해온 이경희, 최화자, 김희, 반숙희, 염동련 선생님 등 15명의 남녀 교사들이 참여했다.

유신체제 말기, 교사들의 삶은 체제 순응을 강요받았고 체제를 선전하는 전파자로서의 악역도 맡아야 하는, 그야말로 자기정체성을 찾아서 바르게 사는 것은 사막의 길과 같았다. 생각마저 자유롭지 못했으니 실천의 길은 오직 어려웠으랴. 결국 교사로서 민주주의 회복을 위한 투쟁은 소극적이거나 개인적 입장에 그칠 수밖에 없었다. 그리하여 우리들 몇은 함께 모여 고민을 토로하고 실천할 수 있는 그릇이 필요함을 절실하게 느꼈고 결국 성서연구반을 만든 것이다. 이 성서연구반은 후에 광주YMCA 중등교육자협의회의 모태가 되었다. 이를 발판으로 교협, 그리고 전교조의 고난과 합법화의 길로 이어졌다. 이 모임은 88년 3월까지 계속되었다.

성서연구반으로 활동하면서 나는 정해숙 선생님에 대해 조금씩 알게 되었다. 정 선생님은 약속 시간을 어긴 적이 없고 언제나 잔잔하게 미소를 지으며 조용조용 말씀하셨지만 힘이 있었다. 나는 선생님을 통해 교육 현장의 모순을 구조적으로 이해하게 되었다. 그곳에서 어떻게 교사로서 살아야 하는가를 더욱 진지하게 생각하게 되었다. 선생님은 언제나 변함없이 너그럽고 또 아무리 급하고 힘든 일이라 할지라도 서두르지 않으신다. 나는 선생님과 함께 생활하면서 인간적인 면이나 사회적인 면에서나 많이 배웠다. 나는 점차 정해숙 선생님을 큰 선배님으로 느끼게 되었다.

5·18 광주민중항쟁은 교사들에게도 큰 충격이었다. 성서연구반 모임을 통해 우리 교육의 모순과 해결점을 찾던 중 1982년 서울, 대구, 충남 등 전국에서 교육 문제를 집단적 고민을 통해 풀어 보고자 교사협의회를 창립했다. YMCA라는 울타리 안이었지만 4·19 교원노조 이후 최초로 평교사 중심의 교육단체가 만들어진 것이다. 우리 지역에서도 1982년 2월 광주 YMCA중등교육자협희회를 창립하였고 나는 초대회장을 맡게 되었다. 그해 3월 30일경 나는 선생님으로부터 한 통의 전화를 받았다. 차분하지만 다급한 목소리였다.

하루 전 광주시청에서 진행된 강연회에서 선생님의 비판적 질문이 문제가 되어 보안대나 안기부 등 정보기관에서 선생님에 대한 뒷조사를 한다는 내용이었다. 그리고는 이제 태동한 Y교사회가 본인 때문에 피해를 보아서는 안 된다는 것과 Y교사회 명단에서 본인의 이름을 빼달라는 말씀이었다. 전체의 힘을 빌려 자신을 지키려 하기보다는 자신의 희생으로 전체를 구하려는 정 선생님이 정말 큰 어른으로 내게 다가왔다.

하루 전인 3월 29일, 광주시청 강당에서는 도내의 각급 기관장이 참여하고 광주시 고등학교에 근무하는 120여 여교사들을 초청하여 광주시장이 특별 강연을 했다. 강연의 내용 중 일부는 2년 전 5·18을 이제는 잊자, 광주시민은 쓰레기를 함부로 버리는 등 질서의식이 없다는 내용이었다. 강연이 끝나고 시장은 참석한 선생님들에게 질문이 있으면 자유롭게 하라고 했다.

그때 정해숙 선생님은 일어났다. 그리고 예의 그 정연하고 의지에 찬 목소리로 말씀하셨다.

"5·18 광주민중항쟁은 광주시민 전체가 불의에 항거한 투쟁이고 얼마나 많은 사람이 학살당했는데 그것을 벌써 잊자고 하십니까. 지금도 구천을 헤매는 죽은 넋들을 두고 잊으라니 말이 되는 것입니까? 그것이 광주시장으로서 하셔야 할 말씀입니까? 그리고 질서의식이 없다고 말씀하셨는데 저는 광주야말로 전국의 어디에도 비교할 수 없이 민주적 시민의 자율적 질서가 강한 곳이라고 생각합니다. 5·18 광주민중항쟁의 기간 중에 광주의 어느 금융기관도 피습당한 곳이 없었습니다. 이는 얼마나 시민의식이 높은가를 알 수 있는 일입니다."

차분하면서도 낭랑한 결코 불의에 굴할 것 같지 않은 당찬 목소리가 강당을 침묵으로 몰아갔다. 말을 끝내고 정 선생님은 자리에 앉았다. 그리고 얼마 후 박수 소리가 강당을 울렸다. 여교사들은 감동했고 뜨거운 격려와 지지의 박수를 보냈던 것이다.

그 발언이 문제가 되었다. 그 강연회에는 반공연맹 전남지부장, 광주 경찰서장 등이 참석한 큰 행사였다. 서슬 푸른 5공화국 시절, 한 여교사의 당당한 의견 피력을 감히 누가 상상이나 했겠는가! 도교육청이 발칵 뒤집혔다. 보안대, 안기부 등 정보기관에서 강도 높은 뒷조사를 시작하고 전남 교육위원회에 압력을 행사하여 징계를 강요했다. 전라남도 교육청에서는 징계위원회를 열고 징계절차에 들어갔으며 나름대로 선생님에 대해 뒷조사를 시작했다.

정해숙 위원장이 광주Y교협 회장을 맡고 있는 내게 전화해 이렇게 말씀하셨다. "사건이 터졌으니 Y교협 명단에서 나를 빼라. 조직에 누가 될까 싶다." 최화자 선생님, 고병희 부회장과 만나 논의했다. 그리고 결론을 내렸다. "우리는 그 누구도 명단에서 안 뺀다. 우리는 끝까지 어려움에 동참한다."

이후 Y교협에서 명단을 공개해버렸다. 그러나 아무리 뒷조사를 해도 꼬투리를 잡을 수 없었기 때문에 7월까지 끌다가 징계는 결국 유야무야, 없었던 일로 끝났다.

그 당시 나는 의식적이거나 무의식적이거나 남녀 간 차별적 사고를 선생님의 행동을 통해서 깨트릴 수 있었다. 그 서슬 푸른 5공 시절에 선생님은 여교사의 몸으로 광주와 그 피비린내 나는 역사를 대변하셨던 것이다. 나는 이 사건을 통해 정 선생님에게서 불굴의 용기를 읽을 수 있었고, 그것은 후에 내가 교육운동 속에서 어려움에 처할 때마다 큰 도움을 주었다.

선생님은 전교조 광주지부장을 거쳐서 4대 전교조 위원장을 지냈다. 위원장으로 추대하려 할 때 우리는 삼고초려했다. 당시 전교조의 여러 선배님들과 서울 본부 임원들이 나섰다. 나 역시 선생님께서 위원장이 되어야 한다는 여러 사람의 생각에 동의했으므로 기꺼이 출마를 권하는 입장에서 선생님을 찾아뵈었다. 여러 어른들에게 그 자리를 양보하면서 위원장 출마를 몇 번이나 거절하셨다. 고난은 자신에게 그러나 영광은 다른 이에게, 이것이 정 선생님의 사는 모습임을 나는 그때 또 한 번 느꼈다.

위원장 시절 가정의 일뿐만 아니라 전교조의 일도 성심성의껏 임했다. 나는 그 시절 부위원장으로서 그분을 가까이 모셨다. 대단히 어려웠던 해직교사 복직의 문제도 다수의 의견을 수렴하여 완결했다. 설령 전교조의 합법화를 이루지 못한 불완전한 복직이었다 치더라도 1,500여 해직교사가 생계 현장이며 자신의 정체성을 실현시킬 학교로 되돌아온 것이다.

최연석 목사님, 정해숙 선생님과 함께 박양수(들풀처럼) 서각 전시회

돌이켜보면 나는 정해숙 선생님을 만나 새롭게 교육적 삶에 눈떴고, 인간으로서 가져야 할 품성에 대한 자각을 하게 되었다. 한 그루 큰 나무가 그 시원한 생명의 그늘을 드리우고 있어 매미와 같은 나는 그 그늘 아래서 새로운 세상을 노래할 수 있었다.

류낙진 선생님

윤영규 선생님이 돌아가신 바로 그다음 날, 서로 시기라도 하듯 돌아가신 분이 있다. 통일운동가 류낙진 선생님이다.

선생님은 6·25 전쟁 이후 지리산에서 빨치산 활동을 하다가 붙잡혀 감옥생활을 하셨다. 출소하여 광주사범을 졸업하고 보성 예당중학교에서 교사로 근무하며 학생들을 가르치셨다. 아직도 치러야 할 대가가 남았는지 통일혁명당 사건으로 국가보안법에 걸려 무기징역형을 선고받는다. 19년을 복역하다가 가석방되셨는데 그 무렵에 선생님을 뵙게 되었다.

그분을 뵈온 것은 어느 집회장에서였다. 우연히 가까이 앉게 되었는데 옆에 계시던 정해숙 위원장의 소개로 인사를 나누게 되었다. 함께한 시간은 짧지만 왠지 그분이 마음에서 떠나지 않았다. 그 뒤로도 한두 번 뵙고 담소를 나눈 기억이 있다.

그분은 나와 같은 고향인 남원에서 태어나셨다. 초등학교도 내가 다녔던 용성초등학교를 졸업하셨다. 그 학교는 광주서석초등학교처럼 역사가 길다. 내가 50회 졸업생이었으니 지금은 100년이 훨씬 넘는 역사를 자랑할 것이다. 인연의 뿌리처럼 남 같지 않은 느낌이 풍기고 그분의 모습 속에서 아버지가 떠올랐다. 아버지도 6·25 전쟁 이후 좌익 활동을 하고 그로 인해 엄청난 고난을 받으셨다. 왠지 아버지를 기억할 것 같아 물었더니 선생님이 그러셨다.

"좋은 사람. 다른 사람 많이 도왔다."

내가 듣고 싶은 건 혁명가라는 단어였지만 아쉽게도 듣지 못했다. 나는 아버지가 혁명가적 삶을 살았다고 막연히 짐작했는데 사실은 아니었다. 그분의 기억 속에서 내 아버지는 그저 좋은 사람이었다.

5·18로 인해 그분의 가족이 수난을 겪었다. 그의 동생이 도청 앞에서 마지막까지 버티다 총 맞아 죽고 당시 조선대 약대를 다니던 딸이 구속됐다. 5·18로 가족이 도륙당하고 빨갱이 집안으로 낙인찍혀 생활마저 힘들었다.

흐릿한 기억 속에서 한 장면이 떠오른다. 명절에 동생들과 성묘 가려고 남원터미널에 내렸는데 조그마한 여학생이 동생들을 데리고 우리 앞을 지나 시골로 걸어 들어가는 모습이 눈에 들어왔다. "학생들은 어디로 가는 길이야?"라고 물었더니 그중 가장 큰 여학생이 "성묘하러 가요."라고 대답했다. 알고 보니 그 아이들이 류낙진 선생님의 딸들이었다.

좋은 세상 만들자고 뛰어들었다가 기나긴 감옥생활로 인고의 시간을 보낸 그분은 윤영규 선생님보다 하루 뒤인 2005년 4월 1일 돌아가셨다. 윤영규 선생님 추모사업 위원으로서 부조금을 관리하던 나는 추모사업회와 상의하여 조의금을 들고 찾아갔다.

5·18 때 약대 다니던 딸은 독일로 건너가 다시 의과대학을 다녀 의사가 되고 그곳에서 결혼해 살고 있다는 후문이다. 그분의 외손녀인 문근영은 장성해 탤런트가 되었다. 문근영 역시 외할아버지의 뜻을 이어가려고 어려운 사람들을 위해 8억 원을 기증했단다.

그분의 모습이 떨쳐지지 않아 묘소를 참배하려고 찾고 있다. 남원 어딘가에 수목장으로 모셨다는 말을 얼핏 전해 들었다. 꼭 찾아가 그분의 삶을 기리고 싶다.

이재남 선생님

전남 신안의 여러 섬 중 하나인 안좌도는 퍼플섬이나 태양광 발전으로 사람의 발길을 끈다. 오래전에 안좌남초등학교가 있었으나 폐교되어 이름이 사라졌다. 세상의 중심에서 멀리 떨어진 섬으로 낭만과 서정적 정취가 넘칠 것 같은 이 학교에 느닷없는 사건이 벌어진다. 시커먼 복장을 한 이들이 들이닥쳐 수업 중인 교사를 끌고 갔다. 대낮에 이 장면을 목격한 교사들과 학생들은 심장이 떨려 말을 할 수 없었다.

광주교대 학생회장 출신인 이재남 선생의 초임발령지는 안좌남초등학교였다. 새내기의 신바람으로 꿈에 부풀어 아이들과 열심히 수업하다가 날벼락을 맞는다. 발령 난 그해 아홉 달째인 11월 3일 학생의 날에 안기부 요원에게 체포되어 끌려갔다.

그 무렵 전국적으로 전대협 회원 소탕령이 내려지고 전남대 총학생회장이 구속되었다. 광주교대 학생회장 출신인 이재남 선생도 학생운동을 했다는 죄목으로 예외 없이 잡혀갔다. 안기부에 구속되었다가 서울구치소로 송치되어 징역형을 살았다.

이재남 선생이 출소해서 전남지부로 찾아왔다. 내가 지부장으로 있을 때였다. 국가보안법으로 실형을 받은 친구라서 우리와 신분이 다르다고 판단했고 나이 차이도 많아 세세히 신경 쓰지 못했다. 다만 인간적으로 처지가 딱해 상근 간사로 채용하고 활동비를 지급했다. 활동비라야 소소한 금액이라서 겨우 교통비 정도였을 것이다.

그렇게 전남지부에 적을 두고 활동하던 그가 갑자기 군대에 가게 되었다. 원래 교육대학교 학생들은 RNTC교육을 받으면 군대에 안 가도 된다. 그도 그 교육을 받았지만 교직에서 쫓겨나고 보니 병역 의무를 해야 한다며 영장이 나온 것이다. 엎친 데 덮친다고 불행이 겹으로 찾아와 강제로 입영했다. 그 후 꼬박 2년 6개월 동안 원주에서 군생활을 했다.

서울 전교조 본부에서 근무하다가 뒤늦게 이런 소식을 듣고 딱한 마음에 그를 면회하러 갔다. 중앙 회의를 끝내고 원주로 향했다. 내가 지부장으로서 그 회의에 참석했는지 아니면 본부 부위원장으로서 참석했는지 정확한 기억은 없지만 서울에서 회의를 끝마치고 원주 군부대로 출발했다.

부대에 도착하자 면회소에서 '이재남'이라는 이름을 써서 접수했다. 조금 후에 그가 헐레벌떡 뛰어왔다. 초췌한 모습을 보니 안쓰러웠다. 훨훨 날아도 시원찮을 젊은이의 인생이 왜 이리 파란만장한가 싶은 생각에 눈물이 핑 돌았다. 그가 나를 보자마자 말했다.

"지부장님 감사합니다. 사실은 나올 때요. 제가 거짓말 하고 나왔습니다."

"뭔 거짓말인데?"

"면회 명단을 보니까 지부장님 이름이 쓰여있길래 옛날 근무했던 학교 교장 선생님이 면회 왔다고 거짓말하고 외박 허락받았어요."

그래, 얼마나 간절했을까. 사실 내 속으로는 그를 만나고 전남지부 사무실로 빨리 내려가려고 했는데 잠깐 고민을 했다. 그의 말대로 계획에도 없는 원주 1박을 하게 되었다.

그의 지나온 이력을 생각하면 눈물이 나지만 나 역시 경제적으로 여유가 없을 때여서 겨우 막국수를 먹고 하룻밤을 같이 잤다. 그의 말대로 교장 노릇을 해야 하는데 차비도 겨우 마련해 간 터라 막국수 이상의 음식을 먹을 수 없었다.

그런 아픈 기억이 있었지만 복무기간을 채우고 다시 전남지부로 왔다. 젊은 혈기가 넘치고 생각도 참신해 사무국장까지 했다. 인간적으로 따뜻하고 재주가 많은데 특히 기타 치며 노래를 잘 불렀다.

어느 해 담양연수원에서 지부 연수를 했는데 당시 교육감이 와서 축사를 해주었다. 내가 교육위원을 할 때여서 교육감과 교육청 직원들이 전남지부에 대해 인간적인 호의를 보였다. 게다가 이재남 선생이 사회를 보면서 교육감을 소개할 때 조목조목 사례를 들어 합리적이고 훌륭한 인물로 표현했던가 보다. 그 상황을 지켜본 교육감이 그를 크게 칭찬했다. 같은 초등이고 광주사범 출신이라서 더욱 마음에 들었던 모양이다.

내가 그의 딱한 사정을 말하고 특별채용 형식으로 그를 채용하면 어떠냐고 제안했다. 교육감은 말로는 그렇게 할 것처럼 대답했어도 차마 특별채용의 형식을 수용하지 못했다. 특별채용을 하려면 교육과 관련 있거나 교육부와 연결 고리가 있어야 하거나 그에 합당한 조건을 구비해야 한다.

오히려 이재남 선생 스스로 돌파구를 찾았다. 서울 임용고시에 응시해 곧바로 합격하고 서울시로 발령 받았다. 2년 근무하다가 도간교류로 서울에서 광주로 들어왔다. 치밀하고 섬세한 능력 덕분에 광주교육을 위해 많은 성과를 냈다.

광주의 어른들
- 최흥종 선생님

최흥종 선생님을 직접 뵌 적은 없으나 내게 영감을 많이 주신 분이다. 얼마 전에도 그분을 뵈러 대전 현충원에 다녀왔다. 예수의 제자들이 예수를 만난 일이 없듯이 나도 그분을 만난 적이 없지만 스승처럼 가슴에 새기고 있다. 그분의 정신을 늘 닮고 싶은 마음에서다.

내가 살아온 광주는 시기적으로 일제 말에 즈음해 근대도시로 구성되는데 지역에 선인들이 있어 그분들로 광주의 정신이 이어졌다. 가장 먼저 손에 꼽아야 할 분이 오방 최흥종 선생님이다. 내가 젊은 시절부터 발바닥 닳아지게 활동했던 광주YMCA를 창설하신 분이 바로 그분이다. 1920년에 광주YMCA를 창설하셨다.

선생님은 처음부터 목사는 아니었다. 나중에 선교사들에 의해 목사가 되고 이후 목회자로 활동하셨다. 항일독립운동에 뛰어들고 나환자 치료에도 혼신을 다하셨다. 그분을 기리기 위한 기념관이 양림동에 있다. 사직공원 뒷골목 언덕에 있는데 광주시에서 아담하게 꾸며놓았다. 전남대학교에서 교수로 재직하다가 퇴직한 최혁 교수가 그분의 손자다. 나와 친분이 있는 사이로 함께 연락해 양림동을 찾았다.

기념관을 양림동에 세운 이유는 선생님이 그곳에서 나병환자들과 더불어 오랫동안 생활하셨기 때문이다. 일제 시대에 나병환자들을 소록도로 싣고 가 그곳에 격리시켰지만 증상이 가벼운 환자들을 따로 가려내어 양림동에 기거하게 했다. 일반인들도 나병환자를 꺼리지만 환자들도 외부 사람을 보면 경계심이 발동해 돌을 던지거나 도망친다. 서로 손가락질하고 외면하는 상황에서 선생님이 옥수수밭 속에 움막을 치고 자신의 짐을 그곳으로 옮기셨다. 그곳에서 나병환자들과 함께 생활하셨다. 그 시절의 양림동은 전부 옥수수밭이었다.

나병환자와 생활한다는 것은 또 다른 차원의 각오가 필요하다. 마음만 가지고 될 일이 아니다. 나를 완전히 내려놓았을 때 가능하다. 전염에 대한 두려움을 떨쳐내고 환자들과 함께 생활하기란 지식도 무엇도 아닌 오직 사랑 때문이다.

기념관 앞에 '참자유의 길 최흥종 기념관'이라는 글씨가 큼직하게 보인다. 그분의 삶을 상징적으로 보여주는 표현이다. 그의 사상은 애천부 애동포 애자기(愛天父愛同胞愛自己)의 삼애사상으로 압축된다. 그는 '사랑의 융통성'이라는 한시에서 "하나님을 사랑하고 동포를 사랑하고 자신을 사랑할지니 사랑! 사랑! 사랑할지라."를 간절하게 외쳤다.

내가 의식적으로 선생님의 존재를 뚜렷하게 새기는 데에는 나름의 이유가 있다. 선생님이 살아계실 때 의제 허백련 선생님과 의기투합하여 증심사 부근에 '삼애학원'이라는 학교를 건립했다. 삼애정신을 바탕으로 하늘과 땅을 기리는 농업전문학교였다.

수십 년이 지나 두 분은 돌아가시고 학교도 터만 남아있다. 지금은
또 다른 기념관이 들어서 있다. 기묘하게도 1982년 2월 광주Y교사회
창립식을 그 터에서 하게 된다. 그분의 훌륭한 정신을 계승하듯 결의
를 다지며 창립식을 치렀다는 것이다. 그분의 훌륭한 정신을 Y교사회
가 그대로 계승한다면 이 얼마나 뜻깊은 일인가.

광주의 어른들
– 백영흠 선생님

최홍종 목사님과 비슷한 시기에 활동하신 분으로 백영흠 목사님이 계신다. 이분 역시 광주·전남의 정신적 지주로서 후배들에게 남기신 바가 크다. 젊은 시절 YMCA 이사로 활동할 때 백 목사님을 가까이에서 뵙게 되었다. 연세가 많으신데 손자뻘 밖에 안 되는 내게 언제나 깍듯이 예우를 갖춰 대해 주셨다.

백 목사님은 1904년 인천에서 태어나서 일제강점기를 거쳐 오신분이다. 1937년 광주에서 일제의 신사참배 강요에 반대하다가 체포되어 수감생활을 하시고 1940년 9월에도 일본 국체 변혁을 목적으로 한 '비밀결사 조직범'으로 붙잡혀 옥고를 치르신다.

고난의 길 속에서도 언제나 힘없고 약한 이들을 돌보는 데 매진하셨다. 특히 나환자들에게 안정적인 치료 공간을 만들어주기 위해 최홍종 목사님과 함께 총독부의 관심을 이끌어내 소록도에 '나환자갱생원'을 설립하셨다.

해방 후에 광주에서 동부교회를 설립하고 1978년까지 담임목사로

시무하셨다. 동부교회는 어느 교단에도 속하지 않은 독립교회로 여러 면에서 개혁적이었다. 코리아타임을 배격하여 예배시간을 준수해 시간이 되면 출입문을 잠갔다. 헌금함을 입구에 설치하여 헌금주머니를 돌리지 않았고 남녀 좌석 구별 없이 자유롭게 앉도록 했다. 찬양대를 2층에 배치하고 찬송가와 성경구절을 벽지로 게시하기도 했다. 냉철한 지성으로 교회 분위기를 일신하신 것이다.

교육에도 각별한 애정을 가지셨다. 청소년 인재 발굴을 위해 광주·전남지역 보이스카우트를 만들었고 광주수피아여고에서 교장으로도 재직하셨다. 그분이 교장으로 재직하실 때 여러 일화가 있다.

한 번은 교직원의 잘못된 행동으로 학교가 오명을 뒤집어쓴 일이 있었다. 그분은 전 교직원을 학교 뜰에 있는 우물가로 모이게 했다. "우리가 잘못해 학교의 명예가 실추됐으니 그 벌로 우리 모두 이 우물에 빠져 죽자." 그러고는 옷을 벗고 우물에 풍덩 뛰어들었다. 놀란 교직원들이 허둥지둥 교장을 구출하고 눈물을 쏟아내며 잘못을 뉘우쳤다. 시간이 흐른 뒤 다시 학교가 정상으로 돌아와 활기찬 속에서 교육에 매진했다는 후문이다.

또 다른 에피소드다. 당시 수피아여고생은 검정치마에 흰 저고리 차림의 한복을 교복으로 입고 다녔다. 물론 주변에는 더 멋스런 분위기의 세련된 교복을 입는 학교도 있었다.

수피아여고생들이 하교하는 길목에 숭일고등학교가 있었다. 그 앞을 지나가야 하는데 학교 2층에서 내려다보던 남학생들이 놀려댔다. "저기 저 부엌데기들 지나간다~" 지날 때마다 번번이 놀려대니 학생들이 기가 죽어 부모에게 하소연을 했다. "우리 학교는 교복이 이렇게 촌스러워 자꾸 남학생들한테 놀림을 받는다."라고. 부모들이 자식의 말에 동조해 교장실로 항의 전화를 해왔다. 며칠 지난 월요일 아침에 학생들이 등교하는데 교문 앞에 느닷없는 플래카드가 걸렸다.

"정지 가시나가 되자."

그런 후 교장 선생님이 학생들을 운동장에 모아놓고 훈화를 시작했다.

"정지는 우리 전라도 사투리로 부엌을 말하는 것입니다. 여러분들 교복이 무엇이 부끄럽습니까. 이 한복이 바로 우리 민족의 얼을 상징하는 것이고, 부엌을 지키는 것이 우리 민족을 지키는 일입니다. 부엌데기라는 말이 뭐가 부끄럽습니까. 여러분은 이제 기꺼이 정지 가시나로 살아야 됩니다."

이렇게 학생들에게 민족의 혼을 심어주는 교육을 하셨다는 것이다. 참으로 심지가 곧으신 분이다. 백 목사님은 5·18이 일어났을 때에도 아픈 몸을 이끌고 죽음의 행진에 참가하셨다. 그리고 6년 뒤인 1986년 별세하셨는데 돌아가시기 전 유언을 남기셨다. "나는 오월 영령들 앞에 죄인이다. 내가 죽으면 오월 영령들이 보이는 곳에 묻어 달라." 가족들은 유언에 따라 그분을 망월동 민주열사묘역에 모셨다. 5월의 고통에서 살아남아 죄인이라는 참회 앞에 자유로운 이는 단 한 명도 없을 것이다.

그분은 돌아가실 때까지 겸손되이 죄인의 마음가짐으로 살다가 생을 마감하셨다.

해마다 5월 15일 스승의 날이 되면 5·18묘역과 민주열사묘역에 계신 스승님들을 찾아뵌다. 백영흠 목사님 그리고 그 가까이 계시는 김

천배 선생님. 그분들은 나에게 세상을 어떻게 살 것인가에 대한 길을
열어주신 분들이다.

해바라기
- 신숙녀 선생님

　　신숙녀 선생님은 경상남도의 초등학교에서 근무하다가 전교조 활동으로 해직되었다. 힘들게 살다가 전라도 신랑을 만나 결혼하고 복직하여 1996년경 도간 교류로 전남에 건너왔다. 경상도에서 근무할 때 전교조 경남지부 수석부지부장으로 활동했다. 결혼식에서 윤영규 선생님이 주례를 서주시기도 했다. 전남으로 건너와 함평의 어느 초등학교로 발령 났다.

　　내가 교육위원 활동을 하고 있을 때 신숙녀 선생님이 근무하고 있는 함평의 어느 초등학교를 방문하게 되었다. 학교 정문에서부터 안으로 들어가는 길목이나 화단에 노란 해바라기가 화사하게 만발해 있었다. 산뜻한 색상이 너무 인상적이어서 교장 선생님에게 물었다.

　　"이 학교에 해바라기가 많이 피었네요."

　　그랬더니 교장이 하는 말이다.

　　"실은 해바라기에 좀 사연이 있습니다."

　　"그래요. 무슨 사연인가요?"

"경상남도에서 도간 교류로 이곳으로 온 여선생님이 계시는데 그 학교에 있을 때 교정에 심었던 해바라기 씨를 받아와서 이 학교에 심었답니다. 그래서 마치 해바라기 꽃이 해를 따라 바라보듯이 옛날 제자들을 그리워하면서 그런 마음으로 심었답니다."

그런 사연이었다.

몇 년 지나서 퇴직하고 장성 북면초등학교에 갈 일이 있었다. 신숙녀 선생님이 그 학교에서 교감으로 승진해 근무하고 있었다. 그 학교에서는 해바라기가 보이지 않았다.

처음 도간 교류해 낯선 곳에 와서 말도 설고 아는 사람도 없고 마음고생이 클 때 그 해바라기가 위안이 되었을 것이다. 이제는 이 지역에 30여 년 살다 보니 전라도 사람이 되어가는 모양이다. 그곳의 제자도 궁금하지만 여기서 만난 제자들에게 마음을 쏟아야 하니 자연스레 해바라기가 필요 없을 법하다.

이름 같은 해직의 고난
- 정해직 선생님

목포교도소에 수감 중이던 어느 하루였다. '오늘은 누굴 만나게 될까?'라는 기대를 안고 면회소에 들어섰다. 낯익은 얼굴이 서 있었다.

"형님 고생이 많으시죠."

내 안부를 묻는 그는 정해직 선생이었다. 그의 얼굴을 확인한 순간 심장이 덜컥 내려앉았다. 5·18 광주민중항쟁 당시에도 큰 고초를 겪고 해직까지 당했는데 같은 고통을 또 겪을 걸 생각하니 미안하고 애잔했다. 전교조 현실과 그의 미래, 또 나의 모습이 서로 얽히며 마음이 무거워졌다.

"고맙네. 이름도 해직, 해직이가 또 해직을 당하겠구나, 해직이 몇 번인가."

나의 말끝에 그도 덩달아 눈물을 훔쳤다. 무대에 올라서서는 늘 용감한 척하지만 고난이 엄습하면 때로 한없이 작아지는 순간이 있지 않은가. 서로의 마음을 알아보듯 정해직 선생과 나는 면회 시간이 다하도록 눈을 마주 보며 아픈 가슴을 어루만졌다.

녹방에 돌아와서도 그의 모습이 떨쳐지지 않았다. 그는 또 어떻게 현실을 감당할 것인지. 나는 처음 겪는 해직이지만 그에게는 두 번째다. 1980년 5월 광주에서 계엄군에게 끌려간 후 첫 번째 해직을 겪는다. 그는 그때의 상황으로 다시 돌아가도 똑같은 결정을 할 것이다.

1980년 5월, 그는 보성 노동초등학교 광덕분교에서 근무하던 새내기 교사였다. 광주 상황을 전혀 알지 못하는 상태에서 우연히 광주 시내에 들렀다가 계엄군의 무자비한 폭력성에 충격을 받는다. 군인들이 젊은 청년을 짐승 사냥하듯 발가벗기고 던지고 죽이는 장면을 보고 참을 수 없는 분노를 느낀다.

'같은 인간을 어떻게 저런 식으로 취급해?'라는 본질적인 질문을 자신에게 던지며 저절로 5·18시민군에 참여한다. 도청 사수조에 가담해 항쟁지도부 민원부장까지 맡는다. 천재지변 같은 사태에 넋이 나간 시민들이 이런저런 민원을 제기하면 들어주고 이를 해결하고자 발로 뛰어다니는 것이 그의 몫이었다. 매 순간 죽음의 그림자가 어른거려 흔들리는 순간이 있었을 것이나 그는 끝까지 의리를 지켰다.

결국 새벽에 들이닥친 계엄군에게 연행되어 군사재판에 회부된다. 죄명이 내란죄란다. 사람 노릇하다가 턱없는 죄명을 뒤집어쓰고 징역 5년을 선고 받는다. 옥살이를 하다가 풀려나고 이후 특별채용으로 학교로 돌아왔다.

그의 삶을 생각하니 한없이 비통했다. 전교조가 높이 들어올린 기치 또한 세상을 바꿀 가치이니 그는 여전히 타협하지 않고 그 길을 갈 것이다. 결국 함께 해직되었다가 그는 1994년에 두 번째로 복직하는 특별한 경험을 맛본다.

나이 먹도록 노총각으로 자유롭게 활동하다가 전교조 집회에서 서울 여교사를 만나 결혼했다. 총각 시절에는 옷도 아무렇게나 걸치더니 미술 교사를 아내로 만나고 갈수록 멋을 부렸다. 예전의 그에게서 볼 수 없는 머플러를 칭칭 감기도 하고 말쑥한 바바리를 걸치기도 하고 아무튼 멋져졌다.

세상을 향해서도 뒤로 물러서는 일이 없지만 동지들끼리 함께 움직일 때에도 생각이 다르면 여지없이 자신의 길로 혼자 간다. 광주에서 서울 회의에 다닐 때면 그와 함께, 돌아가신 오종렬 선생님까지 셋이서 움직였다. 오종렬 선생님은 광주지부장, 정해직 선생은 전국 초등위원장, 나는 전남지부장으로서 동행할 일이 많았다.

서울 중앙집행위원회 회의에 갈 때마다 함께 움직였는데 그때에도 회의장을 찾아가는 방법을 놓고 서로 우기다가 그는 무소의 뿔처럼 혼자 유유히 사라진다. 개성 만점이다. 오종렬 선생님과 나는 그의 뒷모습을 보면서 허허 웃다가 함께 이동하곤 했다.

잊을 수 없는 장면이 있다. 내가 목포교도소에서 석방되고 전남지부로 복귀했을 때 그가 다시 찾아왔다. 다짜고짜 말하기를,

"형님. 나랑 같이 나갑시다."

이렇게 말하기에 그를 따라나섰다. 그는 오래전 터미널 있던 자리의 뒷골목에 있는 어느 한약방으로 나를 안내했다.

"형이 그 고생을 하고 또 단식하고 감옥까지 들어가서 옥고를 치르셨는데 내가 형님한테 해줄 게 뭐 있어야지. 내 친구가 한약사니까 형님 몸이라도 좀 만들으라고."

조직을 지키려고 단식도 여러 번하고 감옥살이까지 거쳤으니 내 몸

도 뼈만 남았다. 제 눈에 밟혔는지 기어이 친구를 팔아 보약이랍시고 내게 보따리를 안겨주었다. 남들에게는 그가 몸을 불사르는 투사의 형상으로 비쳤을지 몰라도 내게는 한없이 부드럽고 따스한 후배요, 동지다.

얼마 전 망월동 묘역에서 열린 김남주 시인 추모식에서 그를 다시 보았다. 나를 발견하고 다가오는 그의 모습은 예전과 전혀 달랐다. 내게 인사하려는 그의 얼굴과 육신이 제멋대로였다. 양손에 지팡이도 들었건만 손이 마구 떨리고 입에서도 침이 흘러내렸다. 파킨슨병이 상당히 진행된 모양이다. 가슴이 찢어지는 기분이었다. 손을 덥썩 부여잡으며 그랬다.

"자네가 이게 뭔 일이냐. 몸이… 몸이 낫어야 할 거 아니냐…"

제대로 가누지도 못하는 몸으로 김남주 시인을 만나 보겠다고, 함께 인간 해방을 꿈꾸던 동지들을 보겠다고 일부러 왔다니, 오는 것조차 그에게는 예삿일이 아니다. 그는 그렇게 결기와 꼬장꼬장함을 버리지 않았다. 그런 그를, 해직이를 내 기억 속에서 영원히 지울 수 없을 것 같다.

조직의 부름
- 담양지회 이경희 선생님

　1994년 해직교사가 대거 복직하게 되자 담양지회에서 주로 활동하던 이들이 다른 지역으로 이동하게 되었다. 상황이 그렇다 보니 지회를 이끌어갈 인물이 쉽게 나타나지 않았다. 조합원들은 있지만 조직을 이끌어갈 활동가가 없다는 말이다. 새로운 인물을 발굴해야 할 상황이 된 것이다.

　전남지부를 이끄는 지부장으로서 한 지회라도 활동이 정지되는 것은 견디기 어려운 일이다. 지회를 책임질 만한 인물을 백방으로 수소문하다가 담양 어느 학교에 근무하는 미술과 여교사가 조직을 충분히 이끌어갈 만큼 역량이 있다는 말을 들었다. 이경희 선생님이었다. 더 주저하거나 고민할 필요가 없었다. 그 학교로 달려가 그 앞에 차를 댔다. 전화로 전남지부장 고진형임을 밝히고 뵙고 싶다고 했다. 조금 지나 그 선생님이 차 있는 곳으로 다가왔고 나는 정중히 뒷좌석에 타기를 권했다. 그리고 진지하게 말했다.

　"담양지회에 지도부가 없습니다. 지금 조직이 위급합니다. 지금부터

제가 선생님을 담양지회장으로 임명하겠습니다. 제 제안을 받아들이시겠습니까?"

"예 받겠습니다."

대답이 시원했다.

7월에 이경희 지회장으로부터 연락이 왔다. 여름방학에 연수를 계획하고 있는데 지부장이 반드시 참석해야 한다는 것이다. 무슨 이유로 거절하겠는가. 백 번이라도 가야 할 자리다.

지리산 자락에 모인 담양지회 연수장에 찾아갔다. 동토와도 같던 3월의 썰렁함은 흔적도 없이 사라지고 조직의 풍성함이 느껴졌다. 연수장에는 조합원 30여 명이 모여있었다. 이경희 지회장은 조직을 일구는 데 뛰어난 인재였다.

전남지부에서는 연말이면 국제 사업으로 일본 효고현에 2명씩 보내는 연수프로그램이 있었다. 지부 집행위에서 그에 대한 논의가 진행될 때 이경희 지회장을 떠올렸다. 그가 가면 적합할 것 같은 마음이 들었다. 일본에 다녀오면 필시 그의 조직 능력에 시너지 효과를 낼 것이다. 그러나 다 같은 조합원인데 지부장으로서 누군가를 지명한다는 것이 조심스러워 차마 말을 꺼내지 못했다.

그런데 웬일인가. 나는 전혀 입도 뻥긋하지 않았는데 선발된 두 명의 명단에 이경희 지회장이 들어있었다. 이런 것을 두고 이심전심이라 하는 것인가 싶었다. 전남지부 집행부나 지회장단 사이에서도 충분히 그럴 만한 사람이라고 인정했던 모양이다. 그렇게 해서 그가 일본 연수의 대상자로 선정되어 무사히 다녀왔다. 돌아와서도 필시 교육 현장에서 몇 곱절의 효과를 보였을 것이다.

전남지부
- 김대중 선생님

김대중 선생은 오랫동안 나와 함께 전교조 활동을 했기에 쓸 것이 많지만 다른 것보다도 이 한마디는 써야 되지 않을까 생각한다. 1994년 2월, 전교조의 복직 방침에 따라 학교로 돌아갈 꿈에 부풀었을 그에게 나는 이렇게 말을 꺼냈다.

"김대중 선생이 나랑 같이 남아야겠네요."

해직교사들의 복직이 구체화되던 시기인 1993년에 나는 전교조 본부 부위원장 직을 맡아 활동 중이었다. 탈퇴각서를 제출하는 형식을 빌려 복직하기로 결정하는 과정에서 본부 위원장과 집행부는 현실과 이상 사이에서 날마다 외줄을 타는 심정이었다. 해직교사 전체를 아우르는 생각에 빠져 정작 나의 진로는 생각조차 하지 못했다.

그때 전남지부에서 연락이 왔다. "전남지부에서 누구 하나 깃발은 들고 있어야 하니 고진형 선생님을 남기기로 결정했다."는 것이다. 어리벙벙했다. 조직의 뜻이기에 그 결정을 받아들여야 할지 말아야 할지 고민이 앞섰다.

아이들 교육과 생활을 책임져야 할 가장으로서 경제적으로 가장 어려울 때라 복직이 절실했고 복직 서류를 준비하려던 참이었다. 주위에서 "선생님이 꼭 남아주면 좋겠다."는 의견이 많아 또다시 십자가를 짊어지기로 했다.

내가 지명한 한 사람을 같이 남기기로 결정했단다. 그때 함께 남을 활동가로 김대중 선생을 생각했고 결국 두 사람이 전남지부를 지키는 파수꾼이 되었다.

그때만 해도 전남지부 사무실이 광주에 있었다. 해직자들이 대거 복직된 상황에서 사무실을 광주에 두는 것은 바람직하지 않았다. 대안을 생각하다가 전남, 그 중에서도 목포로 옮기기로 결정했다. 그래야 계속 동력이 유지될 수 있으리라 판단했다.

함께 남을 누군가를 선택하는 문제에 있어서 팀워크를 우선적으로 고려했다. 김대중 선생은 목포에서 해직되었고 성실함이 몸에 밴 사람이기에 그와 함께라면 지부를 꾸릴 수 있다고 여겼다.

이렇게 결정하고 발표했더니 문제가 생겼다. 목포 해직교사들이 찾아와 아우성이다. "우리가 함께 활동하다 해직됐기 때문에 복직도 함께하게 해 달라."는 것이다. 같이 해직됐는데 김대중 선생을 놔두고 자신들만 복직하면 미안함이 앞설 것이다. 모르지 않는다. 그러나 혼자서는 지부를 지탱할 수 없다. 부득이한 상황을 설명하고 선생님들을 이해시켰다.

몇 년 후 김대중 선생의 아내인 천진희 선생님이 셋째아이를 임신했던가 보다. 임신만 하면 입덧이 너무 심해 수업에 지장이 많으니 사표를 쓰겠다는 말이 들려왔다. "생활을 하려면 참고 견뎌야 되지 않겠냐."며 넌지시 압력 아닌 압력을 넣었다. 이 역시 미안한 일이다. 함께 넘어야 할 고난이지만 이중삼중의 고통을 떠안았을 천진희 선생님에게 이 지면을 통해 너그러운 이해를 구한다.

나와 김대중 선생 둘 다 경제적으로 넉넉한 처지가 아니었지만 교사운동을 시작한 이들로서 책임을 져야 한다는 각오 외에 다른 것은 생각하지 않았다. 경제가 받쳐주지 않으면 아무리 좋은 생각도 공염불이어서 서운한 마음을 다 털어내지 못했으나 그 길을 갔기에 내게도 김대중 선생에게도 새로운 길이 기다리고 있었다.

1995년 김대중 선생은 시의원으로 입성하고 나는 교육위원으로 진출하게 되었다. 우리 둘에게 새로운 역사적 과제가 주어졌다. 새로이 만난 길 위에서 그도 나도 각오를 다졌다. 국민에게 또는 학부모에게 전교조 합법화를 위한 인식의 변화를 이끌어내는 데 초석이 되어야 한다는 것이다.

훌륭한 사업가
- 조준승 선생님

감옥에서 나와 보니 지부 사무실 분위기가 달라졌다. 함께 활동했던 이들 중 탈퇴각서를 내고 현장으로 들어간 이도 있고 그동안 보지 못했던 새로운 얼굴이 보이기도 했다. 그중 생뚱맞은 얼굴이 보였다. 통통한 몸집에 어디서 갑자기 튀어나온 듯 항상 싱글벙글한 얼굴이다. 그 앞에만 서면 절로 웃음이 나오는 조준승 선생이다.

조준승 선생은 지부에서 재정사업을 담당했는데 수익 사업에 감각이 뛰어나다. 장남으로서 어려운 가계를 헤쳐 오면서 좌충우돌 부딪혀 보지 않은 일이 없고 성격마저 치밀했다. 지부에서 재정 마련을 위해 새로운 사업을 구상하면 조 선생은 사전에 시장조사를 하고 미래 전망에 대해 철저히 파악했다. 덕분에 그가 아이디어를 낸 것마다 놀라운 성과를 보였다.

그의 첫 번째 작품은 '함께 가자 우리' 공연 테이프 판매 사업이다. 전교조 결성 직후 노태우 정권의 탄압으로 교사들이 구속되자 광주 지역 시민단체에서 모금 공연을 했다. '함께 가자 우리'는 전교조 구속자를 위한 공연으로 오창규 PD가 기획하고 소리모아(박문옥), 김원중이 출연했다. 이 공연은 전교조가 등장할 수밖에 없는 교육 현실과 참교육의 의미를 홍보하는 역할을 했다.

공연도 성공적이었지만 이 공연 실황을 지켜본 조준승 선생이 테이프로 제작해 판매하겠다는 아이디어를 냈다. 전교조에서 활동하는 교사들은 대부분 사업을 해 보지 않았고 그 분야에 전문성도 없다. 조준승 선생의 제안에 '설마 이게 팔릴까?'라는 의혹을 떨치지 못하고 엉거주춤 시작했는데 전국적으로 4만 장 넘게 팔렸다. 재정적자에 허덕이던 전남지부에서 모처럼 크게 웃을 수 있었다. 나도 아직 그 노래 테이프를 보관하고 있다. 가끔 차에서 들으며 그 시절을 떠올린다.

조준승 선생의 사업 능력은 무궁무진했다. 그해 여름, 반팔 티셔츠를 제작해 팔았는데 이것 역시 대박 났다. 흰색부터 분홍, 초록, 보라, 검정 등 색상별로 만들고 전교조 마크를 가슴에 새겨 '참교육 티셔츠'라는 이름으로 판매했다. 단순한 디자인에 값도 저렴한 4천 원이었다. 그의 능력이 뛰어나서인지 전교조의 인기가 좋아서인지 불티나게 팔렸다. 한 사람이 색상별로 사가는 경우도 많았다. 남녀노소 할 것 없고 논밭에서 일하는 농부들마저 그 티셔츠를 안 입은 이가 없을 정도로 많이 팔렸다. 참교육 티셔츠는 움직이는 전교조 홍보물 역할을 했다.

겨울이면 영광에서 굴비 두름을 대량으로 구입해 팔고 추석이나 설 명절이면 홍삼엑기스와 정과도 팔았다. 그의 수익 사업은 지부의 재정에 큰 도움이 되었다. 특히 방학일 때는 더욱 그랬다.

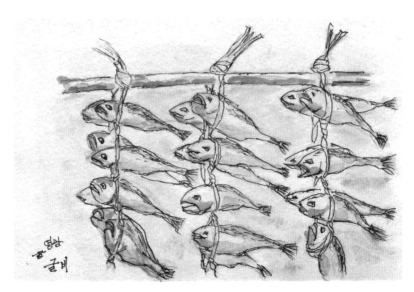

굴비의 같은 얼굴이 없다는 게 특징(일본. 이와부치 선생님 작.)

해직 이전에는 서무실에서 회비를 일괄처리 해주었으나 해직 이후에는 분회장이나 담당자가 일일이 한 명씩 찾아다니며 조합비를 걷었다. 각별한 수고를 해야만 하는 일이다. 그렇게 걷어서 지회나 지부로 분담금을 올려 보내는데 방학이 되면 학교도 쉬어 그조차 불가능하다. 본부로 보내야 할 분담금은커녕 활동에 따른 기본 경비도 부족하다. 나도 방송에 출연하거나 원고료를 받으면 모두 지부에 갖다 준다. 이럴 때 조준승 선생이 셔츠를 팔거나 굴비를 팔아 모은 돈이 들어와 지부 살림에 유용하게 쓰인다.

그렇게 열정 넘치게 활동하던 그도 자신의 질병 앞에서는 허망하게 무너졌다. 간경화 증상이 심해 몇 년간 고생하다가 동지들의 후원으로 중국에 건너가 이식 수술을 하고 돌아왔다. 죽을 것처럼 상태가 나빴던 그가 건강을 되찾고 돌아오자 모두 기뻐했다. 그러나 잠시 잠간이었다. 조금 좋아지는 듯했지만 약을 한 주먹씩 먹으면서 심리적 우울증을 견디지 못했다. 항상 담배를 피웠고 나중에는 술도 많이 마셨다. 간 부작용이 일어났던가 보다. 몸에 이상을 느껴 제 발로 병원에 찾아갔으나 더 이상 밖으로 걸어 나오지 못했다.

그가 세상을 떠난 지 벌써 15년이 지났다. 해가 바뀌었으니 16년이다. 올 6월에 그의 열여섯 번째 추모식을 망월동에서 가졌다. 그를 만나러 가는 길에 생각했다. '우리는 잘했는가, 나는 잘했는가, 앞으로 잘할 것인가.' 이 질문을 스스로에게 던졌다.

항상 허허 웃으며 배고픔도 참고 조직에 돈 몇 푼 벌게 하려고 죽어라 일했던 그였는데…. 최저임금 재정 자립도를 만들기 위해서 고생했던 그를 생각하면 가슴이 미어진다. 지금도 그는 살아있는 나에게 이렇게 부르짖는 것 같다.

"진형이 형님! 잘하쇼, 좀."

사실 그런 말을 들으려고 매년 그를 찾아간다. 조준승 선생이 추진했던 생각들을 우리가 제대로 실현하고 있는지 늘 돌아보아야 한다.

오랜 지기
- 최연석 목사님

70대 중반 고개를 넘어가는 내게 거의 하루 교대로 전화데이트를 하는 이가 두 분 있다. 한 분은 정해숙 위원장님이고 다른 한 분은 최연석 목사님이다. 정해숙 위원장님은 선배로서 늘 모시는 마음이라면 최연석 목사님은 마음 든든한 지기 같은 느낌이다.

최연석 목사님을 처음 만난 것은 광주 5·18이 일어난 다음 해인 1981년이다. 강신석 목사님이 목회하시던 광주무진교회에서 그는 부목사요, 나는 평신도로서 처음 만났다. 그렇게 맺은 인연을 40년이 넘는 지금까지 유지한다.

그는 외모부터가 특이하다. 머리카락을 빡빡 밀어버려 승려의 모습에 얼추 가깝다. 때문에 첫 대면에 그가 목사임을 알아보는 이는 드물다. 그만큼 외형에 무신경하다. 그러나 내면은 잘 다듬은 옥돌처럼 정교하고 단단하다. 강진 병영을 시작으로 목사직을 수행하는 동안 내면에서는 언제나 세상을 향한 올바른 소리를 내며 스러져가는 대의를 추구해 왔다.

전교조가 출범할 무렵 최 목사님은 강진병영교회에서 목회를 하고 있었다. 그가 어느 날 전화를 걸어왔다. "한국 기독교 100년을 반성하고 새로운 시대를 만드는 전교조 출범을 진심으로 축하드립니다." 그러면서 병영으로 전남지부 식구들을 초대하여 점심 식사를 대접하고 싶다는 것이다. 20여 명 되는 지부 식구들이 우르르 몰려가 그날 병영 냇가에 둘러앉아 그가 준비한 점심을 맛있게 먹었던 기억이 난다.

최연석 목사님이 여수중부교회에서 목회하던 시절, 그 교회에 다니는 전교조 선생님을 통해 매주 녹음된 설교 내용을 CD형태로 10여 년 동안 건네받았다. 덕분에 집에서 편안하게 그의 설교를 들었다. 그의 설교 내용은 성경에 대한 단순한 해석을 뛰어넘는다. 폭넓은 역사 인식을 바탕으로 사회 정의, 진실과 비전을 제시한다. 덕분에 항상 긴장감을 느끼게 한다.

최 목사님이 매주 설교한 내용을 두 권의 책으로 엮었다. 옆에서 말하듯 자연스럽게 쓴 그의 저서는 나의 최애 서적이다. 틈나면 읽고 또 읽는다. 설교집 안에 그의 평소 모습이 그대로 담겨있다. 그가 주야장창 젖어 사는 대중가요 가사가 보이고 그가 탐독하는 애장시의 글귀가 눈에 뜨인다. 때로 드라마 대사를 가져오기도 하고 공자님 말씀을 인용하기도 한다. 주일 설교의 주제에 합당하면 그것이 무엇이든 끌어와 접목시킨다. 목사님의 내면이 얼마나 다양하고 알차게 꾸려져 있는지 설교집을 읽으면서 확실히 알았다. 그는 목회자가 아니어도 시인이 되거나 인문학자, 문화평론가로도 손색이 없을 만큼 식견이 고루 내장된 이다.

설교 말미에는 항상 주의 이름으로 축원한다고 하지만 설교 자료

어디를 뒤져 보아도 성경 구절은 스치듯 등장할 뿐이다. 신학이 무엇이냐고 묻는다면 그는 "신학은 인간학이다."라고 답변한다. 신학은 고상하고 신비롭고 거룩한 것에 대한 탐구가 아니라 인간 삶의 허접하고 자질구레한 구석구석을 들추는 작업이라는 것이다. 그런 만큼 주변의 인생사에 대해 천착할 뿐 성경 말씀에 매이지 않는다.

'생각한 대로 살지 않으면 사는 대로 생각하게 된다.' 그의 설교집에서 만난 문장이다. 물론 그도 어느 외국 시인의 말을 인용한 것이다. 그는 그 문장을 자신의 삶 속에서 실천한다. 목회자의 정년퇴임 연령인 70세보다 5년 더 앞당겨 65세에 퇴임한다. 우리로 보면 명예퇴직을 한 셈이다. 왜? 후배 목사들이 와서 교회를 위해 열심히 일하도록 빨리 비켜나려고. 말은 쉽지만 행동으로 실천하기도 그렇다고 말할 수 있을지 모르겠다.

그의 설교집에서도 썼듯이 젊은 날 서울에 올라가면 친구를 만나기보다 레코드판을 사러 다니느라 시간을 소비할 만큼 음악을 좋아했다. 퇴직한 지금도 광주댐 주변에 위치한 전원주택에서 음악이 흐르는 나날을 보낸다.

최연석 목사님은 볼수록 훌륭한 친구다. 항상 오늘을 사는 보람과 미래에 대한 꿈을 새롭게 이야기한다. 지금도 그를 통해 세상을 보는 눈을 배우는 중이다.

중생의 어려움을 항상 함께하시는
- 지선 스님

중생이 어려움에 처한 곳이라면 어디든 달려가시는 분, 지선 스님이다. 깊은 산중의 절에서 불공을 드리고 도를 닦기에도 바쁜 나날일 터인데 사회정의를 실현하고 민주주의로 나아가는 길목에 지선 스님은 언제나 함께하셨다.

전교조가 출범하여 탄압받던 때에도 주저 없이 지지하며 힘을 실어주셨다. 1989년 6월 10일 전교조 전남지부 결성식 때 전남대강당에 참석해 참교육을 열망하는 선생님들과 그 뜻을 같이 하겠다는 의지를 담아 축사를 하셨다.

1990년대 초 전교조에 대한 정권의 탄압이 심할 때 전국의 지역과 단체에서 전교조 대책을 논의하기 위한 '교육희망연대'를 결성했다. 전남에서도 각 사회단체와 지역이 결합된 '전남교육희망연대'를 만들었다. 전남교육희망연대의 종교계 대표로 불교계 지선 스님, 기독교 최연석 목사님, 가톨릭 이재의 신부님이 맡아주셨다. 매달 회의가 있었는데 때로 지선 스님이 계시는 장성 백양사에 가서 회의하고 점심

공양을 했던 기억이 난다.

1989년 전교조 결성으로 내가 목포교도소에 구속되었을 때, 스님께서는 억울한 죽음을 당한 이철규 학생 의문사 진상규명위원장을 맡았다가 광주교도소에 구속되셨다. 출감도 나와 비슷한 시기에 하셨다. 그해 겨울 광주·전남 민주단체가 석방 축하모임을 가졌는데 그때 하셨던 스님의 인사 말씀이 생각난다.

"감옥이란 데가 중들에게 얼마나 좋은 수행터냐 싶었습니다. 한 가지 억울한 것이 있었는데 결혼 안 한 총각이 감옥생활 하려니 억울합디다. 다른 죄수들은 부모와 처자식들이 면회도 많이 오는데 그런 면회는 씨도 없으니 장가 못 간 것이 얼마나 억울한지 모르겠소."

그 말끝에 참석한 분들이 위로(?)의 박수를 보냈는데 누군가가 지금이라도 장가가면 어떠냐고 말해 모두 폭소를 터뜨렸다.

비슷한 시기에 전두환이 임기를 끝내고 강원도 백담사에 은거하게 되었다. 스님은 그 추운 겨울에도 '전두환 체포조' 대표를 맡아 스님들, 사회단체 인사들과 함께 백담사에 쫓아가셨다. 경찰들의 원천봉쇄로 절에는 들어가 보지도 못하고 며칠 동안 절 밖에서 그들과 대치만 하다가 돌아오셨다. 스님에게 연락이 와 가 뵈었더니 손과 발가락이 동상에 걸려 벌겋게 부어있었다.

"중이 절에도 못 들어가고, 이 겨울에 밖에만 있다 이 꼴이 됐습니다."

몸과 얼굴이 수척해져 추운 겨울에 고생하신 흔적이 역력했다.

2003년경 스님께서 백양사 주지로 발령이 나셨다. 취임식에 당시 정해숙 위원장님과 전교조 지도부가 함께 참석하게 되었다. 그 외에도 정치권, 지방자치 시민단체 등 많은 분이 찾아와 축하의 마당이 되었다. 스님의 취임사가 인상적이었다.

"제가 어린 시절 장성에서 친구와 둘이 가출하여 버스를 탄다는 게 잘못 탔는지 백양사 가는 버스를 타버렸습니다. 배가 고파 백양사에 들어가 사정 이야기를 하니 밥을 차려주어 먹었고 잠까지 재워주었습니다. 다음 날도 그렇게 있다 보니 절의 분위기가 정서에 맞는 것 같았습니다. 같이 온 친구는 안 맞다고 집으로 돌아갔는데 저는 그때부터 백양사 식구가 되어 오늘 이렇게 주지가 되어 돌아왔습니다."

스님은 불교 입문의 동기를 쉽게 말씀하셨지만 어렸을 때부터 자기 성찰이 깊고 역사의식이 녹아 들어간 취임사에 참석자 모두 격려의 박수를 보냈다. 지금도 스님께서는 전 민주화운동기념사업회 이사장과 백양사 방장으로서 한 치의 흔들림도 없이 올곧은 모습으로 우리 곁에 계신다.

박세철·전애란 선생님 부부

박세철 선생은 전남교사협의회 시절부터 부서장으로 함께 일했다. 이후에도 지부에서 다양한 업무를 담당했다. 해직 사태를 거치면서 영광으로 전근 갔다. 그가 결혼 전이어서 그곳에서 근무하던 중 어느 여선생과 선을 보게 되었다. 그 여선생은 목포 마리아회고등학교에서 해직된 전애란 선생이다. 선을 보는 자리에서 전애란 선생은 해직교사라는 말을 일부러 숨겼다. 성향이 드세고 강한 여자로 보이면 결혼에 불리할까 봐 본인의 해직 상황을 감춘 것이다.

나는 전애란 선생을 직접 본 적이 없고 우연히 내가 사는 아파트 옆집을 통해서 그에 대한 말을 듣게 되었다. 우리 옆집에 의사가 살았는데 그 부인이 그녀의 학교 친구였다.

전애란 선생은 부모에게도 해직된 사실을 알리지 않았다. 허나, 수입 없이는 생활할 수 없으니 궁여지책으로 무언가를 팔러 다닌 모양이다. 그러다가 내가 사는 아파트의 친구에게 들렀다. 물건을 풀어 놓고 막 설명하려는 순간 그 친구가 그랬다.

"너 이 앞집이 누구 집인지 알아?"

앞집에 누가 사는지 알 턱이 없는 그녀가 무슨 소리인가 싶어 쳐다보았을 것이다. 친구가 소중한 정보라도 알려주듯 말했다.

"이 앞집~ 고진형 선생님 집이야."

그 말을 듣자마자 얼굴이 하얗게 질린 전애란 선생이 일어섰다. 자신이 찾아온 사실을 절대 말하지 말라고 당부하며 돌아갔다. 그 친구가 내 아내에게 그 얘기를 전한 것이다. 눈물 나는 일이다. 나는 그때 그녀의 얼굴도 본 적이 없을 때다.

그런 전애란 선생이 박세철 선생과 선을 보고 그냥 헤어졌다. 다음에 만났을 때 해직교사라는 사실을 털어놓은 모양이다. 이때 박 선생이 전 선생에게 말하길, "해직교사라는 말을 왜 안 했소. 해직교사라고 처음에 말했으면 난 일초의 주저함도 없이 바로 결혼을 결심했을 것이오."라고 했다. 이렇게 해서 결혼까지 일사천리로 진행되었다 한다.

그 뒤로 시간이 흘렀다. 전애란 선생이 복직해서 부부가 함께 완도에서 근무할 때다. 내가 지부장으로서 지회 순회하다가 그곳에 가게 되었다. 가서 보니 완도지회가 지회장을 세우지 못하고 있었다. 완도 조합원들은 모두 박세철 선생이 지회장직을 수락하기를 고대하는 중이었다. 그러나 당사자는 그동안 여러 지역을 돌면서 가는 곳마다 지회장을 해서 지쳐있었다. 게다가 아내인 전애란 선생도 그에게 건강을 위해 만류한 모양이다

그 얘기를 다 듣고 식당에서 여러 조합원들과 그 부부와 함께 식사를 하는 중에 그 자리에서 오래전에 들었던 앞집 이야기를 꺼냈다. 전

애란 선생이 해직돼서 돈이 한 푼도 없을 때 내가 사는 집 앞집에 사는 친구에게 물건 팔러 왔다가 혼비백산이 되어 돌아갔던 일을 다시 꺼내든 것이다.

전애란 선생은 그때까지도 내 옆집 친구가 감춰준 줄 알고 그 상황을 잊었던 것 같다. 전애란 선생이 내가 한 말을 듣고 그 자리에서 눈물을 흘렸다. 결국 남편에게 "지회장 하세요."라고 말하니 그 자리에서 완도지회장 후보로 내정되었다. 내가 너무 가혹했다. 동지의 가슴에 못을 박고 말았다.

조직과 개인의 삶 중 어느 것이 더 소중하다고 말할 수 없다. 끝없이 내조하던 전애란 선생에게 결국 짐을 더 얹어주고 돌아서는 내 발길도 결코 가볍지 않았다. 그저 우리는 가야 할 길을 가는데 때로 개인의 행복을 뒤로 유보하는 경우가 많다. 전애란 선생에게 이 글을 통해 고맙고 미안한 마음을 전하고 싶다.

올곧은 시인
- 부산 신용길 선생님

신용길 선생은 부산에서 해직된 교사로 시인이기도 하다. '부산경남 젊은시인회의'의 회원으로 『홀로된 사랑』이라는 시집을 내기도 했으며 부산교사협의회 시절 문화부장을 맡아 활동했다. 1989년 해직의 칼바람이 불 때 신용길 선생도 파면당했다. 전교조 부산지부 결성식에서 축시를 낭송한 것이 이유였다.

그는 해직도 아닌 파면을 당하자 부당한 징계에 저항하다가 구속된다. 유치장 안에서 식사를 거부하며 단식 농성을 벌이다가 피를 토하며 쓰러진다. 위궤양 병증이 계속 악화되어 결국 위암 판정을 받는다. 한방 치료로 유명한 개인병원이 전남 화순에 있다는 소문을 듣고 그곳에 와서 치료 받는다.

1992년쯤이었다. 전남지부장으로 일할 때여서 가끔 그 병원에 찾아가곤 했다. 개인 집을 개조한 곳인데 그곳에서 기거하며 식이요법으로 병을 다스렸다. 한 번은 윤영규 위원장님이 계시는 서울구치소에 찾아가 면회하고 내려오다가 그의 근황이 궁금해 들렀다. 내가 병실에 들어섰을 때 그가 통증을 견디지 못하고 방안에서 마구 뒹굴고 있었다. 병세가 말기였나 보다.

놀랍기도 하지만 무슨 말을 해야 하고 어떤 행동을 해야 할지 아무것도 생각나지 않았다. 해줄 것이 아무것도 없었다. 내가 들어와 있는 줄도 모르고 고통에 허덕이며 방을 뒹구는 그를 망연히 바라보다가 순간 나도 모르게 소리를 질렀다.

"바로 앉아. 바로 앉아. 차렷!!"

얼마나 큰 소리로 악을 질렀는지 뒹굴던 그가 놀란 눈동자로 쳐다봤다. 내친 김에 이렇게 말했다.

"내가 오늘 윤영규 위원장님 감옥에 다녀왔는데 위원장님 지침을 가져왔다."

그가 나를 더욱 뚫어지게 쳐다봤다.

"위원장의 지침은 신용길 선생은 빨리 나아서 조직에 복귀하라는 것이다."

그의 눈에서 순식간에 눈물이 우두두 떨어졌다. 너무나 간절하고 너무나 하고 싶었던 것을 위원장님의 지침으로 전해주니 무릎 꿇고 앉아서 눈물을 쏟아냈다. 고통을 견디며 눈물을 마구 쏟던 그 순간을 잊을 수가 없다. 그가 결혼하여 겨우 몇 년 지났을 때다.

그는 지금 경남 양산시에 있는 솥발산 공원묘지에 누워있다. 부산으로 돌아가서 생을 마감하고 두 눈을 기증했다. 두 눈이 살아서 참교육 세상을 꼭 보고 싶다는 것이 그의 마지막 유언이었다. 두 눈 중하나는 부두 노동자에게 주고 다른 하나는 어린 학생한테 주었다고한다. 그는 갔어도 그의 눈은 살아서 이후 동지들이 복직되는 과정을

신용길 전국교직원노동조합장

지켜보고 전교조가 합법노조가 되는 세상을 보았을 것이다. 지금은 함께 활동했던 동지들, 전 부산지부장 박순보 선생님, 노옥희 전 울산 교육감과 나란히 솥발산에 누워있다.

그가 투병 생활할 때 울산 산 속에 찾아가기도 했고 해마다 치르는 추모식에도 가끔 참석한다.

진정한 후원의 손길
- 목포대학교 서창호 교수님

전교조 결성에 따른 정부의 탄압이 노골적으로 드러나자 이에 항의하는 민주시민 세력의 목소리가 지역 곳곳에서 터져 나왔다. 광주·전남에서는 대책위원회를 만들어 참교육과 전교조 지키기에 나서고 목포에서도 이에 호응하여 전남지부를 지원할 조직을 결성한다.

1989년 7월, 목포지역 35개 민주단체와 인사들이 모여 전교조 탄압 규탄대회를 개최하고 1990년 목포민주시민운동협의회를 결성한다. 전교조를 음으로 양으로 후원할 이 조직에서 임기준 목사님을 상임의장으로 강동민 목사님, 정형달 신부님, 서창호 교수님, 박관홍 선생님, 박인출 변호사를 공동의장으로 추대한다. 이 단체에 많은 분이 함께 하여 전교조 전남지부 지지를 천명한다. 모두 감사할 분이지만 특히 전남지부와 뗄 수 없는 인연을 맺은 분이 서창호 교수님이다.

서창호 교수님, 그분은 목포대학교 교수로서 2007년 8월 30일자로 퇴직하고 지금은 서울에서 생활하신다. 그분과 전남지부가 인연을 맺은 것은 1990년으로 노태우 정권하에서 전교조 교사들이 교육부의 칼날 아래 해직되어 경제적으로나 정신적으로 사기가 떨어졌을 때다. 전교조 전남지부는 동력을 회복하기 위해 광주에 있던 사무실을 목포로 옮겨 심기일전하며 조직 활성화에 전력을 다하고 있었다.

서창호 교수님은 자신의 삶에서도 의롭게 살아오셨는데 전교조 대량해직 사태에 의분을 참지 못하고 자신의 일처럼 도와주셨다. 목포대학교에 근무하면서 매달 백만 원씩 전남지부에 보내주셨다. 본인이 직접 동료교수의 방을 돌면서 1만 원, 2만 원씩 후원금을 거둬 보내주신 것이다. 그렇게 본인이 수고하여 모은 후원금을 5년 동안 보내주셨다. 직장에서 잘리고 지부에 돈 한 푼 없어 허덕일 때 5년씩이나 초지일관 도움의 손길을 보내주신 것은 지금 생각해도 감사하고 또 감사할 일이다.

누군가를 도울 때 한두 번 하는 것은 그리 어렵지 않으나 5년 동안 한결같이 도와준다는 것은 참으로 지치지 않는 인내심 아니면 불가능하다. 서창호 교수님을 통해 전달받은 목포대학교의 후원금은 피같이 귀한 돈이었다. 해직교사들의 복직이 1994년 이루어지고 서창호 교수님이 더 이상 수고하실 필요가 없어져서 얼마나 다행인지 모른다. 전남지부사에서 반드시 기억해야 할 분이다.

어느 택시 기사의 증언

지금은 전교조의 존재 가치가 많이 희석되었다. 대량해직으로 전국을 뒤흔들던 그 시절에는 지역에서 노조를 결성한다 하면 전교조에서 하객으로 참석하는 것이 결성하는 측으로서도 대단한 영광이었다.

해남지역으로 기억한다. 그 지역 택시노조를 결성할 때 전교조 지부장으로서 참석했다. 축사도 무사히 하고 결성식을 끝낸 후 택시노조 지부장과 여담을 나누었는데 그때 들은 말이다.

그의 말에 의하면 1989년 5월 28일 전교조 결성식에 진도 선생님들이 버스를 타고 서울에 가려는데 진도대교에서 막아버렸단다. 그 선생님들이 대교 밑으로 내려와 사선을 타고 해남으로 건너와서 자기 택시를 타더란다. 그러더니 하는 말이, "기사님, 이 차로 서울까지 가버립시다."라고 했다는 것이다. 4명이 이십몇만 원을 기꺼이 내면서.

그 당시 전남지역에서는 고속도로에서 막혀서 버스를 돌려 전남대 5·18 광장에 집결해 규탄대회를 벌였다. 그 택시를 탄 조합원들처럼 또 다른 동지들은 장성 백양사 산길을 거쳐 서울로 향한 경우도 있었다.

큰 그림은 앞에서 보이지만 숨은 이야기 조각들이 누군가의 기억 속에서 때로 등장하기도 한다. 택시노조 지부장을 통해서 들은 이야기는 만주 벌판에서 독립운동을 펼치던 독립투사의 활약처럼 가슴이 먹먹하게 저려오는 감동 그 자체였다.

고난 속에서도 항상 웃으시는
- 강신석 목사님

스승의 날 강신석 목사님 묘역에 다녀왔다. 공식적인 추모식에 참석했지만 다음 날 혼자 다시 찾아뵈었다. 그분은 5·18공원 제2묘역에 누워계신다.

강 목사님은 전라남도 서부지역인 목포 신안 해남에서 주로 목회활동을 하셨다. 목회활동 하는 중에 5·18을 맞게 된다. 충격적인 사태에 직면해 자신을 돌아보지 않고 시민들과 함께하며 죽음의 행진에도 참여하신다.

이후 광주에서 무진교회를 설립하셨다. 교회를 통해서 지역의 힘없고 어려운 이웃을 위해 일하셨다. 내 아이들도 그 교회에서 강 목사님의 주례로 결혼식을 올렸다. 그분한테 기꺼이 주례를 맡기고 싶었다. 마음의 스승이신 김천배 선생님이 떠나신 후 늘 마음으로 의지해왔다.

강 목사님은 윤영규 선생님의 1년 후배로 두 분이 함께 한신대를 다니셨다. 강 목사님은 목회자로 윤영규 선생님은 교사로의 길을 걸으셨다. 한신대에도 교직 과목이 있어서 모두 다 목회자의 길을 가는 건 아니다. 다른 대학에 비해 학비가 싸서 돈 없고 가난한 집 아이들이 한신대로 진학하는 경우가 많았다.

무진교회에서 목회하실 때 5·18에 연루되어 감옥에 드나들던 이들이 그곳으로 하나둘 모여들었다. 한때는 그런 이들이 수십 명에 이르기도 했다. 나는 강신석 목사님과 함께 YMCA 이사를 했기에 무진교회로 옮겨 예배를 보았다. 나 외에도 윤영규 선생님, 장석웅 선생님, 오창훈 선생님이 그곳으로 옮겨왔고 이한열 열사 어머니도 오시고 사회운동에 관련된 이들이 많이 드나들었다. 덕분에 교회 안팎에서 형사들이 늘 어슬렁거렸다. 그러다 보니 웃지 못할 일이 생기기도 했다.

윤영규 선생님이 수배 생활 중일 때 부인인 이귀임 여사가 이 교회로 주일 예배를 보러 다니셨다. 어느 날 예배를 보던 중에 옆에 있는 남자가 아무것도 없이 앉아있으니 그를 배려하여 친절하게 찬송가책을 건넸다. "여기 보시오. 여기." 나중에 알고 보니 그는 형사였다. 수배자를 잡으려고 날마다 와서 앉아있었는데 신자로 착각한 것이다. 비단 그만이 아니었다. 쫓고 쫓기는 자의 숨바꼭질이 무진교회에서는 일상이었다.

해학이 넘치는
- 농민회 정광훈 의장님

　정권의 횡포를 견제하는 역할에서는 부문운동을 구분할 필요가 없다. 광주·전남 지역에서도 부문운동이 서로 하나로 뭉쳐 민주주의를 견인하는 단체를 만들어서 활동했다. 1991년 조직한 '민주주의민족통일 광주전남연합'도 마찬가지다. 원래 전교조 광주지부장을 역임하다가 해직된 오종렬 선생님이 전면에 나서서 활동해 왔는데 그해 광주시의원에 당선되었다. 그를 대신할 누군가가 필요했다.

　전남대학교 회의실에서 상임대표를 뽑는데 유력한 후보는 정광훈, 정동년, 고진형 세 사람이었다. 정광훈 회장은 농민운동가로, 정동년은 사회운동가로, 나는 교육운동가로 늘 집회나 시위현장에서 얼굴을 맞대오던 사이다. 다양한 영역에서 가열차게 활동해 온 터라 상임대표 자리를 놓고 서로 사양하는 분위기였다. 회의를 진행하던 사회자가 차라리 세 분이 나가서 합의해 오라고 요구했다. 세 명이 회의실을 벗어나 조용한 곳에서 논의하다가 결국 정광훈 회장을 상임대표로 밀었다.

정광훈 회장이 '민주주의민족통일 광주전남연합' 상임대표가 되었다. 그가 상임대표로 활동하던 중 5·18 광주민중항쟁 진상규명을 요구하며 죽은 이들의 장례식을 치르고 집회를 주도하다가 구속되었다. 그가 수감된 곳은 충청도에 위치한 홍성교도소다. 4년 징역형을 언도받았는데 죄목은 집시법 위반과 폭력이었다. 그가 수감된 이후 나는 전남지부 교육운동 상황에 정신없을 때였다. 하루는 그에게서 엽서가 날아왔다. 그 엽서에 이렇게 쓰여있었다.

"고진형 선생, 그럴 줄 몰랐소. 내가 누구 때문에 감옥에 왔는데 얼굴도 안 보이고."

그 엽서를 보는 순간 어찌나 미안하던지. 무안에 살고 있을 때인데 아마도 1994년(?)이었던 것 같다. 운전을 배운 지 얼마 안 되어 초보이지만 그 실력으로 홍성까지 쫓아갔다. 지금처럼 도로 사정이 좋은 시절이 아니다. 주로 왕복 2차선 도로를 달렸는데 혼자 운전하는 중에 얼마나 잠이 쏟아지는지 옆에 누가 앉아있기만 해도 살 것 같았다. 잠이 너무 와 포도를 사서 씨까지 씹어 먹으며 달렸다. 일곱 시간이나 걸려 도착했다.

정광훈 회장의 얼굴을 대하고 보니 여전히 익살맞은 표정에 안심이 되어 집으로 돌아왔다. 장항에서 군산으로 오는 방파제를 거치고 익산으로 와서 또 어디로 돌아왔을까. 하여튼 하루 종일 운전했다. 그렇게 돌고 돌아 집에 돌아오니 깜깜한 밤이었다.

그분이 마이크를 잡고 발언할 때면 전라도 특유의 토속적이고 해학이 넘치는 표현을 많이 쓰셨다. 명랑하고 재미있는 분이라서 곧 숨이 넘어가는 상황에서도 우스갯소리를 할 것 같은 양반이다. 감옥에서 출소한 후 이제는 나도 그도 편하게 웃으며 만날 수 있으리라 여겼다.

그러나 어찌된 일인가. 정광훈 회장이 뜻밖의 변을 당한다. 2011년 4월 화순 재보궐선거에서 군의원으로 출마한 농민후보를 도와주려고 지원유세를 갔다가 집으로 돌아오는 길이었다. 교통사고로 그만 유명을 달리하셨다. 갑작스런 사고 소식에 가슴이 무너지는 충격을 받았다. 다시는 소탈하고 해학적인 그의 목소리를 들을 수 없게 되었다. 허망하기 짝이 없다.

운암대첩
- 강경대 열사 노제 사수 투쟁

의식이 존재를 뛰어넘는다. 죽음이 두렵지만 의식이 투철하면 죽음
도 성큼 뛰어넘는다. 민주화를 쟁취하기 위한 젊은이들의 죽음을 불
사한 행렬이 줄을 이었다. 박종철, 이한열에 이어 강경대에 이르렀다.

"1991년 4월 26일 명지대 학생 강경대가 노태우 군사정권 타도 시
위 도중 백골단의 쇠파이프 난타로 피를 흘리다가 심장막 내 출혈로
병원으로 옮기던 도중 사망했다. 5월 14일 치르기로 한 장례식이 경
찰에 의해 저지되었다. 5월 20일 광주 망월동 민주화묘역에 안장되
었다."

언론매체에서는 이렇게 정리했다. 그러나 실제 상황은 그리 간단하
지 않았다.

5월 20일 강경대 열사 운구를 광주 망월동 민주화묘역에 안장하기
로 했다. 문익환 목사님과 강경대 열사 가족을 실은 운구차 1대와 명
지대학교 스쿨버스 6대가 광주를 향해서 내려오고 있었다. 그러나 서
울에서부터 막혔다.

나는 그 상황에 대한·현장 책임을 맡고 있었다. 서울에서 출발한 운구 차량이 망월동묘역으로 가기 전에 금남로에 들러 강경대를 추모하는 노제를 치르기로 계획했다. 허나 경찰이 광주에 도착한 7대의 차량을 고속도로 마지막 출구에서 막아버렸다. 시내로 들어갈 수 없다는 것이다. 아침 8시에 차량이 도착해서 체육고 건너편 다리 밑에서 옴짝달싹하지 못하고 대기 중이다.

우리 쪽에서는 어떻게든 출구를 뚫기 위해 안간힘을 쓰고 경찰 쪽에서는 진입을 못 하게 막으려고 철통같이 막았다. 7대의 차량 주변으로 전투경찰이 쫙 깔렸다. 경찰들은 완전무장했지만 대치하는 우리는 맨몸뚱이뿐이다. 그러나 남총련 대학생 수천 명이 함께해 숫자로는 우리가 완전 우세했다.

밀고 밀리는 싸움이 계속되면서 환자가 속출했다. 연행자를 실은 차량도 몇 대나 되었다. 무장한 경찰에게 우르르 달려들어 무장해제시키고 오히려 그 옷을 우리 쪽에서 뺏어 입기도 했다. 경찰차가 찌그러지고 페퍼포크에 불이 붙었다. 전쟁터를 방불케 했다. 싸움이 점점 치열해져 화력이 극대화되었다. 아침 8시, 9시부터 싸움을 시작했는데 12시를 향해 가도록 출구를 뚫지 못했다. 끝없이 전개되는 싸움이 어떠했을지 상상을 초월한다.

11시경에 비밀회의를 가졌다. 오종렬 선생과 남총련 대표 그리고 나, 세 명이 모여 논의했는데 결과는 이것이었다.

"두 시까지 뚫으면 노제 강행, 못 뚫으면 망월동으로 직행하기로 합시다."

서울에서 내려온 차량들은 망월동을 거쳐 다시 올라가야 하기에 마냥 기다릴 수 없었다. 결정은 그랬어도 경찰의 철통같은 수비로 차량 접근이 불가능했다.

지금처럼 핸드폰이 일반화된 시절이 아니다. 우리에게는 핸드폰이 없었다. 강경대 아버지 강민조씨가 가지고 있는 핸드폰이 유일한 것이었다. 서로 연락을 하려면 계속 공중전화로 달려가서 강경대 아버지에게 전화를 걸어야 했다. 서울 팀과 연락하고 보니 "노제를 포기하고 망월동으로 가겠다."는 의견이 우세했다.

우리는 동의할 수 없었다. "그럴 수 없다. 강경대를 어떻게 그냥 묻는단 말이냐. 광주 시민들한테 인사는 하고 가야 할 거 아니냐." 양측의 차이를 조정할 필요가 있었다. 교도소 방면으로 진입하여 다시 인터체인지 쪽으로 돌아가서 차 안으로 들어갈 수 있었다. 그 안에서 문익환 목사님과 명지대 학생회 대표를 만나 긴급히 회의를 열었다. "두 시까지 못 뚫으면 바로 간다. 그러면 우리도 망월동으로 간다." 그렇게 약속했다.

다시 돌아와서 약속 사항을 전달했다. "두 시까지다." 저항이 만만치 않았다. 이쪽에서는 도저히 그럴 수 없다며 더 격렬하게 싸워 두 시가 되기 전에 뚫으려고 사력을 다했다. 죽을힘을 다하는 중에도 체육고등학교 앞에서 차량 몇 대가 불에 타오르고 그중 어떤 차는 이미 시커멓게 타버렸다. 우리가 싸우는 중에 수많은 시민이 주변 산에서 고개를 내밀며 주먹을 불끈 쥔 채로 지켜보고 있었다.

경찰들과 싸우는 우리 쪽 출혈이 심했다. 분위기가 너무 치열해 도저히 포기할 수 없었다. 다시 연락을 취했다. "도저히 두 시까지 안 된다. 끝까지 기다려라." 이렇게 방향이 바뀌었다. 내가 가서 협상한 내용은 무효가 됐다. 그날을 떠올리면 죽음과 삶의 차이가 과연 존재하는지 의문이 들 정도다. 한 발만 건너면 죽음이고 그 한 발을 참으면 삶이었을까.

그 사이에 또 다른 소식이 전해졌다. 며칠 전(5월 18일) 분신해 전남대병원에서 치료 중이던 전남대학생 박승희가 안타깝게 사망했다는 급보였다. 박승희 사망 소식을 전해들은 남총련 대학생들이 썰물처럼 전대병원으로 빠져나가 버렸다. 순식간에 우리 쪽 병력이 뻥 뚫렸다. 심장이 철렁 내려앉을 상황이다. 그 순간 상상할 수 없는 일이 벌어졌다. 멀찍이서 보고만 있던 시민들이 산사태를 일으키듯 땅을 울리며 달려 내려왔다.

체육고등학교 건너편에 작은 공원이 있고 고속도로 출구 가장자리에 가드레일이 설치되어 있었다. 시민들이 우르르 달려들어 그 가드레일을 뜯어냈다. 뜯어낸 자리에 엄청나게 큰 시멘트 홈이 파였다. 시민들이 주변에 있는 돌을 날라 와 그곳을 메웠다. 순식간에 길이 생겼다. 모두가 지켜보는 앞에서 바다가 길로 변하는 기적이 일어났다. 오후 6시가 조금 지난 시간이다.

시민들이 만들어놓은 기적의 길 덕분에 그동안 꼼짝 못하던 7대의 차량이 여유 있게 빠져나왔다. 그쪽으로 나오면 저수지를 지나 체육고등학교 앞에 있는 신호등 삼거리로 나오는 샛길이다. 이제 거리낄 이유가 없다. 차량이 거침없이 달리자 시민들도 우리도 모두 금남로를 향해 달렸다.

체육고등학교 앞에서 금남로까지 할아버지, 할머니, 아저씨, 아주머니, 젊은이, 어린이 할 것 없이 모두 뛰었다. 그들이 금남로까지 도착하려면 한 시간 반은 걸리는 코스다. 마라톤 대회를 방불케 하는 야밤의 질주가 펼쳐졌다. 달리고 달려 금남로에 도착하니 밤 9시가 되었다.

금남로 광주은행 사거리에서 다시 모였다. 사람들이 사방으로 겹겹이 모여들었다. 현장 책임자인 내가 추모사를 하기 위해 마이크를 잡았다. 싸움 통에 추모사가 다 무엇인가. 멋진 표현들은 머릿속에서 다 사라졌다. 이미 감동에 감동으로 이어진 상황을 함께하지 않았는가. 기나긴 싸움에 목소리조차 다 쉬어버려 헉헉거리며 즉흥적으로 발언했다. 가슴이 뜨겁게 차올랐다.

"광주 시민 여러분
우리는 역사를 만들었습니다.
강경대 열사를 이렇게 어렵게 금남로에 모시고
여러분과 함께 그를 보내는 마지막 노제를 지냅니다.
우리는 살아있는 역사를 보았습니다.
그런 역사를 만든 광주시민이 이 자리에 모였고
그런 광주를 저 멀리서 무등산이 지켜보고
광주시민 여러분. 우리는 기어이 이기고 말았습니다."

내 추모사는 뭐 그랬던 기억이 난다. 점심도 굶고 저녁도 굶고 물 한 모금 마실 상황이 아니었다. 추모제 한 시간 하고 다시 망월동으로 돌아가야 했다.

"시민 여러분 우리는 이겼으니까 집에 돌아가서 잘 주무십시오. 이제 우리는 망월동을 향해 다시 출발하겠습니다. 감사합니다."

　망월동에 도착해 그의 시신을 묻고 나니 새벽 2시가 넘었다. 그렇게 치열한 역사의 한 페이지를 거치면서 강경대 열사는 1991년 5월 20일 광주 망월동 민주화묘역에 안장되었다. 그리고 우리는 이날의 치열한 싸움을 '운암대첩'이라 부른다.

문희경·정금례 선생님

　문희경 선생이 교직에서 처음 해직된 것은 목포여상에서였다. 전교조 해직 사태가 나기 이전에 이미 해직의 쓴맛을 본 장본인이다. 목포여상에서 결혼한 여교사에게 사직을 강요하자 부당한 탄압에 맞서 학교정상화에 앞장서다가 85년 6월에 해임되었다. 해임에도 불복해 24일간 목숨을 건 단식투쟁으로 거세게 저항했다.

　정금례 선생은 Y교협 때부터 함께 활동했던 이다. 내가 나주고에 근무할 때 그가 나주여중에 근무하고, 5·18에 연루되어 해직된 윤영규 선생님도 나주중에 복직하던 시기이다. 정금례 선생의 동생이 서울에서 활동하는데 서울Y교협 교사들을 통해 우리를 연결시켜주었다. 우연히 같은 지역에 근무하다 보니 세 명이 의기투합하여 함께 활동할 수 있었다. 그가 윤영규 선생님과 나를 집에 초대해 식사를 대접해주기도 했다. 젊어도 참으로 진중한 성품이었다.

　내가 목포교도소에 수감 중일 때 하루는 둘이 나란히 면회 왔다. 내게 하는 말이 둘이 결혼한다는 것이다. 청첩장을 유리창에 대고 내 앞에 들이미는데 청첩인이 '고진형'이라고 쓰여있었다. 그래서 내가 농담 섞어 한마디 했다. "나 여기 있는데 느그들이 결혼하냐? 나를 청첩인으로 만들고? 나 솔직히 찬성 못 하것다." 마음으로야 너무 흡족하고 찬성하지만 말 그대로 그들의 결혼식에는 참석하지 못했다.

출감해서 보니 사는 꼴이 말이 아니다. 그들이 나주 영산포상고 앞에 있는 주택 2층을 전세로 얻었던 모양이다. 그해 수십 년 만에 엄청나게 거센 홍수가 일어나 영산강이 범람하고 둑이 무너져 2층집이 잠겨버렸다. 숟가락까지 다 떠내려가 아무것도 건지지 못하고 최악의 상태가 되어있었다.

돈을 겨우 마련해 전세를 장만했을 터인데 살림살이가 다 떠내려갔으니 수입이 없는 해직교사 부부로서 출발부터 타격이 컸다. 나중에 조그마한 아파트로 옮겨서 책인지 뭔지를 팔고 다녔던 것 같다. 그들 사는 것이 안쓰러워 나도 가끔 들여다보고, 혹시 도울 것이 있나 눈여겨보기도 했던 기억이 난다.

산부인과 의사
- 임헌정 선생님

임헌정 장로님은 기독교병원 산부인과 과장으로 일하시며 광주 무진교회 장로이기도 하다. 교회에서 가까이 지내던 분이었는데 부득이하게 그분의 신세를 질 일이 생겼다. 해직교사 부부들이 아기를 낳을 때면 일부러 임헌정 장로님을 찾아갔다. 부부가 해직되어 돈이 없는 줄 뻔히 알기에 장로님의 성품을 믿고 일부러 찾아가는 것이다. 문희경, 정금례 부부도 그랬고 그 외에도 두 쌍이 더 있다.

배부른 산모를 디밀고 그렇게 찾아가면 임헌정 장로님은 돈을 못 받거나 안 받거나 둘 중 하나였다. 내가 소개한 그들이 아기를 낳으면 내가 할아비라도 되는 양 분만실에 들어가 아기를 보듬어 안고 나와 버린다. 그리고 이 한마디만 남긴다.

"분만비는 복직하면 드릴게요."

알고 보니 분만비는 병원에 근무하는 의사들도 지불하게 되어있었다. 규칙이 있는데 돈 한푼도 안 주고 세 부부와 아이를 눈도장만 찍고 데리고 나와 버렸으니 아마도 임헌정 장로님이 계산했을 것이다.

가끔 그분을 만나면 "분만비는 언제 줄랑가."라고 말을 걸어오곤 한다. 물론 그분은 그냥 해 보는 소리인 줄 알기에 나는 못 들은 척 시치미를 뗀다. 그리고 몇 년이 지났을까. 그분이 병환으로 돌아가셨다. 그분 빈소에 가서 마음으로 조문하고 미안함과 감사의 인사를 드렸다.

"장로님 감사합니다. 잊지 않겠습니다."

둘 다 해직되어 먹고 살 길 막막한 후배 교사에게 조금이라도 도움을 주고 싶어 벌인 일이다. 한편 의사 임헌정 장로님에게는 빚을 졌다. 그래도 이 양반 좋은 일 하고 가셨으니 충분히 이해하실 것이다.

"임헌정 장로님. 참으로 감사했음을 이제야 고백합니다."

우리에게 빚을 남기고 간
– 엄익돈 선생님

엄익돈 선생, 그는 해직과 복직이 교차하는 시점에서 한순간에 우리 곁을 떠났다. 아무런 말도 없이 갑자기 사라졌기에 그를 더욱 잊지 못한다.

해직교사들의 해직기간이 길었다. 전교조의 대량해직도 잠시 잠깐일 뿐, 아무 일도 없었던 듯 세상은 유유히 흘러갔다.

1992년 6월 무렵 전교조 본부는 다시 긴장의 끈을 붙들어 매고 국회 청원, 서명 운동에 돌입했다. 해직교사 원상복직을 위한 전국교사추진위원회도 결성한다. 현직에 있는 교사를 중심으로 추진위원회를 결성했는데 엄익돈 선생은 전남지역 추진위원장을 맡았다.

도교육청에서는 서명에 참여한 교사의 명단을 확인하고 서명을 철회하도록 강요했다. 전남 추진위원장인 엄익돈 선생에게도 위원장직 사퇴를 요구했다. 이에 전교조가 강력하게 반발하며 맞섰다. 청원법을 놓고 전교조와 교육청이 치열한 공방전을 벌였지만 엄익돈 선생은 그해 8월 29일 해임 징계를 당한다.

교육부의 행태에서 가능성이 없음을 파악한 해직교사들은 민자당 앞에서 연좌농성을 벌였다. 정부는 강경 방침으로 대응해 최루탄을 터뜨리고 교사들을 연행했다. 이것이 여론을 끌어내는 계기가 되어 결국 1994년 3월 1일 대부분의 해직교사가 교단으로 다시 서게 된다.

이렇게 커다란 변화를 이끌어냈건만 변화의 중심에 있던 엄익돈 선생이 한순간에 사라졌다. 복직이 이루어지던 해인 1994년 4월 27일 해직교사들이 복직한 지 두 달이 채 되기도 전에 그는 한마디 말도 없이 우리 곁을 떠났다.

경남 밀양 출신인 엄익돈 선생은 충남대학교 공업교육과를 졸업하고 전남지역으로 발령받았다. 그가 여수구봉중학교에 근무하면서 전교조 활동을 하다가 해직되었다. 해직교사들의 원상회복 추진을 위한 전남추진위원장을 맡아 활동한 것이 그 이유이다. 해직교사 복직시켜 달라고 요구하다가 그도 해직된 것이다. 표현의 자유가 있는 민주주의 국가에서 법이 보장하는 행동을 했건만 정부는 일말의 망설임도 없이 그의 밥줄을 싹둑 잘랐다.

전남지부 입장에서 볼 때 그의 해직은 또 하나의 실업자를 만든 꼴이다. 생때같은 젊은이를 실직자로 만들었으니 지부에서 그를 상근자로 채용해 약간의 활동비를 지급했다. 활동비라야 35만 원 정도였을 것이다.

그는 결혼하지 않은 총각으로 누나와 여동생이 있었다. 누나가 부산에서 살았는데 모처럼 들르러 간 모양이다. 누나 집에서 잠을 자고 다음 날 아침이 되어도 일어나지 않았다. 이상하게 생각한 누나가 방으로 가 보니 미동도 없이 누워있었다. 심장마비로 이미 이 세상 사람이 아니었다.

엄익돈 선생을 여수로 모시고 와서 전남지부장으로 장례를 치렀다. 전남지부로서는 또 하나의 빚을 안게 되었다. 30대 초반으로 젊은 교사였다. 다른 지역 원상회복추진위원장들은 다 복직되어 학교로 돌아갔건만 그는 영원히 그 기회를 잃었다. 4월에 그의 추모식을 하면 참석해 꼭 추모사를 하는데 그때마다 이렇게 말한다

"엄익돈 선생님은 영원한 빚을 우리에게 주고 갔다."

엄익돈 선생은 2009년 4월 27일 전교조장을 치른 후 망월동 민주열사묘역에 안장되어 고이 잠들어 있다.

아픔을 남기고 떠난
- 윤양덕 선생님

가슴 아픈 사연을 남긴 또 한 명의 동지, 윤양덕 선생님. 그는 여수 상업고등학교에서 교련 교사로 근무하다가 해직되었다. 교련 과목으로는 전남에서 유일하게 해직된 분이다.

여수상고를 거쳐 전남대학교 간호학과를 졸업하여 교련 교사가 되었으며 모교인 여수상고에서 근무했다. 모교임에도 불구하고 학교교육의 모순을 바꿔야 한다는 신념으로 교육운동에 투신해 해직에 이르렀다. 여수상업고등학교는 1999년 3월 교명을 바꾸어 현재는 여수정보과학고로 알려져 있다.

1993년 서울 본부에서 부위원장으로 일할 때였다. 11월 어느 가을날로 기억한다. 사무실에 있을 때 모르는 이로부터 전화가 왔다. 전화를 받았더니 그쪽에서 자신을 소개했다.

"아, 저 여수에서 해직된 윤양덕이에요."

그 전화를 받기까지 나는 그의 얼굴을 한 번 정도 봤을 것이다. 여수지회에 방문했는데 그즈음 윤양덕 선생이 해직 이후 제자들과 커피숍을 차렸던 모양이다. 여수에서는 해직교사가 40명이 넘어 사무실에서 상근하기도 쉽지 않았다. 여수지회 조합원들이 "지부장님 한번 가 보시죠. 커피숍 열었는데 가서 얼굴이라도 보시는 것이 낫겠습니다."라며 격려의 방문을 권했다.

해질 무렵 여천군 어느 삼거리 지하에 있는 커피숍으로 찾아갔다. 물론 덕담을 한마디 건넸겠지만 그때 얼굴을 본 것이 기억의 전부다. 그랬을 뿐인데 본부 사무실로 전화를 해오다니 고개를 갸웃했다.

"지부장님. …드릴 말씀이 있어서요. 제가 서울대병원에 입원해 있는데… 내일 수술을 하게 됐어요. 수술하기 전에 지부장님을 꼭 뵙고 싶어요."

하필 그날 저녁에 전교조 본부 중앙상임집행위원회가 예정되어 부위원장인 나도 반드시 참석해야 한다. 잠깐 고민하다가 그녀에게 그랬다.

"오늘 저녁에 회의가 있으니까 내일 찾아가면 안 될까요?"

"아니요. 오늘 꼭 좀 뵙고 싶어요."

"그래요? 병실이 몇 호실인가요?"

그와의 전화를 끊고 정해숙 위원장님에게 말씀드렸다.

"사정이 이렇고 내일 수술을 하는데 오늘 꼭 저를 만나고 싶어 합니다. 그래서 오늘 중상집위에 참석 못 하고 서울대병원을 다녀와야겠어요."

위원장님의 양해를 얻어 서울대병원으로 찾아갔다. 그가 말한 병실을 찾아 문을 열고 들어가니 혼자 있었다. 왜 혼자 있냐고 물었더니 내일 수술하기로 했는데 자기 아버지도 암에 걸려 수술하고 서울

원자력병원에 입원 중이라는 것이다. 어머니는 그곳에 가 계시는데 자신이 병원에 입원했다는 사실을 부모님께 알리지도 않았단다.

서울대병원 의사에게 미리 말하길 "제가 간호사 출신이고 부모님이 이렇게 아파서 병원에 계시기 때문에 저한테 모든 걸 다 말씀해 주세요."라고 했더니 그의 대답이 이랬단다. "병증이 너무 깊어서 내일 수술을 하고 깨어날지 안 깨어날지도 장담을 못합니다." 암이 3기에 접어들어 증상이 심해서 수술을 해도 위험한 상황이라는 것이다.

윤양덕 선생 입장에서는 부모님께 말씀드릴 수도 없고 자신의 마지막 모습을 어떻게든 남겨야겠는데… 여수지회에 전화했더니 서울에 있는 교사가 없고 대신 고진형 지부장님이 서울 본부에 계신다고 대답했단다. 지부장님 전화번호를 알려달라고 해서 전화를 했다는 것이다.

그녀는 두 가지를 말했다.

"첫째는 조직에 미안합니다. 아파서 조직에 기여도 못 하고 또 이렇게 죽게 돼서 미안해요.

둘째는 해직교사들에게 스트레스가 많이 쌓여서 그들의 건강 진단이 지금 꼭 필요해요. 해직교사들이 건강 진단을 꼭 받을 수 있게 해 주세요. 그 얘기를 하려고 지부장님을 뵙자고 했습니다."

답변을 할 수가 없었다. 뻔히 아는 현실인데도 내일을 기약할 수 없는 동지의 입을 통해서 확인하게 되다니 가슴이 짓이겨지는 느낌이었다. 고개를 끄덕이며 약속을 하고 돌아섰다. 병실의 조명도 유난히 어둠침침했다. 그 어둠침침한 공간에 죽어가는 동지를 두고 떠나와야 한다는 사실에 발이 안 떨어졌다.

서울 지리도 모르는 내가 병원을 다시 나올 때 밤 아홉 시가 넘었다. 내일 다시 오겠다고 약속하고 전교조 사무실 쪽으로 가는 3호선 지하철을 타기 위해 천천히 걸어가는데 초겨울비가 부슬부슬 내렸다. 병원 담벼락에 늘어선 오동나무에서는 말라비틀어진 낙엽이 툭, 툭 떨어졌다. 우산도 없어 비를 온몸으로 맞으며 낯선 땅을 터덕터덕 걸어가는 순간 온갖 상념에 빠졌다. 동지는 병원에서 죽어 가는데, 그를 홀로 두고 떠나오는 상황이 너무 암담했다. 내가 감당할 수 있는 일이 아무것도 없었다. 하늘에서 내리는 차가운 빗물 위로 가슴에서 밀려 나오는 뜨거운 눈물까지 섞여 앞이 온통 흐릿했다.

다음 날 본부 위원장단인 정해숙 위원장, 이수호, 이부영 부위원장과 같이 다시 병원으로 향했다. 병원에 갔더니 수술이 끝났기는 했으나 이미 때를 놓쳤다는 것이다. 수술로 고생하고 힘들었을 그녀 옆에 앉아 함께 위로와 안부의 인사를 나누었다.

그 뒤 윤양덕 선생은 퇴원하여 여수 집으로 돌아갔다. 여수에서 바다가 보이는 아파트에 살았는데 그곳으로 돌아가 남은 생을 보냈다. 그 선생의 상황이 안타까워 정해숙 위원장님을 모시고 여수에 있는 집에도 찾아갔다.

그는 교련 교사인데도 그림을 잘 그렸다. 이름 없는 풀꽃을 화분에 키우며 들풀의 강인한 생명력을 닮고자 했다. 자신을 들여다보듯 들풀을 가까이했고 화폭에 담기도 했다. 우리가 찾아갔을 때 그랬다. "위원장님, 지부장님. 저도 살고 싶어요." 살려는 의지가 강렬했건만 그녀 앞에 놓인 시간표는 그리 길지 않았다.

1994년 해직교사들이 복직할 때 그도 함께 녹동고등학교에 복직했다. 병증이 여전해서 곧바로 휴직계를 내고 집에서 치료하다가 수술 후 1년 뒤 11월에 세상을 떠났다. 4월에 갑작스레 세상을 떠난 엄익돈 선생의 노제를 여수구봉중 운동장에서 지낼 때 멀찍이서 바라보는 그녀의 모습이 내게는 마지막이었다. 운동장 뒤에서 뼈만 남아 앙상한 모습으로 또 다른 주검을 지켜보고 있었다.

가톨릭 신자이기도 한 그녀는 여수 봉두 천주교공원묘지에 안장되었다. 그녀가 떠난 지 27년이 지났지만 한 번도 거르지 않고 추모식에 찾아갔다. 그렇게 찾아다니던 어느 추모식에서 여수지역 선생님들이 내게 묻는다.

"평소에 친했어요?"

그들을 쳐다보며 이렇게 대답했다.

"친했고, 세 번 봤소."

그들은 기나긴 세월 동안 나타나는 내 모습에 혹시나 하는 의구심을 가졌을 것이다. 윤양덕 선생의 추모식에 꼬박꼬박 찾아간 것은 서울대병원에서부터 보아왔던 그녀의 마지막 여정을 아직도 잊지 못해서다.

교육위원이 된 후 여수상고를 방문할 일이 있었다. 학교 교육환경에 대한 예산 문제로 확인 차 갔다가 교장실에서 행정실장, 부장교사 몇 명과 함께 자리해 간담회를 열었다. 이런 말을 했던 기억이 난다.

"선생님들께 제가 한 말씀드려도 되겠습니까?"

"예."

"역사는 살아있는 사람들만 쓰는 게 아닙니다. 죽은 자도 역사를 쓰는 겁니다. 이 학교 출신인 윤양덕 선생님은 죽었지만 지금도 우리 가슴에 살아있어 본교 역사를 쓰고 있다고 믿습니다."

그랬더니 모두들 고개를 떨구었다. 그녀가 여고시절에 다니고 다시 교사로 발령받아 근무했던 학교는 사립이기에 교사에 대한 탄압이 심했다. 그녀가 해직될 무렵 탄압과 회유가 계속되자 단식농성, 시위, 집회 등으로 이에 맞서다가 몸과 마음이 만신창이가 되었을 것이다. 그렇게 망가진 몸을 추스르지 못하고 끝내 쓰러졌다. 그러나 그녀의 죽음은 결코 헛되지 않을 것이다. 그 학교의 역사를 다시 쓰고 여수의 교육사를 튼튼하게 받쳐주는 밑거름이 되었으리라 확신한다.

의로움의 상징
- 정형달 신부님

아뿔싸, 자주 찾아뵈려고 했는데 그예 돌아가셔 버렸다. 야속한 시간은 기다려주지 않는다.

정형달 신부님. 그분은 전교조 위원장을 지내셨던 대구지역 교육운동가 이영희 선생님과 가톨릭신학대학 동기다. 1989년 전교조 해직 사태로 온 나라가 어수선할 때 목포 용당동성당에서 사목활동을 하셨다. 그 시절 목포 시민운동단체에서 전교조 전남지부를 지지하기 위한 시민대책위원회를 꾸릴 때 정 신부님도 함께하셨다.

사실, 그 시기에 나는 교도소에 있었기에 직접 뵙거나 겪은 것은 아니다. 후일 선생님들로부터 전해들은 내용들이다.

그 무렵 전교조 해직 사태를 규탄하는 집회가 집중적으로 열려 거의 날마다 거리에서 시위를 했다. 어느 날도 시위를 하다가 여러 명이 우르르 연행되어 경찰서로 잡혀갔다. 경찰서 안에서 서로 울퉁불퉁 이의를 제기하고 소란을 피워도 경찰은 전혀 아랑곳하지 않았다.

어느새 밤이 되자 경찰이 유치장 문을 열고 정 신부님만 불러내 훈

방조치라며 나가도 된다고 했다. 이에 신부님이 강력하게 항의했다. "왜 같이 시위를 했고 같이 잡혀왔는데 나만 내보내느냐. 나는 혼자는 못 나간다. 내보내려면 다 같이 나가게 해 달라."라고 하면서 오히려 끌어내리는 경찰의 손을 털어내고 안으로 들어가셨다. 나중에 모두 풀려났지만 그 순간 신부님의 기개 넘치는 대응에 조합원들이 천군만마를 얻은 듯 마음이 든든했다는 사실이다.

또 한 가지 에피소드가 있다. 목포정명여고에서 3학년을 담임하던 교사가 여러 명 해직되었다. 여름방학을 기점으로 담임 선생님을 갑작스레 잃어버린 학생들이 갈피를 못 잡고 방황했다. 수능을 치러야 하고 입시를 준비해야 할 시점에 정신적 지주를 잃었으니 학생들이 의욕을 상실하고 공부도 포기한 채 눈물만 흘리는 상황이다.

학교를 떠나 온 담임 선생님들도 아이들을 도와주고 싶지만 학교로 돌아갈 수 없는 처지여서 어찌할 바를 몰랐다. 가르치려 해도 교실이 없으니 달리 방법이 없었다. 이런 상황을 고민하다가 신부님께 말을 꺼냈는데 그분이 쉽게 해결해주셨다. 당신의 성당에 있는 방들을 활용하라는 것이다. 현실과 의욕의 괴리 사이에서 고민하던 선생님들이 그제야 학생들을 다시 만날 수 있게 되었다. 신부님 덕분에 그들은 해직의 고통도 잠시 뒤로 하고 학생들의 의욕을 일으켜 세우고 진학 지도에 혼신의 힘을 기울였다.

출소 후 신부님에 관한 소식을 알게 되었다. 고마움에 가슴이 훈훈해져 꼭 뵙고 싶었다. 다행히 정해숙 위원장님, 이영희 선생님과 함께하는 자리에서 신부님을 뵐 수 있었다. 감사함을 표시했고 이후로도 가끔 뵙고 차담을 나누었다. 그때만 해도 만남을 계속할 수 있으리라

항상 우리와 같이 하신 정형달 신부님 목포에서
(정해숙, 이영희, 임추섭 선생님과 함께)

여겼는데 안타깝다.

정형달 신부님은 목회자로서도 진정한 사제의 길을 걸어오신 분이다. 1980년 5월 광주의 상황을 알리는 데 몸을 사리지 않으셨다. 광주대교구 사제단이 광주민주화운동의 참상을 알리기 위해 '광주사태의 진실'이라는 성명서를 배포했는데 이것을 직접 작성한 분이기도하다. 이 성명서는 전국의 모든 천주교 교구에 전달되어 1980년 5월의 진실을 알리는 데 중요한 역할을 했다.

가장 힘겹고 낮은 곳에 처한 자를 위해 일하시는 신부님. 정형달신부님은 그런 분이셨다.

노수석 열사와 아버지

봄꽃이 한창 고개를 내밀 때 망월동묘역에서 추모식을 하는 이가 있다. 고 노수석 열사다.

1996년에는 교육위원으로 활동하던 시절이다. 학교 방문을 하게 되었는데 영광에 있는 염산중학교로 기억한다. 노수석 열사의 아버지가 그곳에서 교감으로 재직 중이었다. 교감 선생님의 얼굴을 보자마자 노수석 열사의 가슴 아픈 죽음이 떠올랐다. 박종철, 이한열, 강경대로도 모자라 또 한 명의 젊은이가 시위 끝에 목숨을 잃었다. 노수석 열사의 억울한 죽음을 모르지 않기에 무어라 위로의 말을 건네고 싶었다.

1996년 3월 29일 봄꽃이 화사함을 더할 때였다. 서울지역대학생총학생회연합이 주최하는 집회가 종로5가 인근에서 열렸다. 김영삼 정부에 저항하여 '대선자금 공개'와 '교육재정 5% 확보'를 요구하는 집회였다.

대학가의 시위 현장에서 전투경찰의 맞대응은 흔히 있는 일이다.

젊은이의 의사 표출과 그에 대한 진압은 어찌 보면 동전의 양면처럼 자연스런 모습이다. 다만 그날의 집회 열기는 남달랐다. 시위에 참석했던 이들이 훗날 회고할 때 이렇게들 표현했다. "총선을 얼마 앞두지 않은 시점이어서 그런지, 그날따라 경찰이 유난히 강경하게 진압을 시도했다." "이렇게 진압하는 건 처음 봤다." 평소와 달리 경찰의 대응이 유별났던 모양이다.

연세대학교 법대 2학년에 재학 중이던 노수석 학생도 시위에 뛰어들었다. 시위가 격해지고 경찰 진압과 최루탄 연기가 극심해지자 얼른 몸을 피했다. 가까이 있는 상가로 무작정 달려들었다.

허나 이곳에서 숨진 채로 발견되었다. 당시 보도에 따르면, 그를 처음 발견한 상점 주인이 이렇게 표현했다. "오후 6시 20분쯤 학생 2명이 진압 경찰에 쫓겨 건물 안에 들어오기에 노군에게 기계 뒤에 숨어 있으라고 했는데, 10여 분이 지나도 인기척이 없어 가 보니 노군이 고개를 떨구고 침을 흘린 채 움직이지 않아 119구조대에 신고했다."

노수석을 국립의료원으로 옮겼지만 병원에 도착하니 이미 숨진 상태였다. 수사기관의 강압에 못 이겨 부검까지 했는데 그 결과는 '병사'였다. 노수석 학생의 심장이 비대해 '급성 심장사'라는 것이다. 달리 말하면 시위와는 아무런 상관이 없다는 뜻이다. 부검 결과에 이의를 제기하는 의사도 있었지만 수사기관의 짜고 치는 듯한 분위기를 깨부수기에는 유족 측에게 아무런 힘이 없었다.

노수석은 광주에서 태어나 연세대에 입학할 만큼 재원이었다. 투명한 세상 만들어 보자고 학생운동에 뛰어들었다가 차가운 시신으로 변했다. 1999년에 연세대 명예졸업장을 받고 2003년 국가로부터 민주화운동 관련자로도 인정받았다. 그러나 자식을 먼저 떠나보낸 노수석 열사의 아버지 가슴에는 여전히 뻥 뚫린 구멍이 채워지지 않았을 것이다. 내가 그 아버지를 대면한 것이 바로 그 무렵이었다.

염산중학교 교무실에서 그 아버지를 뵙고 두 손을 꼭 잡아드렸다.

"자식이 죽으면 부모는 그 자식을 가슴에 묻는다는데 얼마나 힘드신가요?"

"네…."

더 이상 말을 잇지 못하고 내 손을 잡은 채 얼마나 눈물을 흘리시던지. 그렇게 대면한 것이 인연이 되어 그 뒤로도 서로 연락을 주고받게 되었다.

2년이 지나고 노수석 열사의 아버지가 교장으로 승진하게 되었다. 전라남도 교육청이 그러한 정황에 대한 고려를 했는지 발령지는 도서벽지가 아닌 무안청계중학교였다. 아마 자식을 잃은 아버지의 마음을 위로하려는 주위의 뜻이 반영되었나 보다.

이듬해 가을 무안청계중학교를 방문하게 되었다. 가을로서 느지막한 시기였을 것이다. 학교에 들어서자마자 현관에서부터 복도 창틀 등 걸음을 옮기는 곳곳에 국화 화분이 놓여있었다. 족히 수백 개는 되는 듯했다. 노란 국화, 붉은 국화, 다양한 빛깔의 국화가 그윽한 내음과 함께 학교를 운치 있게 꾸며주었다.

옆에 있는 선생님에게 누가 이리 정성스럽게 국화를 재배했냐고 물었더니 교장 선생님이 직접 했다는 것이다. 그 말을 듣는 순간 그분이 마음 쏟을 곳이 필요했으리라 짐작했다. 나도 생물 전공이기에 식물을 수백 개씩 화분에 키우려면 얼마나 정성이 들어가는지 잘 안다.

성격이 급한 나로서는 도저히 감당할 일이 아니다. 교장실에 가서 차 마시면서 국화에 대한 소감을 말했더니 역시나 "아들의 혼이라고 생각하면서 정성을 담아 국화를 길렀습니다."라는 답을 들었다.

그날 밤이 되었다. 그 학교에 근무하는 선생님 한 분이 내가 사는 집에 찾아왔다. 자그마한 국화 화분을 내게 내밀었다. 교장 선생님이 "고진형 위원에게 이 국화 화분 하나를 꼭 선물로 드리고 싶다."고 했다는 것이다. 노수석 열사를 기리는 마음을 함께 나누고 싶었을 것이다. 고개를 끄덕이며 그 화분을 소중히 받아들었다. 환했던 국화꽃이 수명을 다해 시들고 겨울이 되었지만 그 화분을 쉬이 버리지 않았다. 그 자리에 노수석 열사의 뜻이 함께 있었다.

며칠 뒤에 노수석 열사의 추모일이다. 젊디젊은 이가 제대로 펼쳐 보지도 못하고 생을 마감했으니 생각할수록 가슴이 저민다. 제발 이 땅의 젊은이들이 원 없이 살면서 뜻한 바를 마음껏 펼치는 세상이 되기를 바란다.

고희숙 선생님과 어머니

고희숙 선생을 처음 만난 것은 1981년경 Y교협 시절이었다. 내가 광주Y교협 초대 회장직을 맡을 때 고 선생은 총무로 활동하였다. 고 선생은 대학생 시절부터 학생운동 전력이 있고 차돌처럼 단단한 성격으로 실무능력이 뛰어났다. Y교협에서 인연을 맺은 후 전교협, 전교조로 이어지는 매 순간 함께 활동했다.

1989년 해직 무렵 고 선생은 담양창평고등학교에서 근무했다. 리더십과 추진력으로 동료교사들과 함께 조합원으로 참여하게 했고 함께 해직되었다. 그리고 전남지부에서 나와 함께 상근자로 활동했다.

어느 날 몇 명이 함께 차를 타고 여수, 순천 지역에 가게 되었다. 뒷좌석에 고희숙 선생과 나란히 앉았다. 사무실 업무며 조직에 대해 이런저런 대화를 나누고 가던 중이었다. 순간 고선생이 나를 보더니 한참동안 어딘가를 뚫어지게 보다가 입을 열었다.

"선생님. 바지가…."

"왜? 어때서? 아무렇지도 않은데?"

"바지가 헐었네요."

"이거 세탁소에서 꿰매준 거야. 바지 밑단에서 잘라다가 붙여서 꿰 맸는데 괜찮아."

"그래도…"

물론 내 지위가 지부장이어서 각종 행사에 참여하거나 연단의 마 이크 앞에 서야 할 일이 많다. 당연히 지부장으로서의 품위를 지키느 라 양복에 넥타이를 매기도 한다. 그러나 바지가 조금 헤졌다고 바로 버릴 만큼 품위유지비에 많이 투자할 수는 없다. 당연히 세탁소에서 수선했는데 눈썰미 좋은 고희숙 선생이 그것을 발견한 것이다. 잠시 잠깐의 상황이었으니 이내 잊어버렸고 목적지에 가서 일을 보고 돌아 왔다.

얼마나 시간이 흘렀는지 잘 모르겠다. 어느 날 사무실로 어느 부인 이 찾아오셨다. 나를 찾더니 당신이 고희숙 선생의 어머니라고 밝혔다.

"아 네. 무슨 일로 오셨습니까?"

"지부장님. 딸한테 말씀 많이 들었습니다. 잠깐 저하고 얘기 좀 나 누실랍니까?"

"그러시지요."

고희숙 선생의 어머니가 나를 보자는 것은 분명 딸 때문일 거라 생 각했다. 해직된 딸의 처지가 염려되어서일지 다른 것일지 모르지만 필시 그러리라 여겼다. 어머니가 안내하는 대로 따라나섰다. 한참을 따라갔더니 어느 양복점 앞에 서서 안으로 들어가자고 권하신다. 어 리둥절한 나에게 그 어머니가 그러셨다.

"지부장님. 제가 꼭 옷 한 벌 해드리고 싶어서 그렇습니다."

아니라고, 그럴 필요 없다고 손사래를 쳤지만 결국 양복점 안으로 들어설 수밖에 없었다.

재봉사가 치수를 재는 동안 허수아비처럼 양팔을 들고 서 있으면서 이래도 되나 하는 부담이 생겼다. 그 역시 거부하기에는 역부족이었다. 나는 잘 모르지만 그 양복점이 충장로에서 유명한 곳이라니 양복 가격도 꽤 비쌀 것이다. 그렇게 해서 나는 그 어머니로부터 양복 한 벌을 선물로 받았다.

너무 고급스러워서 그 옷을 집에 걸어두고 쳐다만 보았다. 사실 사무실에서 일하는 처지에 그렇게 멋진 옷을 입고 다닐 수 없었다. 결혼 주례나 큰 행사 때에만 아껴 입었다.

복직 이후 고희숙 선생은 경기도로 도간 교류해 그곳에서 교감으로 근무하다가 퇴직했다. 이 길이 내 길이다 싶으면 뒤로 돌아보지 않고 달려가는 그녀. 어머니도 같은 분이시다. 당신의 살림도 그리 넉넉하지 않으실 텐데 내게 귀한 양복을 선뜻 선물해주시다니. 참으로 따스하고 고마운 분이시다.

고희숙 선생의 어머니께서 돌아가셨다는 소식을 뒤늦게 들었다. 가서 찾아뵈었어야 했는데 놓쳐버렸으니 후회막급이다. 감사하고 감사한 마음을 전할 길이 없어 애통할 따름이다.

"어머님. 그래도 제 마음 속에는 늘 감사함을 간직하고 있습니다. 찾아뵙지 못해 진심으로 사죄드립니다. 죄송합니다."

참스승 이와부치 선생님

일본 효고현 고베시에 '노리요시 이와부치'라는 교사가 있다. 그는 고등학교 영어 교사로 일본교원노조(일교조) 효고현 고교노조위원장을 맡았었다. 그는 학생들에게 존경받는 선생님이며 교육청으로부터 프랑스 파리 일본인학교 교장으로 초빙될 만큼 여러 부문에서 신뢰받는 이였다.

그는 아마추어 화가이기도 하다. 10여 년 전에 〈영광 굴비〉라는 작품을 나에게 보내왔다. 옛날 한국 전교조 교사들이 탄압받을 때 굴비 엮듯이 경찰에 끌려가는 모습의 보도를 보고 영감을 얻었다고 한다. 마침 그 무렵 내가 근무하던 영광 학교에 방문하면서 법성포 굴비거리에 다녀온 터라 "굴비 그림은 같은 얼굴이 없는 것이 특징입니다."라면서 자랑 겸 강조했다.

이와부치 선생님에게 각별한 제자가 있어 그 이야기를 하고자 한다. 그가 대학을 졸업하고 1970년 첫발령을 받아 가르친 제자 중 김태홍이라는 한국교포 3세 학생이 있었다. 그 제자는 1977년 고등학교를 졸업하고 조국인 한국에 유학을 오게 되었다. 꿈속에서도 그리던 조국 땅 연세대학교에서 유학생활을 하던 중 뜻하지 않은 불행을 겪는다.

대학 4학년에 재학 중인 1981년, 전두환 정권은 그를 느닷없이 국가보안법 위반으로 체포해갔다. 북한 지령을 받고 재일교포 유학생 신분으로 학원가에 침투하여 데모 선동으로 국가 전복을 기도하는 한편 군사기밀을 탐지해왔다는 이유다.

그는 영장도 없이 체포되어 보안사에 끌려갔는데 35일간 잠도 자지 못하고 구타, 고문으로 허위 자백하여 결국 무기징역을 선고받았다. 1981년부터 감옥생활을 하다가 1996년 8·15 광복절 특사로 15년 만에 가석방되었다 전두환 정권은 대학생들의 반정부 시위를 잠재우기 위해 간첩 조작극을 만들어 공안 정국으로부터 위기를 모면하려 했던 것이다.

세월이 지난 후에 당시 전두환 정권 치하에서 재일동포 및 일본 관련 간첩 조작 의혹 사건이 73개가 더 있었다고 알려졌다. 이때 이와부치 선생은 억울하게 구속된 제자를 면회하기 위하여 매년 방학이 되면 한국을 찾았다. 스승의 제자에 대한 교육의 연장이요 사랑이며 민족 차별을 받고 있는 제자에 대한 애착이었을 것으로 생각된다.

그는 길도 모르고 말도 안 통하는 한국 땅에서 제자를 면회하기 위해 한국어와 한국문화를 익히기 시작했다. 15년 동안 꾸준히 한국어와 한국문화를 익혀왔으며 제자가 서울, 대전, 광주 등 교도소를 이감할 때마다 그곳을 따라다니며 면회를 다녔다. 덕분에 그는 한국어와 한국문화를 더 깊이 알게 되었고 역사 문화 음식 지리 등을 통달하게 되었다. 막걸리, 김치, 곰탕 등 우리 음식까지 좋아하게 되었고 한국말도 어려움 없이 소통하게 되었다. 게다가 그는 일본의 교과서 왜곡, 독도 문제, 위안부 문제 등 우리와 같은 올바른 역사의식까지 갖고 있었다.

그러던 1991년 여름방학 때 광주 교도소에 수감된 제자를 면회하러 광주에 오게 되었는데 일본교원노조에서 한국 전교조를 통해 나에게 연락이 왔다. 그가 광주 교도소로 제자 면회하는 길을 내가 안내하게 되었다. 그것이 이와부치 선생과 나의 첫 만남이었다. 그렇게 인연이 되어 양국 지역노조가 자매결연을 맺고 상호방문을 하면서 20여 년 동안 교류를 해왔다. 나와 이와부치 선생은 서로 정년 퇴임식에 참석하고 지금까지도 서로 우정을 나누고 있다.

일본 이와부치 선생 정년퇴임식(오사카) 전남지부 상패전달

1996년에 무기징역형을 받아 15년 동안 감옥에서 보내고 가석방되어 출소한 제자 김태홍은 그동안 한국 법원에 끊임없이 재심을 요청했다. 그동안 본인과 국내 뜻있는 분들의 노력으로 겨우 재심이 받아들여졌고 2017년 11월, 석방된 지 21년 만에 드디어 대법원으로부터 무죄 판결을 받았다. 그는 무죄 판결이 내려지자 떨리는 목소리로 한마디 했단다.

"기쁘다."

　무죄 판결을 받는 순간에도 이와부치 선생은 법정에서 제자 곁에 함께 있었다. 그동안 체포 고문 재판 감옥생활 출감 재심을 거쳐 무죄 판결에 이르기까지 40여 년이란 기나긴 세월 동안 말로 표현할 수 없이 망가진 그 제자의 삶을 우리는 무어라 말해야 되는가? 그런 중에서도 조국도 버린 제자를 끝없는 사랑으로 보살펴온 이와부치 선생의 모습은 진정 존경할 만하다. 그 제자는 지금도 자기를 버린 조국을 그리워하며 그 스승 곁에 살고 있다.

부록

나의 정년퇴임사

먼저 저의 퇴임식을 위해 방문해주신 원불교 김현 교무님과 여러 교무님들, 장만채 전라남도 교육감님, 정해숙 전 전교조 위원장님, 나영수 서울교육위원회 전 의장님, 한영기 광주교육위원회 전 의장님, 장주섭 전교조 전남지부장님과 광주·전남 전교조 선생님들, 멀리 일본에서 찾아오신 이와부치 효고현 고교노조 위원장님과 함께 오신 여섯 분 선생님들, 여수에서 오신 최연석 목사님, 목포에서 오신 서행조, 배성완 교수님, 일정 때문에 어제 본교에 들러 축하해주신 장휘국 광주광역시 교육감님, 여러 학부모님, 멀리서 온 옛 제자들, 그리고 본 재단 식구들과 사랑하는 본교 제자들, 진심으로 감사의 퇴임 인사를 드립니다.

오늘 우리 학교에는 2명의 퇴임자가 있습니다. 저는 정년퇴임을 맞이하지만 그 선생님은 교원 감축으로 의도하지 않은 퇴직을 하게 되었습니다. 그 선생님을 생각하면 지금도 가슴이 아픕니다. 청년 실업률이 10%대 상회하고 정리해고와 비정규직 문제 해결을 위해 4차 희망버스가 출발하는 암담한 현실 속에서 정년퇴임식을 해야 하느냐 하는 문제로 고민을 많이 했습니다.

그러나 '이별도 교육'이라는 이 키다리 할아버지 선생님의 부끄러운 마지막 이별 수업을 널리 이해해주셨으면 합니다. 돌아보면 깡마른 꺽다리 젊은 교사가 지금의 키다리 할아버지 선생님으로 변해온 저의 38년 교직 생활은 파면과 해임, 구속, 복직을 전전하며 현직 교사로 21년, 거리의 교사로 18년의 세월이었습니다.

유신독재 체제의 지배를 정당화하는 수단으로 전락한 교육 현실의 모순 속에 참교육에 대한 열망으로 잠을 이룰 수 없었던 젊은 시절 저에게 80년 5·18 광주민중항쟁은 제 삶의 이정표를 명확하게 해주었습니다. 이후 저는 학내민주화와 소외된 친구들을 위해 밤늦게까지 야학에 뛰어들었습니다.

사회변혁을 통한 교육민주화를 위해 YMCA중등교사회를 조직하고 전교조의 전신인 전남교사협의회를 건설하여 초대회장으로서 1987년 우리 교육운동사에 한 획을 긋는 교육민주화선언을 탄생시켰습니다.

서슬 퍼렇던 그 시절 오로지 여기 계신 동지들이, 먼저 세상을 떠난 선배 동료교사들이 저와 함께했고, 동지들의 헌신과 참교육에 대한 열망이 있었기에 오늘의 이 자리에 있을 수 있었습니다.

존경하는 내빈 여러분! 교육동지 여러분!

교육민주화선언은 저와 우리 동지들에게 더 큰 고통의 서막이었습니다. 1989년 5월, 우리 교육운동사에 있어 가장 중요했던 전교조를 결성한 이후 저를 포함한 1,500여 명의 동지들이 파면과 해임으로 사랑하는 제자들 곁을 떠나야 했고, 저는 전교조 초대 지부장으로서 전교조 결성을 주도했다는 이유로 수배 생활을 해야 했으며, 감옥에 드나들어야 했습니다.

출소 후에도 네 차례에 걸친 전교조 지부장으로서 아스팔트 위의 교사가 되었습니다. 수배와 구속, 해직! 오로지 교육운동가로서, 사회 변혁을 위한 혁명가로 살던 저는 1995년부터 12년간 교육위원으로서 활동하면서 교육계의 부조리와 잘못된 관행에 저항하며 참교육을 실현할 수 있는 대안을 제시하는 의정활동을 펼쳤습니다.

그 기간 동안 많은 학생과 학부모, 현장의 선생님들을 만나 대화하고 토론하며 우리 교육의 어두운 현실을 밝히고 구겨진 교육을 바로 펴기 위한 발걸음을 쉬지 않았습니다. 늘 든든한 지지자로, 후원자로, 때론 채찍질하며 저를 지켜봐주신 교육동지 여러분에게 이 자리를 빌려 다시 한번 감사드립니다.

교육행정가로서의 삶을 정리하고 일선학교 평교사로 복귀하였지만 교단은 실망 그 자체였습니다. 학교 교실은 붕괴되었고 사교육 문제와 학생들의 교사에 대한 불신은 매우 심각한 수준이었습니다. 저는 절망했고, 자책하며 명예퇴직을 고민하였습니다.

그렇지만 잘못된 교육정책과 학교교육에 적응하지 못하고 방황하는 우리 아이들을 위해, 진정한 참교육 실현을 위해 마지막 정열을 불사르고 싶었습니다. 그곳이 바로 오늘 제 교직생활의 마지막인 영산성지고등학교입니다. 교장으로 부임하면서 저는 오로지 한 마음뿐이었습니다. 어떻게 하면 좌절하고 있는 아이들에게 희망을 줄 것인가

하는 마음뿐이었습니다.

힘들어하는 우리 아이들에게 우리 사회의 건강한 시민으로서 바른 가치와 삶의 의미를 심어주고, 또한 아이들이 행복하고 학부모가 신뢰하는 학교, 선생님들의 열정이 살아 숨 쉬는 학교, 우리가 함께 꿈꾸었던 그런 학교를 만들기 위하여 노력하였습니다. 그 길에 함께해준 사랑하는 성지고등학교 학생과 선생님, 학부모님께 깊은 감사와 존경을 보냅니다.

이제 먼 길을 돌고 돌아 이 땅의 참교사로서의 시간을 정리하려 합니다.

첫째, 30년 전부터 우리나라 대안교육의 효시가 되었던 영산성지고를 세워 부적응 학생의 교화에 힘써 참 종교의 가치를 일깨운 원불교 교단과 기독교도인 저를 대안학교의 교장으로 초빙하여 저의 마지막 교육 이력을 빛낼 수 있도록 배려해주신 법인에 깊은 경의를 표합니다.

둘째, 저의 30년 세월을 함께한 전교조 교육동지들에게 이 자리를 빌려 머리 숙여 미안함을 표합니다.

조직의 수장으로서 함께한 동지들을 지키지 못하고, 그들의 파면과 해임을 지켜보아야 했습니다. 공사판을 전전하고, 봇짐장사로 생활비를 마련하며 생활고에 시달리는 동지들의 일상을 보는 것은 고통 그 자체였습니다. 투철한 사명감과 참교육에 대한 열정이 그들의 삶을 그토록 고통스럽게 하였고 끝까지 지켜주지 못해 미안하고 미안한 마음을 늘 평생 마음의 빚으로 안고 살겠습니다.

셋째, 저의 아내는 해직교사 남편을 둔 죄로 필화사건으로 재판을 받아야 했고, 생활고를 해결하기 위하여 무안 양파 밭을 전전하고 기간제 교사로 살아가야 했습니다. 그렇지만 평생 동지로 단 한 번의 불평 없이 지지해주고 내조해준 아내였습니다.

또한 저의 아들, 딸은 생일 한 번 같이하지 못하고 번번이 공납금을 미납한 못난 아버지를 원망하지 않고 훌륭하게 성장해주었습니다. 저의 아내와 아들, 딸에게 다시 한번 이 자리를 빌려 진심으로 사과드립니다. 또한 나의 아내와 자녀로 함께해줘 정말로 감사합니다. 영원히 사랑하겠습니다.

넷째, 저의 아버님은 완고하고 퇴역 군인이셨습니다. 아버님은 해임과 파면, 수배와 구속을 전전하는 혁명가 장남인 제가 동생들에게 피해를 준다는 생각 때문에 저와 평생 의견 차이를 보였습니다. 이 불효자는 아버님이 돌아가실 때까지 화해를 못했습니다. 다시 한번 아버님 영전에 용서를 빕니다.

다섯째, 사랑하는 우리 성지고 학생 여러분. 저는 지금도 여러분의 이름을 머릿속으로 한 명 한 명 불러 봅니다. 식당에서 김치를 배식하며 "김치를 안 먹는 사람은 매국노"라고 했던 것, 또한 3학년 학생 여러분 졸업을 함께하지 못하게 된 점 사과드립니다.

사랑하는 지효야! 우리 학교에 전학 왔을 때, 주말에 집에 가면 학교 가기 싫다고 울었던 네가 이제는 일요일 아침부터 학교 간다고 짐을 챙긴다고 하더구나!

사랑하는 동하야! 아빠의 직장 때문에 런던에서 초등학교를 다니다 중학교 때 귀국하여 우리나라의 교육에 적응하지 못했었지. 그런 네가 우리 학교에 입학하여 2학년인 올해는 공부한다고 사전과 참고서를 구입하였지. 또한 이번 여름방학 때는 보컬 경연대회에 참가한다고 기숙사에서 합숙하는 너의 행복한 모습을 보면서 교장 선생님은 남몰래 눈물을 흘렸단다.

이외에도 많은 성지고 학생 여러분! 이 키다리 할아버지 선생님은 언제나 여러분을 사랑합니다. 언제나 잊지 않겠습니다.

숱한 고난과 역경이 있었지만 중도에 포기하지 않고 완주할 수 있도록 도와주신 모든 분께 감사드립니다. 비록 정든 교정은 떠나지만 언제나 그랬듯이 이 땅의 올바른 교육을 위해 일과 역할이 주어진다면 마다하지 않을 것입니다.

그 길에 교육동지들이 함께해주시고, 격려해주시길 부탁드립니다. 차마 발걸음이 떨어지지 않지만, 훌륭한 교육동지들이 계시기에 편한 마음으로, 평범한 시민으로 돌아갑니다.

사랑합니다. 고맙습니다. 행복했습니다.

학생들의 이름 외우기부터 시작합니다

"고진형 선생,
교단 복직해 학생들과 첫 만남 가진 소회 밝혀"

적막하고 소슬했다. 지난 9월 5일, 복직 2주째가 되는 목포기계공고 생물수업과 학생 상담을 맡고 있는 고진형 선생은 본관 건물 교무실 뒤 대여섯 평 남짓한 허름한 귀퉁이 부속 교무실 한편에 혼자 앉아 있었다.

과학 선생님들과 함께 쓰는 이 교무실은 다른 선생님들은 수업에 들어가고 없었고 고진형 선생은 혼자 앉아 돋보기안경을 쓰고 교사용 지도서를 들여다보고 있었다. "이제 진짜 선생님 자세가 나옵니다." 기자의 갑작스런 방문에 고진형 선생은 쓰고 있던 돋보기안경을 벗고 슬리퍼 발로 달려나와 기자의 두 손을 마주 잡았다. 복직 소감을 묻자 고진형 선생은 "돌아온 장고도 아닌데 소감은 무슨 소감이냐."며 환하게 웃었다. 그러나 고진형 선생은 18년 전 전남 무안고등학교 교무실에서 구속영장을 들고 온 경찰에 연행되어 가면서 "선생님들 미안합니다. 반드시 돌아오겠습니다."고 했던 약속을 지켰기에 무엇보다도 기쁘다고 말했다.

세월이 가고 세상이 변해 이번 복직 때에는 많은 선생님으로부터 축하 인사와 꽃다발을 받았다. "격세지감을 느꼈습니다. 무엇보다도 고향에 다시 돌아온 듯한 안도감, 어떻게 표현해야 할지 막막합니다만 아무튼 지금 기분을 한마디로 표현한다면 굉장히 편안하다고밖에 할 수 없을 것 같습니다."

그러나 18년 세월이 흘러 고향으로 돌아왔지만 교육과정도 수차례 바뀌었고 학생들의 생각도 많이 바뀌었을 텐데 두려움은 없었냐는 기자의 질문에 고개를 절레절레 흔들며 너털웃음을 터트렸다. "어제 4교시 화공과 학생들 수업에 들어갔는데 등에 식은땀이 다 흐르더라니까. 우리 아이들이 얼마나 어떻게 변했을까, 내가 이 아이들에게 좋은 선생님이 될 수 있을까, 내가 가진 교육 철학과 이 아이들의 사고방식이 어떤 지점에서 상충하고 어떤 지점에서 화해하고 상생할 수 있을까 하는 생각이 머릿속을 떠나지 않는 거라."

전교조 1, 2, 4, 6, 7대 전남지부장을 역임한 고진형 선생은 서슬 푸른 군사독재 시절, 전교조 활동을 주도했다는 사실 때문에 파면되고 투옥되는 고초를 겪기도 했었다. 지난 2002년 치러진 전라남도 교육감 보궐선거에 전교조 조직 후보로 출마해 1차 투표 결과 1위를 차지했지만 결선 투표에서 아쉽게 낙선의 고배를 마신 바 있다.

고진형 선생은 특히 지난 2002년 9월 전교조 출신으로는 전국 최초로 전라남도 교육위원회 의장으로 선출된 3선 교육위원 출신이다.

고진형 선생은 해직되고 복직하기까지 18년 세월이 길긴 길었던 것 같다고 말했다. 요즘 학생들의 변화무쌍한 생각을 어떻게 컨트롤하고 자신이 걸어온 길과 그 길에서 만났던 수많은 만남을 어떤 식으로 전달할 수 있을지 노 교사의 어깨는 무거워 보였다.

학생들의 반응을 묻자 "이 녀석들 말하지는 않지만 어디서 머리가 희끗희끗한 늙은 생물 선생님이 한 분 오셨네?" 하는 분위기인 것 같다고 환하게 웃었다. 18년 전이면 지금 고등학생들이 이제 막 엄마 뱃속에서 나와 기저귀 차고 엄마 젖을 물고 있을 무렵이다. 학생들은 늙은 생물 선생이 교육민주화를 위해 교직에서 해직되고 투옥됐던 어두웠던 시절을 이해하지 못할지도 모른다. 우리 사회가 기저귀를 차고 있던 녀석들이 턱에 수염이 돋아나고 목소리가 굵어진 만큼 성숙됐을까 하는 의구심이 일었지만 교사 노동자로 돌아온 고진형 선생의 이야기를 더 듣기로 했다.

"잘 가르치려고 할수록 어렵더라는 지난 94년 먼저 복직한 해직교사 선생님들 이야기에 귀 기울이고 있었다. 우선 제가 먼저 마음의 문을 열고 아이들에게 다가가 사랑 꿈 공동체 의식 비전 같은, 어떻게 보면 생물공부보다 더 중요한지도 모르는 아이들 이야기로 학생들과 '만남'을 진지하게 시작해 보려고 합니다." 늙은 생물 선생을 수용하려는 자세가 안 된 학생들과의 거리감을 자신의 간절한 마음과 사랑으로 극복해 보려는 노 교사의 충심어린 마음을 읽었다.

"그래서 그 거리감을 좁히고 생각해낸 것이 학생들 이름 외우기입니다. 학생들이 성격이나 특성을 알아 칭찬해주면 아이들도 저를 좀 가깝게 받아들이지 않겠습니까?" 또 고진형 선생은 수업을 쉽게 재미있게 하는 방법이 없을까 하고 고민 끝에 수업 도구를 준비하고 프린트물을 챙기기로 했다고 한다. "특히 이 학교는 실업계 학교로서 완성 교육이 이루어져야 합니다. 물론 최근에는 대학 진학을 하는 학생들이 많기도 합니다마는 저는 상담 시간을 이용 학생들에게 꿈에 대하여 얘기하고 싶어요." 꿈만 꾸면 그것은 단지 꿈에 불과하다. 그 꿈을 이루기 위해서는 그에 걸맞은 행동이 뒤따라야 한다. 대학에 가지 않는 학생들은 사회에 나가면 곧바로 어엿한 직업인으로 살아가야 한다. 다양한 취미 생활도 하면서 당당한 인격체로 성장해주길 바란다.

고진형 선생은 "언제나 아이들이 마음의 문을 열어줄지, 또 내가 과연 녀석들의 마음속에 깊이 들어갈 수 있을지 아직은 모르겠다."면서 "교사로서 온몸을 던져 학생들을 위해 희생할 각오는 단단히 하고 있다." 하고 환하게 웃었다. 차 한 잔 물 한 모금 얻어 마시지 못하고 돌아오는 기자를 배웅하는 반백의 노 교사를 바라보니 어쩐지 마음이 짠했다.

가을 햇살이 눈부신 교정을 뒤로하며 돌아오는데 언젠가 읽었던 19세기 영미 문학의 위대한 성취로 꼽히는 에밀리 디킨슨의 '내가 만약 누군가의 마음에 깃드는 상처를'이라는 시구가 생각났다.

내가 만약 누군가의 마음에 깃드는 상처를 막을 수 있다면
헛되이 사는 것이 아니리
내가 만약 한 생명의 고통을 덜고
기진맥진해서 떨어지는 울새 한 마리를

다시 둥지에 올려놓을 수 있다면
나 헛되이 사는 것 아니리

　고진형 선생이 하루빨리 학생들의 마음에 깃들어 상처 입은 녀석
들을 따뜻하게 둥지 위에 올려놓을 수 있기를 기대해 보자.

2006년 9월 22일 광주 삼남교육신문

정년퇴임 앞둔 고진형 영산성지고 교장

낙락장송(落落長松) 한 그루 석양빛 받아 돌올

나는 그때 그날 스승의 날을 오랫동안 기억한다.

"매일 매일 학생들과 전쟁을 치르다시피 했고 학생들이 변해가는 모습을 보면서 교육의 힘에 감동을 느꼈던 시간이었습니다. 지난 2년 동안 학생들 이름 익히고 우리 선생님들의 장단점을 이제 막 파악했다고 생각했는데 정년이 되고 보니 아쉽습니다."

고진형 영산성지고 교장이 오는 8월 말 정년퇴임을 한다. 그의 퇴임과 함께 파란만장했던 전교조 역사의 한 페이지도 넘어가게 됐다. 지난 27일 영산성지고에서 만난 고 교장은 초췌해 보였다. 파면과 구속, 복직, 교육위원 당선, 교육감 선거 출마, 사상 최초의 전교조 출신 교육위원회 의장 역임, 평교사 복귀, 대안학교 교장으로 보낸 자신의 곡절 많던 교직 생활의 대단원이 서서히 내려오는 것을 정면으로 응시하고 있는 듯했다.

고 교장은 "지난 2년 동안 학교 현장에서 교육평등의 세상을 조금이라도 직접 경험하고 떠난다는 것이 다행스럽고 의미 있는 일이었다."고 회고했다. 지난 1974년 교직에 첫발을 내디딘 당시 고진형 선생은 1989년까지 장성여고와 나주고, 무안고에서 교편을 잡았다. 고 선생은 이 시기에 지배계급의 정치적 수단으로 전락한 교육 현실을 목도했고 유신독재 체제를 거치며 사회와 정치적인 변혁의 연장선상에서 교육적 모순의 해결책을 찾기 위한 고민과 성찰의 시간을 가졌다.

특히 1980년 5·18 광주민중항쟁을 경험하며 교사로서의 삶에 회의감을 느끼기 시작했다. 고 선생은 1980년 전교조 탄생의 태동이 되는 YMCA중등교사회를 자발적으로 조직해 초대 회장으로 활동하며 모순된 사회와 교육 현실의 변혁을 위한 각종 연구 활동과 교육선전사업을 수행하게 된다. 이와 함께 1984년부터 1988년까지 교육으로부터 소외된 사람들을 위해 '무등야학' 활동을 전개하는 등 교육민주화를 위한 조직체를 구성하고 교육자주권 옹호를 위한 활동을 활발하게 전개하기 시작한다. 1987년 교육민주화 선언에 맥을 이은 전국교사협의회를 조직해 전남교사협의회 초대 회장으로 추대됐다.

고 선생은 1989년 교원노조가 합법화되지 않는 상황에서 전교조를 결성한 혐의로 전국 1,527명의 교사들과 함께 고난의 역정을 걷게 된다. 이후 수차례 수배와 경찰서 유치장 구금생활을 하던 고 선생은 전교조를 주도적으로 결성했다는 이유로 결국 구속되고 파면된다. 감옥에서 출소한 고 선생은 이후 '거리의 교사 생활'을 전전하며 전교조 전남지부 제1, 2, 4, 6, 7대 지부장으로 활동했다. 전교조 합법화 이후인 지난 1994년 전남지역 복직 대상자 187명 중 유일하게 고진형 선생만 복직 제외자로 분류돼 미복직 처리되는 아픔도 겪어야 했다. 이후 지방교육자치 시대를 맞아 지난 1995년부터 12년간 내리 3선을 교육위원으로 당선돼 사상 최초로 전교조 출신 교육위원회 의장까지 역임한 뒤 지난 2006년 불출마를 선언하며 18년 만에 일선학교 평교사로 교단에 복귀했다. 목포기계공고 평교사로 복직한 고 선생은 이 3년여의 시간 동안 교실 붕괴를 몸소 경험하며 교육운동가로서 살았던 삶과 일선 학교 현장 교사로서의 삶에 심각한 괴리감을 경험했다고 한다.

명예퇴직을 고민하던 고진형 선생은 지난 2009년 9월, 평소 동경의 대상이었던 대안학교 초빙교장으로 부임해 2년 동안 재직했다. 고 교장 재임 시절 영산성지고는 실천 중심, 학생 중심, 공동체교육 중심의 대안학교의 모델을 제시했다. 고 교장은 "대안학교의 바람직한 모델을 일선학교에 전파하는 것이 마지막 책무라고 생각했는데 여의치 않게 돼 아쉽다."고 토로했다. 고 교장은 "대안학교 교장 경험이 참교육의 새로운 역사를 쓰기 위한 끝이 아닌 처음이라고 생각한다."면서 "고난과 역경의 삶을 살아온 지난 세월, 함께 울어준 동지들과 온갖 고초를 묵묵히 견뎌준 가족들에게 고마움을 전하고 싶다."고 했다.

역사는 고진형 교장의 지난 30년간의 교육자로서의 삶을 '독재정권에 저항하며 민주화운동과 참교육 실천을 위해 헌신한 불굴의 교육운동가'였다고 기록할 것이다. 하지만 우리가 경험한 고진형 위원과, 고진형 의장, 고진형 선생과 고진형 교장은 소외계층의 대변인, 집행부와 동료 교육위원들과 물과 기름처럼 섞이지 못한 채 끊임없이 문제제기하던 날 선 감시자, 학생들과 눈높이를 맞추던 할아버지뻘 선생님, 무슨 일이든지 사람 좋게 포용하던 키다리 교장 선생님으로 기억할지 모르겠다.

고 교장은 "퇴임하면 교육운동하는 사람들의 심부름을 하고 싶다."면서 "전교조 전남지부 20년사 편찬위원으로 참여해 1989년 처절했던 전교조의 역사와 교육혁신을 위해 몸부림을 치던 지난 세월을 정리해 보고 싶다."고 말했다. 고 교장을 만나고 나오는 길, 기압골의 영향 탓인지 하늘은 우중충했고 숨이 멎을 듯 습기는 높았지만 방학을 맞아 학생들이 떠난 빈 운동장에는 천연잔디가 눈부시게 푸르렀다. 고 교장은 기자가 교장실을 걸어나와 차에 시동을 걸고 교문을 빠져나가는 모습을 끝까지 지켜보며 차량이 보이지 않을 때까지 손을 흔들고 서 있었다.

누구에게나 그늘이 되길 마다하지 않던 낙락장송(落落長松) 한 그루가 석양빛을 받아 돌올했다.

호남교육신문

대립·반목의 슬픈 역사 없어야
전교조 파동 주역 10년만에 만나

파란의 교육사에 피해자와 가해자가 돼버렸던 당시 전병곤 전남도교육감(사진 왼쪽)과 고진형 전교조 전남지부장(현 전남도교육위원)이 10여 년 만에 만났다.

27일 오전 교육청 대강당에서 열린 전남도교육청 서정남 전 관리국장 퇴임식장에서 맞닥뜨린 두 사람은 처음에는 어색한 만남이었으나 금방 덕담을 주고받으며 화기애애한 분위기를 연출했다.

전국교직원노동조합 설립운동이 한창이던 지난 89년, 두 사람은 당시 교육계의 발전을 위해 정반대편에 서야 했던 아픔을 간직해야 했다.

고위원은 당시 전교조 전남지부장을 역임, 178명의 교사들과 함께 파면이란 명에를 지고 정든 교단을 떠나야 했다. 전 전남도교육감도 정부의 방침에 따라 쓰라린 마음으로 교사들을 파면시켜야 했다.

특히 고위원은 파면과 함께 구속의 고초까지 겪었던 장본인으로 감회가 남다를 수밖에 없다.

두 사람은 "전교조 합법화와 해직교사들의 복직조치 등이 이루어져 다행"이라면서 "교원노조와 교육당국이 동반자적 관계를 수립, 교육발전을 위해 노력해야 한다."며 교육계에 대한 변함없는 애정을 피력했다.

교육계의 가해자와 피해자라 할 수 있는 두 사람의 만남을 지켜본 주위 사람들은 다시는 교육계에 대립과 반목으로 인해 대량해직의 아픔이 없어야 할 것이라고 입을 모았다.

공소장

광주지방검찰청 목포지청

(5-2127-9)

1989년 형 제 4213호 1989.6.16.

수신 광주지방법원 목포지원

발신 광주지방검찰청 목포지청

제목 공소장

검사 양인석

아래와 같이 공소를 제기합니다.

피고인

본적   광주시 동구 학동 81-28

주소   전남 무안군 무안읍 성남리 공무원아파트 303호

직업   교사

주민등록번호 490524-○○○○○○○

성명   고진형

생년월일   1949년 5월 24일생(40세)

죄명   국가공무원법 위반

적용법조   국가공무원법 제84조 66조 37조 38조

신병   1989. 6. 13. 구속

공소 사실

피고인은 1974.6.3. 자 국가공무원으로 임명되어 1986.3.1. 이래 무안고교 생물학 교사로 재직 중인 자인 바 공무원은 노동운동 기타 공무 이외의 일을 위한 집단행동을 하여서는 아니됨에도 불구하고

1. 1989.4.30. 16:00경부터 같은 날 18:00경까지 사이에 광주시 소재 와이엠씨에이 건물 백제실에서 전남 시군단위 교사협의회 소속 대의원 200여 명이 참석한 가운데 소위 전국교직원노조 전남지부 결성 준비위원회를 개최하고 피고인은 동위원회 준비위원장에 피선되고 부위원장 5인, 사무국 10여 명을 선임하는 등 조직을 정비한 다음 발기인 모집 결의를 하는 등 하여 불법 집단행동을 하고

2. 같은 해 5.14. 14:00경부터 같은 날 17:00경까지 사이에 광주시 소재 전남대 대강당에서 광주, 전남 지역 교사 3,000여 명이 참석한 가운데 전국교직원노동조합 전남, 광주지역 발기인대회 및 준비위원회를 공소 외 오종렬 등과 같이 주도하여 피고인이 공소외 윤영규 등 임원을 소개하는 등 동대회를 주관하여 불법 집단행동을 하고,

3. 같은 해 5.28. 13:00경부터 16:00경까지 사이에 서울시 소재 연세대학교 광자에서 개최된 전국교직원노동조합 결성대회에 전남지역 대표로 공소 외 장석웅 교사 등과 같이 참석하여 전국에서 참석한 150여 명과 같이 동위원장에 윤영규 교사를 선출하고 "현정권은 교육 모순을 은폐 재생산하려는 음모를 즉각 중단할 것" 등의 내용이

담긴 선언문에 동참하는 등 하여 불법 집단행동을 하고

4. 같은 해 5.28. 21:00경부터 다음달 5. 19:00경까지 사이에 서울시 소재 통일민주당 당사 내 회의실에서 위 윤영규 외 26명과 함께 집단으로 단식 농성을 하면서 "문교부 장관 퇴진", "구속교사 석방" 등의 구호를 외치는 등 하여 불법 집단행동을 계속 하고

5. 같은 해 6.10. 16:00경부터 같은 날 19:00경까지 사이에 위 전남대 대강당에서 교직원 2,000여 명이 참석한 가운데 소위 전국교직원 노동조합 전남지부 결성대회를 주관하고 "참교육의 의지, 노동3권을 보장받고 노조의 합법화를 위해 매진하자."는 등의 대회사를 하고 동 지부 위원장으로 선출되어 이를 수락한 다음 조직을 결성하는 등 함으로써 불법 집단행동을 한 것이다.

조르바를 닮은 고진형 선생님

고진형 선생님, 그를 처음 본 것은 1987년 가을 무렵 봉고차 안에서였다. 봉고는 무안북중과 무안고에 근무하는 이들을 실어 나르는 통근차량이었다. 고진형 선생님은 무안고에 근무하고 나는 무안북중에 소속되어 있었다. 봉고차의 정식회원이 아닌 나는 어쩌다 빈자리가 생기면 얻어 타는 처지였다. 자가용이 대중화되기 전이라 집에 가려면 터미널로 가서 버스를 타는데 학교 앞에서 봉고차를 타는 날은 운수가 좋은 날이었다.

모처럼 얻어 탄 봉고차 안에서 신기한 장면을 보게 되었다. 봉고차량은 가운데 세 좌석이 마주하는 구조로 여섯 명이 얼굴을 쳐다보며 앉는다. 내가 운수 좋게 함께하는 날마다 그 가운데 고진형 선생님이 있었다. 학교에서 출발해 광주에 이르기까지 좌중에 둘러싸여 그들을 우스갯소리로 들었다 놨다 했고 그들 또한 웃느라 시간 가는 줄 몰랐다. 아직 그들과 동화되지 못한 나는 그 장면을 놀라운 시선으로 바라보곤 했다.

그동안 내가 보아온 교사는 대부분 교과서 냄새가 나는 모범생 이미지였다. 곱슬거리는 머리에 헐렁한 티셔츠와 면바지 차림의 고진형 선생님은 교사의 전형에서 벗어난 듯했다. 어디에도 머물지 않는 바람처럼 자유로운 이미지로 사람들의 마음을 이끌어내는 그의 모습에서 '그리스인 조르바'를 떠올렸다.

　자유로운 영혼의 그가 하고자 하는 일이 궁금해 자꾸 들여다보게 되었다. 연수에 참여하고 학교축제에 찾아가고 무안교사협의회 사무실에 드나들고… 개인주의 사고에 젖어있던 내가 어느새 마음의 빗장을 열고 교육운동의 길로 한 걸음 한 걸음 걸어가고 있었다. 나의 교육운동 입문에 고진형 선생님의 영향이 없었다고 말할 수 없다.

　고진형 선생님은 지극히 넓은 사회적 관계 속에서 긴 세월 동안 교육운동에 투신해 왔다. 그동안 겪은 사연을 책으로 엮는다면 열 권으로도 부족할 터인데 한 권만 출간하게 되어 아쉽다.

　그러나 글이 전부는 아니다. 선생님이 걸어온 발자취가 그대로 우리 가슴에 남아있다. 나는 기억한다. 1994년 3월, 복직을 앞둔 내 가슴이 설렘으로 두근거릴 때 그가 우리를 대신하여 전교조 전남지부 지킴이로 남아 헌신했다는 것을. 또한 기억한다. 교육위원회 의장직에서 일말의 주저 없이 평교사로 내려와 다시 교단에 섰다는 것을. 물질이나 지위에 대한 미련이 고진형 선생님이라고 없을까만 티끌처럼 여기고 초심을 잃지 않은 그는 자유로울 뿐만 아니라 용감한 이였다.

　오래전 기억을 회상한다는 것은 망각 속에 묻힌 삶의 원석을 찾아내어 갈고 다듬는 정교한 작업이다. 녹음하는 과정에서 아스라한 기억을 퍼즐 조각 맞추듯 힘겹게 끄집어내시던 선생님은 가끔 탈진하

여 숨을 몰아쉬곤 하셨다. 이제는 더 이상 옛 기억을 더듬지 않아도
되니 상쾌한 아침햇살과 은은하게 퍼지는 저녁노을을 마음껏 감상하
시기 바란다.

임향진